搖落

的風情

——第一奇書《金瓶梅》繹解

卜鍵著

三民書局

國家圖書館出版品預行編目資料

搖落的風情：第一奇書《金瓶梅》繹解／卜鍵著.－－
初版一刷.－－臺北市: 三民, 2019
面； 公分.－－(Culture)

ISBN 978－957－14－6574－6 （平裝）

1.金瓶梅 2.研究考訂

857.48   108000096

© 搖落的風情
——第一奇書《金瓶梅》繹解

著 作 人	卜 鍵
責任編輯	陳怡安
美術設計	林佳玉
發 行 人	劉振強
發 行 所	三民書局股份有限公司
	地址 臺北市復興北路386號
	電話 (02)25006600
	郵撥帳號 0009998－5
門 市 部	(復北店) 臺北市復興北路386號
	(重南店) 臺北市重慶南路一段61號
出版日期	初版一刷 2019年5月
編 號	S 858800

行政院新聞局登記證局版臺業字第○二○○號

有著作權‧不准侵害

ISBN 978－957－14－6574－6 （平裝）

致臺灣讀者：市井中的生命悲歌

去年暮秋赴臺北參加戲曲研討會，其間由曾永義先生引領往三民書局做客，同往的有蘇州大學曲學名家周秦教授等。三民者，一開始以為代指「三民主義」，到後始知乃言三位創業者皆升斗小民。這是一家很有人文情懷的出版社，永義先生與兩代掌門相知皆深，所著所編頗多由該書局刊行。進入大樓，撲面皆是書香，一層又一層，迂曲行走於浩瀚書籍之間，體驗了什麼叫「圖書館式的書店」。擬這篇小序時，想到要談幾句《金瓶梅》的市井特色，略無貶義，譬如書店、書局應也屬於市井吧，卻能讓人頓生出塵脫俗之感。

《金瓶梅》的作者、方言、成書年代與故事發生地都存在爭論，但主人公西門慶混跡也發達於市井，由市井進入官場，以市井之道結交當朝大吏，混得個風生水起，學者的認知並無歧義。那是宋朝的故事、明代的市井，可清代乃至當下的市井，通衢都市與僻遠小城鎮的市井，並無根本區別，都有欺行霸市的老大，都有蜂聚蟻附的搗子架兒（即光棍、無賴），都追逐利益的最大化而缺少道德約束，彌漫的是世俗、勢利、奸狡、瞞騙等混合氣息，卻也不乏正直善良，不乏生存的智慧和對命運的抗爭。寫活了種種色色的市井人物，由此擴展到中晚明的軍國大政、社會百態，應是《金瓶梅》的魅力所在。

　　第一次鴉片戰爭的浩瀚史料中，有一本小小的特殊的書，題名《軟塵私議》，記載來自京師的各種消息，描述國難當頭時一些大人物的自私行徑，據說出自林則徐之手。軟塵，飛揚的塵土，以喻都市之繁華熱鬧，亦以狀朝中重臣的鄙俗嘴臉。「問我西湖舊風月，何似東華軟塵土」。若說書中的清河只是一個北方小城，可也有真真假假的皇親貴冑，有來來往往的外官內宦，也可直通京師的大衙門，且遠不止西門慶與蔡太師的一條線。紅塵萬丈，俗網易嬰。書中呈現的，是權錢交易的暢行無阻，是市井與廟堂、朝廷的和光同塵，是末世底色上的歡樂頌，是陪歡賣笑、風月風情中倏忽一閃的人性之光，也是一個個鮮活生靈的隕滅、一曲曲令人悲憫哀婉的生命悲歌。我曾經去認真閱讀明中葉的史料，一卷卷檢讀世宗至神宗的實錄，試圖瞭解這部刺世警世之作的歷史背景，竟也發現有著驚人的契合，皆在渾渾噩噩、庸庸碌碌、左支右絀中透出亡國的先兆。《金瓶梅》以北宋的滅亡收束全書，也提前描述了數十年後大明王朝的崩塌，而每一個王朝的淪亡，都更多是芸芸眾生的滅頂之災。

　　感謝永義先生和施德玉教授的安排，就在臺北的學術會議後，我到臺南的成功大學演講，題目為「金瓶梅，五百年前的風物世情」。我想說，五百年後的今天，不管是大陸還是臺灣，風物已多有不同，而世俗之情、世態人情仍無多少改變。

　　對文學作品的解讀，從來都是私人的、片面的，難有定論。
本書是我在閱讀時記下的一些感受，難免錯謬和膚淺。值此繁體
版刊行之際，很希望能得到學界同仁的指點。

　　　　　　　　　　　　　　　　　　　卜　鍵
　　　　　　　　　　　　　　2019 年春於京北杏花谷

序：那個時代的風物世情

在我國的古典文學作品中，《金瓶梅》應是一個特例：作者對身世行跡的刻意隱藏，傳抄者對流播渠道的欲言又止，出版商對全本和真本的追蹤搜求，評點者的改寫重編、肯定否定……，很少有一部小說如《金瓶梅》攜帶著這樣多的懸疑謎團，很少有一部小說如《金瓶梅》承載著這樣多的疵議惡評，亦很少有一部小說像它這樣深刻厚重、刺世警世、勾魂攝魄，吸引和震撼了一代又一代讀者。不少學者都把它與後來的《紅樓夢》相比較，論為中國小說史上的兩座高峰，而作為先行者的《金瓶梅》，更顯得命運多舛。

《金瓶梅》是一部奇書，又是一部哀書。作者把生民和社會寫得噓彈如生，書中隨處可見人性之惡的暢行無阻，可見善與惡的交纏雜糅，亦隨處可體悟到一種悲天憫人的情懷。他將悲憫哀矜灑向所處時代的芸芸眾生，也灑向巍巍廟堂赫赫公門，灑向西門慶和潘金蓮這樣的醜類。這裡有一個偉大作家對時政家國最深沉的愛憎，有其對生命價值和生存形態的痛苦思索，也有文人墨客那與世浮沉的放曠褻玩。這就是蘭陵笑笑生，玄黃錯雜，異色成彩，和盤托出了明代社會的風物世情。

一、《金瓶梅》的流傳、刊刻與批評

早期的《金瓶梅》抄本，是在一個文人圈子裡祕密傳播的。

有關該書傳世的第一條信息，今天所確知的是明萬曆二十四年 (1596) 袁宏道寫給董其昌的信：

> 《金瓶梅》從何得來？伏枕略觀，雲霞滿紙，勝於枚生《七發》多矣！後段在何處？抄竟當於何處倒換？幸一的示。❶

這時的袁宏道在吳縣知縣任上，而董其昌以翰林院編修任皇長子講官，是年的春與秋曾兩次因事返鄉，二人的借書與傳抄大約在此期間❷。董氏在書畫和收藏方面負有盛名，擁有《金瓶梅》的抄本應不奇怪。而袁宏道在文壇亦是聲名漸起，短短信札，流露出急於得到下半部的渴望，以及對該書的高度評價。

《金瓶梅》從何處得來？我們看不到董其昌的回答。這位後來的太子太保禮部尚書對自家文字當做過一番嚴格清理，因而看不到任何有關《金瓶梅》的記載。同樣，兩位較早藏有《金瓶梅》抄本的大人物——嘉靖隆慶間內閣首輔徐階，和嘉靖大名士、後來的南刑部尚書王世貞，文集中也不見蛛絲馬跡。這種情形是可以理解的，那些個當世名公，有誰願意擔當收藏和傳播穢書的惡名呢！袁中郎之弟小修曾憶寫了與董其昌閒話《金瓶梅》的情景，

---

❶ 袁宏道《錦帆集・尺牘》，上海古籍出版社《袁宏道集箋校》卷六，1981 年版。

❷ 任道斌《董其昌系年》載：世傳董氏於是年春返回江南；又，七月董氏作為持節使臣赴長沙封吉藩，冬月暫返江南。袁氏兄弟與其昌相會講論並借抄《金瓶梅》之事，當在秋冬之際。

董先說「極佳」，又說「決當焚之」❸，則前說出自真實感受，後來便是意在遮掩也。

徐階和王世貞皆活躍於嘉靖晚期，對小說中人物自有一種熟稔，其籍里相去不遠，交往史亦複雜曲折，若推論其藏本來源相同，應是可能的❹。有意思的是董其昌、王稚登、王肯堂等早期傳抄者也都在蘇松一帶，而袁氏兄弟聽董其昌講說和借抄亦在此地。後二十年，該書的流播之跡時隱時現，而《金瓶梅詞話》也正式在蘇州問世，揭開了本書由傳抄轉為刊刻的歷史。

今天所能見到的明清兩代《金瓶梅》刻本，因襲之路徑甚明，仍可分為三個系統：

㈠詞話本：又稱「萬曆本」，全十卷一百回，序刻於明萬曆四十五年 (1617)，為今知該書的最早刻本。今存有四個藏本，經研究者比較，其在行格、字樣、內容以及卷首序跋的順序上均有差異，可知有原刻、翻印、再刻之別。該版本付刻倉促，校勘不精，許多回目仍處於備忘階段；沈德符所稱「原本實少五十三至五十

---

❸袁中道《遊居柿錄》：「往晤董太史思白，共說諸小說之佳者，思白曰：『近有一小說，名《金瓶梅》，極佳！予私識之。』……追憶思白言及此書曰：『決當焚之！』……」

❹徐階，華亭人，嘉靖二年進士第三人，嘉靖晚期深得信重，以太子太傅、武英殿大學士兼吏部尚書，「性穎敏，有權略，而陰重不泄」。王世貞，太倉人，嘉靖二十六年進士，仕至南刑部尚書，為隆萬間文壇領袖。兩人家鄉相近，關係則頗為複雜。世貞的父親因邊事被逮治，徐階畏忌嚴嵩不敢救助，必然留給世貞巨大的心靈愴痛；而隆慶初年又是徐階為之平反昭雪，世貞兄弟二人也隨之復官。

七回，遍覓不得，有陋儒補以入刻」❺，亦可於書中明顯見出。然則詞話本保留著大量的精彩描述，最接近作者原創，因而也最為讀者和研究者關注。

　　㈡繡像本：又稱「崇禎本」，全二十卷一百回。其以詞話本為底本，進行了較多的文字加工，回目大為整飭。因文中多處避朱由檢之諱，加以所附繡像畫工多當時名手，一般認為刊行於崇禎間❻。曾有研究者根據首圖藏本《新刻繡像批評金瓶梅》第一百回插圖的「回道人題」，認為該版本的改定者為李漁，但此說尚待考定❼。

　　㈢第一奇書本 ： 又稱 「張評本」， 序刻於清康熙三十四年 (1695)。評者張竹坡 (1670–1698)，徐州銅山人，名道深，字自德，竹坡其號也。竹坡以標標特出之才而數困場屋，暇中發願評點《金瓶梅》，凡十餘日而完成，題為「第一奇書」，見識與才情均異於常人。竹坡評點當以皋鶴草堂本為原本，初刻於徐州，而其底本則是崇禎本❽。第一奇書本一經問世，即盛行坊間，甚而

---

❺ 明沈德符《萬曆野獲編・詞曲・金瓶梅》，文化藝術出版社 1998 年版。

❻ 王汝梅《新刻繡像批評金瓶梅・前言》在做了詳細比勘之後，認為：「大量版本資料說明，崇禎本是以萬曆詞話本為底本進行改寫的，詞話本刊印在前，崇禎本刊印在後。崇禎本與詞話本是母子關係，而不是兄弟關係。」所論極是。文中對「崇禎諸本均避崇禎帝朱由檢諱」，考證亦有力。《新刻繡像批評金瓶梅》，齊魯書社 1989 年版。

❼ 劉輝《金瓶梅版本考》根據首都圖書館藏本《新刻繡像批評金瓶梅》第一百回插圖後「回道人題」，推論李漁可能是《金瓶梅》的改定者，也是其刊刻和批評者。

至遮蔽了詞話本和崇禎本。

　　《金瓶梅》還在傳抄階段，對它的點評即行出現，如袁氏兄弟和屠本畯、沈德符所記，如被轉錄的董其昌、湯顯祖諸人話語，皆絕妙評語也；詞話本卷首三序，皆重在揭揚一部大書的主旨，而品騭不一；崇禎本之夾批眉批超過千條，精彩處更多；至竹坡評本出，不獨添加回前評和回末評，卷首更有總評、雜錄和讀法諸項，便於讀者多多；以後評者如清末南陵知縣文龍，亦有佳絕處，引起研究者注意。

二、宋朝的故事，明代的人物，恆久鮮活的世情

　　《金瓶梅詞話》當產生於明代嘉靖晚期的山東一帶。

　　今天雖不能確定《金瓶梅》誕生的具體年月，不能確知它經歷了一個怎樣的成書過程，但論其主體部分寫作於明嘉靖間應無大錯；同樣，雖不敢肯定作者究竟為何方人氏，不敢肯定書中所記為何地風俗，但論其方言習俗為山東地區也比較可信。

　　作為由《水滸》一枝再生成的森森巨木，《金瓶梅》似乎在續寫著趙宋的故事。既是「武松殺嫂」的放大樣，又是「水滸三殺」的精華版，而時隱時現的梁山好漢、嬉玩國事的大宋皇室、徽欽兩朝的重臣尤其是奸臣、北宋軍隊的不堪一擊和帝國淪亡，也都出入其間，穿插映襯。而細細閱讀，又覺得這個宋朝故事已被賦予了新的時代特徵，覺得那皇帝更像明朝天子，將相亦略如明朝大臣，至於那州縣官吏、市井商賈、各色人等，無不被點染上中

❽吳敢《張竹坡與金瓶梅》考證甚詳，百花文藝出版社 1987 年版。

晚明的色澤。抄撮和蹈襲是不會產生偉大作品的。蘭陵笑笑生在揀用前書時文之際毫無遲疑，正在於他強烈的文學自信，在於他豐厚的藝術積累，在於他必定曲折的人生經歷，敘事中若不經意，解構重構，已將他人之作和他作之人化為寫作元素，化為小說的零部件。於是故事彷彿還是那宋朝舊事，人名也多有《水滸》故人，而聲口腔範、舉手投足已是明代人物所特有。

蘭陵笑笑生展示的是一幅中晚明社會的全景式的生活畫卷。

作為英雄演義的《水滸傳》，敘述了一個接一個好勇鬥狠的故事，其場景常常是血沫遍地，卻也無以避免地要寫到世相和世情。而《金瓶梅》則以主要筆墨摹寫市井，以全部文字凸顯世情民風。西門慶在世之日何等赫赫揚揚，相交與追隨者亦多矣，而一旦長伸腳子去了，立刻就見出樣兒來。第八十回引首詩有「世情看冷暖，人面逐高低」一聯，引錄的是一句流傳已久的諺語，元人劉壎嘗為之悵然慨嘆：

　　蓋趨時附勢，人情則然，古今所同也，何責於薄俗哉！❾

世情，又稱世風，向有「三十年一變」之說，是所謂移風易俗也；而自有文字記載至於今日，「趨時附勢」為世人所厭憎，更為世人所遵行，又何時何地真能脫出這十字俗諺？

《金瓶梅》以種種色色的人物、大大小小的事件、紛紛繁繁的世相，呈現了流淌在市井和廟堂的「冷暖」、「高低」，也摹寫出

❾元劉壎《隱居通議·世情》。

世人的「看」與「逐」，真可稱樂此不疲、興味無窮啊！魯迅論
《金瓶梅》：「描寫世情，盡其情偽。」❿一個「偽」字，穿越世
情表層那常見的溫馨熱絡，而點出其最本質的內涵。笑笑生不動
聲色地敘寫和嘲諷世人和市井，嘲諷那萬丈紅塵和虛情假意，偽
情籠罩，包蘊著熙來攘往的人們，包蘊著那個時代的風物和世相。
那是明代人的生活，是他們的悲哀；或有很多很多，也是今人的
生活，是我們仍不能擺脫的文化和精神痼疾。

　　閱讀《金瓶梅》，當然要唾棄西門慶、潘金蓮等人的惡行和醜
事，但若僅僅如此，便降低了該書的整體價值和深長意蘊。

三、獸性、蟲性與人性

　　自打《金瓶梅》流傳問世，便有人將該書主人公西門慶喻為
禽獸。他的巧奪豪取，他的貪贓枉法，他對女性的糾纏、占有與
侵凌殘害，尤其是他那毫無節制的性行為，在在都顯現著類乎禽
獸的特徵。

　　這種情形又不是一種個例，也不限於男性。如潘金蓮的亂倫
和群奸，還有春梅那過於亢進無法抑制的性欲；如遍及整個社會、
跨越僧俗兩界的貪婪，那對大小財富無恥無畏的追逐；如冷酷與
嗜殺，追歡與狎妓，忘恩負義與無情反噬，都能見出禽獸的影子。
《金瓶梅》展示的應是一種末世景象，而末世和亂世最容易見到
獸性的泛濫：劫財殺人的躺子陳三、翁八，謀害恩公的家奴苗青，

❿魯迅《中國小說史略‧明之人情小說》，《魯迅全集》第九卷，人民文學
　出版社 2005 年版。

構害舊主的吳典恩，拐財背主的伙計韓道國、湯來保、楊光彥……，他們的行徑，又哪一種不粘連著獸性呢？文龍評曰「但睹一群鳥獸孳尾而已」，亦別有一種精闢。

古典小說戲曲中常有一些禽獸的化身：白猿、黑豬、鵬鳥、燕子，甚而至木魅花妖，皆可有人間幻相，亦多不離禽獸本性。吳月娘曾多次用「九尾狐」指斥潘金蓮，大約出典於傳衍已久的商紂故事，那奉命禍亂天下的千年狐精，一登場便令人印象深刻，從此便成了惡毒婦的代稱。而第十九回拿了老西銀子去打蔣竹山的兩個搗子——草裡蛇魯華和過街鼠張勝，其行止心性，也是更像獸類的。

與獸性相伴從的還有蟲性。像武大郎活著如蟲蟻般忍辱偷生，死亦如蟲蟻般飛滅，若非有一個勇武的二弟，有誰為他報仇呢？而其女迎兒，親父被害不去伸冤，父親死後屈身侍奉仇人，雖有一個勇武的叔叔，也絕不敢說出真相，的是一「蠅兒」也⓫。《金瓶梅》以一個小縣城為主要場景，而市井中人最多蟲性十足之輩，如老西會中兄弟常時節和白來創，如遊走於妓館間的架兒光棍，如當街廝罵的楊姑娘和孫歪頭，如哭哭咧咧的李瓶兒前夫蔣太醫，或也有風光得意的時候，但從整體上論定，怕也是更像一條蟲。

不管我們願不願意承認，蟲性也是人性的基本內容之一。有意思的是《大戴禮記‧易本命》曾以「蟲」概指宇宙間一切生靈，曰：

⓫迎兒，源出《水滸傳》第四十五回，為潘巧雲之使女，與主母同時以奸情敗露被殺。詞話本中多處將「迎兒」寫作「蠅兒」，或亦有意為之。

有羽之蟲三百六十，而鳳凰為之長；有毛之蟲三百六十，而麒麟為之長；有甲之蟲三百六十，而神龜為之長；有鱗之蟲三百六十，而蛟龍為之長；倮之蟲三百六十，而聖人為之長。

倮之蟲，即是指人。緣此便有了「蟲人」一詞，「蟲人萬千……相互而前」⑫，寫出了人類在大自然中的抗爭與微末存在。唐玄宗將愛女壽安公主呼為蟲娘，溺愛與珍惜固在焉，而後世詩文中多以之代稱歌姬舞女，謔而虐也。「蟲娘舉措皆淹潤，每到婆娑偏恃俊」⑬，柳永詞句，不正似為《金瓶梅》中李桂姐、吳銀兒、鄭愛月兒之輩賦形寫意嗎？

從達爾文進化論的觀念來看，則蟲性、獸性都應是人性嬗變蟬蛻之蛹，其在人性中的殘留亦在在有之。三者固大不同，然又常常糾結纏繞，與時消長，統一於人的生命過程中。《金瓶梅》卷首「酒、色、財、氣」〈四貪詞〉，哪一項不粘連著獸性或蟲性？又哪一條不彌散著人性的弱點呢？

許多事情是很難清晰界劃的。「一雙玉腕綰復綰，兩隻金蓮顛倒顛」，究竟寫的是情還是欲？是獸性還是人性？對於獸來講，獸性當然是無罪的；對於人而言，人性與獸性常又相互轉換包容。世情如斯，民風如斯，夫復何言！這就是《金瓶梅》的價值所在。

---

⑫清惲敬〈前光祿寺卿伊公祠堂碑銘〉：「聖貫天地，宙合百家，蟲人萬千，內外精粗，如左右胼，相互而前。」

⑬宋柳永〈木蘭花〉其三，見於《增訂注釋全宋詞》第一卷，文化藝術出版社 1997 年版。

作者肯定是痛絕西門慶、潘金蓮之類的，摹畫時卻非全用冷色。
通讀該書，我們仍能從一派淫靡中發見人性之善：老西對官哥兒
的慈父情懷，他對李瓶兒之死的由衷痛殤，讀來令人動容；而潘
六兒以小米醬瓜贈磨鏡叟，她在母親死後的傷心流淚，當也出於
人之常情。

作為一部世情書，蘭陵笑笑生寫了大量的惡官、惡民、惡念
和惡行，也寫了惡人偶然或曰自然的善舉，以及普通人大量的麻
木與作惡，而喪盡天良之人，書中卻一個未寫，不是嗎？

四、市井中的愛欲與風情

蘭陵笑笑生顯然是一個精擅戲曲的人，尤能見出他喜歡《西
廂記》，在書中大量引用劇中曲文和意境，用以渲染西門慶以及陳
經濟的密約私會，以至於令人產生疑問：作為古典愛情典範的《西
廂記》，究竟是一個愛情故事？還是一個風情故事？

《金瓶梅詞話》開篇即聲稱要「引出一個風情故事來」，說的
是老西與潘金蓮的那檔子事。若僅僅如此，又怎麼能成就一部大
書？主人公還有一連串大大小小的風情故事，與李瓶兒的隔牆密
約，與宋惠蓮的雪洞私語，與王六兒初試胡僧藥，與林太太的兩
番鏖戰……其他還有春梅、迎春、如意兒、賁四家的、來爵媳
婦等，或長或短，皆有過春風一度或數度，亦皆有一段情事或性
事；老西死後，西門大院一度成了金蓮與女婿及婢女的麗春院，
畫樓中，星月下，風朝月夕，胡天胡地，直至事情敗露被逐離；
春梅在守備府漸成氣候，其與陳經濟經過一段曲折，也終於重新

聚合，赫赫帥府很快便演為風月場，經濟與春梅、春梅與周義，還有那些個年輕養娘，又怎能不出些餿主意呢？

書中也有人不解風情，如吳月娘是也，否則碧霞宮與殷太歲一番遇合，清風寨當幾天壓寨夫人，則入於風情之中；有人不擅風情，孟玉樓是也，三次嫁人豈能說不解風情，卻不稱擅也，否則也不會有嚴州府與前女婿一段公案，搞得灰頭土臉，有口難辯。

書中有一些男女情事亦不宜稱風情，如老西狎妓多多，故事亦多，在他是花錢買歡，桂姐和愛月兒等則是謀生手段，去風情亦隔一塵；而孫雪娥先與舊僕來旺兒攜財私奔，後為虞候張勝情婦，又蠢又倔，殊少意趣，應也當不起「風情」二字。

風情是市井的亮色，是一道生命的異彩。風情多屬於承平時日，然在走向末世的路上常愈演愈烈。「一篇〈長恨〉有風情，十首〈秦吟〉近正聲。」李隆基與楊玉環的帝妃之戀，正是因為離亂和悲情傳揚千古。《金瓶梅》中，幾乎所有的風情故事都通向死亡：李瓶兒、宋惠蓮、西門慶、潘金蓮、陳經濟、春梅、周義……，一個個正值青春，一個個死於非命。哦，紅塵無邊，風情萬種，其底色卻是宿命與悲涼。

陷溺於愛欲之中的人多是無所畏忌的，死亡常又意味著一個新的風情故事正式登場。武大其死也，靈牌後西門慶與潘金蓮「如顛狂鷂子相似」；子虛其死也，李瓶兒一身輕鬆，「送奸赴會」；老西其死也，金蓮與小女婿嘲戲，「或在靈前溜眼，帳子後調笑」；金蓮其死也，陳經濟一百兩銀子買了馮金寶，「載得武陵春，陪作鸞鳳友」；經濟其死也，春梅勾搭上了家生子周義；春梅其死也，

周義盜財而逃，被捉回亂棍打死。此時「大勢番兵已殺到山東地界，民間夫逃妻散」，梅者「沒」也，春梅，也就成了全書最後一回的風情絕唱。

風情常是纏綿和華麗的，也是飄忽無定、轉瞬即逝的。我們讀《金瓶梅》，真該手執一柄「風月寶鑑」，一面是男歡女愛的恣縱，另一面則望見死神撲棱著黑翅膀降臨。永遠的喧囂，必然的寂寥，顯性的歡快，底裡的悲愴。世情涵括著風情，風情也映照傳衍著世情；世情是風情的大地土壤，風情則常常呈現為這土地上的花朵，儘管有時是惡之花。正因為此，所有的風情故事都有過一種美豔，又都通向一個悲慘的大結局。

五、《金瓶梅》的啟示

蘭陵笑笑生寫的是五百年前的風物世情，然那個時代離我們並不遙遠。《金瓶梅》帶給我們的啟示是多重的──

其一，情色、情欲常常是難以分割的。世界上有沒有純粹的情？有沒有簡單直接的獸欲？有，但應是少量的。大量的則是二者一體化，難以切割地交纏雜糅在一起。在這個意義上來講，肯定情，否定欲，便有些矯情，有些荒唐。

其二，情和欲都要有度，都要有節制，都不可以放縱。不光是不可以縱欲，也不可以縱情。因為情一放縱便成了欲。情分七色，色色迷人。過分的情，就是濫情，也就是淫縱。

其三，末世中的芸芸眾生，情天欲海中的男男女女，其常態是歡樂的，其命運是悲涼的，是讓人悲憫的。書中西門慶等人生

活的背景是一個末世，它是以北宋的末期展開故事，而以北宋之覆滅收束全書。《金瓶梅》作者也生於一個末世即將來臨的時代，腐敗朽敝的明王朝正一步步走向淪亡，他以耳聞目睹的人和事遙祭北宋，也以這些人和這些事為大明設讖，為數十年後的明清易代一哭。作者以一部大書證明：所有的末世都不僅僅是當政者和國家機器的罪過，而呈現出一種全社會的陷溺與沉迷，呈現為一種物欲和情欲的恣肆流淌。

其四，古典小說和戲曲中常用的復仇模式，那種濺血五步、快意恩仇的解決方式，比較起來，遠不如生命自身的規律更為深刻。《水滸傳》中，作惡與報應相連，西門慶死在武松拳頭之下；而在本書，西門慶則是一種自然死亡，他已經燈乾油盡了啊！哪一種描寫更為深刻？當然是後者。讀者自能悟出，西門慶的死更是一種暴亡，三十三歲這麼年輕就死了，能自然嗎？於是便產生了敘事的複雜，產生了閱讀的悚惕，產生了審美的沉重與間離。

對文學作品的認識，從來都是見仁見智的，從來都是在探討和論辯詰難中加深的。《金瓶梅》尤其如此，其是一部精彩的書，也是一部蕪雜甚至常常流於寫作迷狂的書，是一部的確應作個別刪節的書。從作者和成書年代，到產生地域、流傳過程、人物分析、審美取向，這部書都存在著觀點完全對立的爭論。或也正因為這樣，才彰顯了《金瓶梅》歷久彌新的文學成就和社會價值。評者所言，僅作為一點個人私見，請讀者和專家給予指正。

搖落的風情
——第一奇書《金瓶梅》繹解

目錄

致臺灣讀者：市井中的生命悲歌

序：那個時代的風物世情

後　記

一　武二郎不解「眼兒媚」

故事開始於宋徽宗政和三年 (1113)，寫武松酒醉打了童樞密，在滄州柴進莊園躲了一年多，因思念哥哥武大歸家，路過清河縣景陽岡，打死為禍一方的老虎，被清河知縣禮聘為巡捕都頭。一日在街上與已遷居此處的武大相遇，搬來哥哥家，後因小嫂嫂潘金蓮百般勾引，忍不住起身怒斥，離開獨住，兄弟間也有了些生分。

金蓮自此嫁武大……甚是嫌憎，常與他合氣，抱怨大戶：「普天世界斷生了男子，何故將奴嫁與這樣個貨？每日牽著不走，打著倒退的……奴那世裡晦氣，卻嫁了他！是好苦也！」

本書第一回所敘，可分為前後兩節。前一節看似扯閒篇兒，而閒閒論及一部大書之立意，萬不可等閒視之；後一節以武松入

筆，由景陽岡打虎漸次展開，而人物情節，多出於《水滸傳》第二十三回。

若以當今著作權之標準論列，此一回真有點兒抄襲之嫌：引首小詞【眼兒媚】出自宋人卓田，項羽、劉邦情事採自《清平山堂話本·剗頸鴛鴦會》，後面的武松打虎和兄弟相會更是大段由《水滸》拈來。可細細閱讀，尤其是與《水滸傳》兩相對讀，便會發現本書的改動無所不在，會發現作者的主體意識在增減和變易之間隨處體現，會發現不獨故事的發生地已由陽穀遷到清河，且武松或還算近似原書的武松，潘金蓮卻大不同於那一個潘金蓮……，蘭陵笑笑生（以下稱「蘭兄」）誠大手筆也，於不動聲色之際，已用不同的小說文字為素材，編捏出一個全新故事的開篇。

這是一個「風情故事」。

蘭兄起筆即點明一部小說之主題：

單說著「情色」二字，乃一體一用。

諸位注意，其說的是「情色」，而非「色欲」或「肉欲」。古往今來，許多人（尤其是一些理論批評家）讀《金瓶梅》，往往從色欲上著眼，滿目淫事，心旌紛亂，以偏概全，以表蔽裡，誠不解其中味也！此書藉《水滸傳》中武松一枝（即所謂「武十回」）引申發揮，解構重構，將一部英雄傳奇，再生出一部深刻寫實的社會家庭問題小說，若是僅僅去摹寫性欲和淫縱，又焉能做到！

什麼叫作「一體一用」？

即是說情與色密不可分,「色絢於目,情感於心,情色相生,心目相視」;是說最純真的毫無欲望的情和最無恥的毫無情感的欲,即使存在,也不是生活中的通例;是說鍾情無罪,好色亦無罪,而那些讚美情、指斥色的論調,總覺得有一點點兒虛偽矯情;是說人類對色欲和情感,都應該有足夠的畏惕和自制⋯⋯

或也正因為如此,以明代市井人物為描寫對象、以小縣城紅塵中人為主角的《金瓶梅詞話》,偏又遙遙設墨,從楚霸王和漢高祖寫起。不寫其霸業皇圖,只寫其愛與欲,寫其結境之悲愴淒慘。借用一闋【眼兒媚】,也借用了其千古慨嘆——「豪傑都休」。

為什麼又說「豪傑都休」?

從字面上解之,是說英雄難過美人關也,是說女性即禍水也。而開篇這短短兩段故事,給我們的卻是不一樣的感受:虞姬的揮劍自刎,有一種血性男兒的決絕豪壯,也有著令西楚霸王感愧的深摯之愛;而戚夫人藉專寵為兒子謀求大位,慘死於宮幃,是爭風吃醋,為禍亦酷烈也。一句「英雄無策庇嬋娟」,不獨總括二事,且給古今中外的英雄美人故事,點染了無盡的悲情。

項羽和劉邦都是著名的歷史人物,是叱吒風雲的政治寡頭,兩人曾在推翻秦王朝的征戰中合力殺敵,亦曾為爭奪天下殊死拼搏,而後世更為津津樂道的,不是他們的輝煌事功,不是他們的家庭和正妻,而是其與一個女子的抵死纏綿,是比功業還要亮麗的一抹風情。

風情常常是撩亂人心的。風情屬於風情中人,亦屬於歷史和文學,屬於社會和人生。幾乎所有的風情故事,都與世情相映照,

也都有或多或少的悲情；而在蘭兄則以悲情為底色，以許許多多、大大小小、一個接一個的風情故事，鋪展開一幅全景式的明代社會畫卷。我們將《金瓶梅》與《水滸傳》作一點兒比照，則《水滸》主要敘事場景是江湖，《金瓶梅》改換為市井；前者是一部英雄演義，後者是一部世情小說。作為英雄演義的《水滸》自然少不了呼嘯來去的綠林豪傑，其間頗有幾位到得《金瓶梅》中，如宋江、王英，也大都有些兒女情長，英雄氣短了。

世間總有一些例外，武松就是一個例外。

本書中武二郎仍是那個錚錚男兒：景陽岡打虎一節，被咱蘭兄備細寫來，更覺神勇悍厲，八面威風；而兄弟相認一節，刪去前書中武大一番囉嗦，也更符合其性格特徵。武松由江湖進入官府，再進入市井，初與小嫂嫂共飲時不敢對視，不敢抬頭，也顯得有幾分氣短；然一旦金蓮把話挑明，即疾言厲色，斬釘截鐵，絲毫不留情面。張竹坡（以後稱「竹兄」）曰：「《水滸》中此回文字，處處描金蓮，卻處處是武二，意在武二故也；《金瓶》內此回文字，處處寫武二，卻處處寫金蓮，意在金蓮故也。」

解說甚妙，卻只能是針對那自家改組的「第一奇書本」。詞話本這裡仍依《水滸》原色，仍是意在武二郎也。

明明一個「風情故事」，偏又先寫一個不解風情的人，寫一個面對灼人美色鐵石心腸的漢子，寫這漢子的小迷亂和大定力，這就是武松。開篇的【眼兒媚】題名〈題蘇小樓〉，是卓田憑弔時所記，想武二郎是讀不懂的。

二　浮浪子弟的秋波

　　政和三年春，武松被知縣差往東京給朱太尉送禮，臨行前叮囑哥哥諸事小心。一日，潘金蓮放門簾子，恰好用叉杆打中在街上閒行的西門慶，四目相對，兩下皆有意了……

　　當時婦人見了那人生的風流浮浪，語言甜淨，更加幾分留戀，「倒不知此人姓甚名誰，何處居住？他若沒我情意時，臨去也不回頭七八遍了。不想這段姻緣，卻在他身上。」

　　讀此一回，開始時有個問題難以明白：潘金蓮的叉杆子怎麼會打中西門慶的頭？

　　門簾不是用來遮人視線的嗎，為何又要以叉杆挑起？老西不是在大街上行走嗎，為何竟能被叉杆打到？

　　細細讀來，再對照崇禎本補作的插圖，便理解此處寫作之妙：放下的門簾是用來遮人的，撐起的門簾則是用來看人的；武大在家時簾子自然垂下，其外出做生意時便以叉杆撐起；撐起的門簾仍是簾子，而門簾後的金蓮則若隱若現，可供環視，亦可以環視也。

　　至於西門慶，也有必被叉杆子打中之理：不走街心，專走街邊，靠近他人院門，此其一也；走路偏不去看路，腦子中想入非非，此其二也；早已看見門簾後的嬌娘，佯裝不知，直身便撞，此其三也。

　　試想《西廂記》中，小沙彌的鼓槌都能打向老僧頭，這裡西門慶被叉杆碰上，該也不是什麼意外。

　　從古人筆下，尤其是元代以降的戲曲小說中，我們可以閱讀想像那時的愛情。那歷盡磨難的思戀和摯愛令人感動，而其形式和方式，則多是簡單直捷和模式化的。

　　最常見的便是「一見鍾情」。

　　經典愛情劇中如《倩女離魂》，如〈秋江〉送別，如《裴少俊牆頭馬上》，如張生鶯鶯佛殿相逢，無不以「一見鍾情」引出故事，引出一段可歌可泣的魂靈之愛。畢竟生活中的機會太少太少了！不可能先有花前月下、耳鬢廝磨，也不太可能先有數載同窗、心心相印，只好抓住那偶然的稍縱即逝的契機，只好採取賭博押寶式的決絕，只好依賴丫鬟小廝不盡可靠的忠誠，只好暗地裡用眼睛來會意傳情。「怎當他臨去秋波那一轉？」是王實甫留下的千秋名句，是對一見鍾情那種內在纏綿的寫照。毋怪明代有位老兄

讚嘆之餘，撰寫了一篇〈秋波一轉論〉，洋洋灑灑，讀來亦覺有趣。

此一回也，又提供一個新版本的「一見鍾情」。

明代社會到了正嘉間，禮教大防之嚴峻和社會風氣之糜爛，都有些登峰造極。而世間萬物多有一個恆量，一方面的緊缺，必然存在著另一方面的過剩。情色或曰愛欲亦如此。多年前筆者曾寫過一篇文章，以西門大官人與湯顯祖《牡丹亭》中的杜麗娘作了一點比較，認為愛情的缺失大約粘連著肉欲的橫流，所以有老西的性泛濫，也有麗娘小姐的性饑渴……，這就是本人所擬提的「情欲一體論」，在一個病態的社會裡，常常會這樣。

常站在簾兒下「眉目嘲人，雙睛傳意」的潘金蓮，也是一個性饑渴的重症患者，是病態社會中的病態女子。蘭兄對本書這位第一女主人公，作了許多刻意的增飾和改寫：《水滸傳》寫其二十餘歲為一大戶家使女，此書則寫她九歲就被賣到王招宣府裡，十五歲又轉賣給張大戶；《水滸傳》寫她不過一個有些姿色的粗使丫頭，此書則說是自幼習學彈唱，以琵琶為業；《水滸傳》寫她不依從大戶糾纏，又向女主人告狀，被大戶挾恨嫁與武大郎，此書則寫她與大戶私通，嫁與武大後仍私會不斷，直到張大戶一命嗚呼；《水滸傳》寫她出於貧賤，婚姻不幸，有些自暴自棄，此書則強調她識文斷字，精擅器樂，凸顯其在性方面的早熟與隨意。

這樣的一個女子，嫁與了號稱「三寸丁，谷樹皮」的武大，又怎能安心？可以想像生活中的潘金蓮必充滿屈辱，充滿內心的煎熬，也對改變現狀充滿渴念。王婆在敘述中稱武大為金蓮的「蓋

老」，輕薄之極，亦諧趣之極。試想，以武大短小身軀，又怎能蓋得住欲火湧騰的潘金蓮呢？連夫君的弟弟都敢去勾引，又有什麼她不敢一試呢？惟一遺憾的是，生活中的機遇實在是不多啊！

對於那些四出獵豔的官宦與豪紳，對於那些滿街遊走、拈花惹草的浮浪子弟，對於那些專一在舞榭歌臺、勾欄瓦舍討生活的架兒和搗子，機會當然是要大大地增加。同樣，對於那些深宅大院中的半老徐娘，對於那些鎮日裡欲火中燒的曠女怨婦，對於那些專一操皮肉生涯的名妓私娼，聚會與交合也算不得什麼。但即便是這些人，也常常會抓住初次相見的契機。本回寫西門慶與潘金蓮的簾下相逢，正是如此。

蘭兄於此處加意料理，相看兩小賦，亦謔亦實：先寫金蓮眼中的男子，「越顯出張生的龐兒，潘安的貌兒，可意的人兒」；再寫西門慶眼中的女子，「清冷冷杏子眼兒，香噴噴櫻桃口兒，直隆隆瓊瑤鼻兒，粉濃濃紅豔腮兒……」若不是下面一直寫到「肉奶奶胸兒，白生生腿兒」，簡直就是一對兒才子佳人了。筆者一向認為此書一出，既是後世寫實小說之祖，又開清初才子佳人小說之先河。只是西門慶這廝讀書太少，寶貨太多，只能算是一個加「貝」的才子吧。

誰說像「一見鍾情」這種好事兒，又僅僅屬於才子佳人呢？不，它常常也會屬於淫棍和蕩婦，屬於西門慶和潘金蓮這樣的品類，常也會預示著一場奸情的開始。而「那一雙積年招花惹草、慣覷風情的賊眼」，竟也能在離去時轉出秋波……

這還是一見鍾情嗎？

　　這難道不是一見鍾情嗎？

　　西門慶與潘金蓮的私情和奸情，還能夠算是愛情嗎？當然不能算。他們之間從一開始就沒有純潔和純正，沒有專一和忠貞，因而也就沒有美。可我們能說兩人之間沒有情嗎？能說兩人從來就沒有產生過愛戀、纏綿和思念嗎？私情也好，奸情也好，不都也有著一個「情」字嗎？

　　這就是「風情」，包蘊豐饒駁雜的風情。回末西門慶與王婆的對話中，那茶婆子賣弄自己的「雜趁」本領，如說媒、抱腰、收小、做牽頭、做馬泊六。而「做牽頭」，在《水滸傳》則作「說風情」，妙哉！恰可作為此處風情的注腳。

第三回
王婆定十件挨光計
西門慶茶房戲金蓮

三　俺這媒人都是狗娘養的

　　西門慶心心念念都是簾下一見的「那雌兒」，央告乾娘、隔壁賣茶兼做媒的王婆幫忙。王婆面授十條挨光計，又把潘金蓮邀來家中做針線，西門慶堪堪來到，幾句見面客套話語之後，兩人便坐到桌邊，喝茶飲酒，眉來眼去。王婆假稱要去買酒，金蓮「只低了頭，不起身」。

　　婆子哈哈笑道：「老身哄大官人耍子。俺這媒人們都是狗娘養下來的，他們說親時又沒我，做成的熟飯兒，怎肯搭老身一分？」

　　此一回情節，精彩之筆在於解說「挨光」，肯綮之處則在挨光。
　　何謂挨光？以書中王婆解釋，即俗語所說偷情是也。析而言之，這「挨」即是「偷」，而「光」便是「情」，至少與情相去不

遠。然就本回所寫，又見兩者之明顯區別：偷情是兩相情願的事
兒，挨光則似乎尚未到這一步，還需要做出種種努力，需要一個
全身心投入的過程。挨光是偷情的序曲，偷情則是挨光的華彩樂
章。所有的偷情，應說都要從挨光開始；而大多數的挨光，怕是
永遠挨不上的，離偷情還差著十萬八千里。

　　古往今來，挨光和偷情都是俗世畫卷上的鮮活筆墨，是人世
間情與欲的交響樂。於是便需要理論的指導，需要個人的聰明才
智和臨場發揮，而解說挨光、指導挨光的師太級人物，竟是那賣
茶的王婆。

　　王婆，這個名字大約也如戲曲中的沙三、王留、小玉、梅香，
帶有很強的類型化色彩。畢竟吾國王姓之細民太多了，娶來媳婦，
再歷以歲月，便可稱之為王婆。其可能是個身居社會底層的貧婆
子，或是個精擅人情世故的老婦人，或是個在市井長袖善舞的媒
婆兒。她可能是善良和富於同情心的，如《寶劍記》中陪同林沖
妻貞娘逃亡的那位鄰家王婆；而通常則是是非非，嘰嘰喂喂，不
怎麼可愛；至於像《水滸傳》和本書中這樣可惡者，亦屬少數。
蘭兄筆下的王婆，全由《水滸傳》移植而來，歹毒如舊，又加入
大量逼肖生活的細節摹繪，以與毗鄰的美少婦潘金蓮相匹配。

　　「俺這媒人們都是狗娘養下來的」。王婆的話有幾分自嘲，更
多的則是對激烈職業競爭的描述。在小小縣城的小小市井，以後
將陸續出場的媒婆多多，有官媒婆如陶媽媽，更活躍的則是薛嫂
兒、文嫂兒之類，其關係網和職業化程度均讓王婆自愧弗如。雖
說生意冷清，自云「三年前六月初三下大雪那一日賣了一個泡

茶」，她的主業也只能是賣茶，同時做一些雜趁。如今一個巧宗兒來了！王婆對西門慶這個曾經的乾兒子瞭如指掌，亦深知隔壁女娘的不思安分，碰巧見證了二人的「一見鍾情」，便打起了自家的主意。我們看她內熱外冷，看她欲擒故縱，看她用話語兒一步步誘導拴縛，看她在講授「挨光真經」時不忘索取，在索取後接著講授……，這是五百年前的市井一角，又是五百年風雨吹打至今的市井寫照。

蘭兄幾乎是照搬了原書的「十條挨光計」。實在是太精彩了！以至於其覺得難以加減，乾脆來個照單全收。而西門大官人也是言聽計從，先通過資格審查，用「潘、驢、鄧、小、閒」五項標準一一對照，然後又依計一條條認真施為：買衣料，送銀兩，置辦酒席，花言巧語，然後則是酒不夠了，王婆要去買酒，而那女娘「三鍾酒下肚，烘動春心」，又哪裡肯起身……，至此，用王婆的話說，「這光便有九分，只欠一分了便完就」，卻也偏不完就，偏要將那「一分」留到下回分解。

畢竟是到了一部新的作品中，蘭陵笑笑生在照單全收的同時，補寫了《水滸傳》中的個別疏漏，又大段加入了自己的東西：

王婆去找潘金蓮借曆日，本為引出饋贈錦綿和裁衣之事，卻順口談到自己有一個十七歲的兒子在外跟人經商，對這樣一個兼職媒婆的身世略加豐富，亦伏後文中金蓮與王潮兒一段苟且之事也；

及至西門慶前來，介紹時先說起二人的簾下巧遇（《水滸傳》失寫），再提及西門家事，如正妻吳月娘出身千戶、西門大姐的親事尤其是陳經濟家的背景；三人共飲時，竟又談到金蓮和月娘生

日，談到西門慶的前妻、繼娶和小妾。這些看似隨口應答，其實與後來的情節推展都大有關係，不可輕易放過。

　　不知是受了《水滸傳》太深的影響，或是尚未完全進入情境，蘭兄筆下的最初幾回尚顯得有些拘謹，有些把握不穩。如這位王婆，從上一回到此一回，一直話語滔滔、機鋒逼人，而那西門慶則裝傻充愣、言聽計從，呵呵，不亦過甚乎？

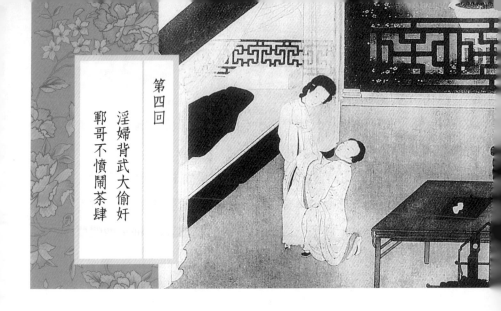

四　瓢賦與鳥詩

王婆打酒去也，西門慶開始依計施為，剛一捏潘金蓮小腳，那個便 「笑將起來」、「搜將起來」， 兩人就在王婆屋裡脫衣解帶……，以後兩人日日到此私會，「恩情似漆，心意如膠」，街坊無不知曉。有個賣梨的小猴兒名叫鄆哥，尋來想賺幾個小錢，卻被王婆打了一頭疙瘩包，一籃子雪梨散落街上。

這瓢是瓢，口兒小，身子兒大……專一趁東風，水上漂。有疾被他撞倒，無情被他掛著，到底被他纏住拿著。也曾在馬房裡餵料，也曾在茶房裡來叫，如今弄的許由也不要。赤道黑洞洞葫蘆中賣的甚麼藥？

古人所作小說戲曲，常用一些調侃筆墨，於敘事之中忽而宕

開一筆，或指山說磨、綽影布橋，或夾槍帶棒、嬉笑怒罵，假作真時真亦假，葫蘆提罷大家提，不可盡信，更不可不假思索和咀嚼。

且說那正在挨光的西門慶，既不是傻子，又不是沒見過世面的毛頭小伙，扎扎實實一老資格混混兒是也。慣常在花街柳巷上晃蕩，連妓女都娶到家中兩個，豈有對挨光一事不知之理？難道還要像小學生那樣句句叮囑、事事凜遵？然則疏漏在此，閱讀的妙趣亦在此。不是嗎？我們看西門慶東踅西踅，如熱鍋螞蟻一般亂轉；看他上趕著買綢買棉，送銀兩，掏酒錢；看他衣著光鮮，話語甜甜，陪著小意兒❶，誇人時不忘自矜自吹；看他表面上平和，心中急煎煎，拂掉桌上筷子，去捏那女娘的小腳……，哦，五百年前的一個男女私會的場景，似乎正穿越時空，活色生香地呈現在讀者眼前。

哪個時代沒有男女私會？哪個時代的男女私會在開始時不是快活的？

讀《金瓶梅》，當然也包括讀其他古典名著，宜用兩層閱讀法。兩人之苟合，表層看去是西門慶處處主動上趕，猴急猴急；深層審視則潘金蓮也在挨光，一樣猴急，甚至比西門大官人還急。「美目盼兮，巧笑倩兮」，誰說金蓮不擅雙睛傳情呢？簾子下看覷了這麼多時日，好不容易才用叉杆打中了一個，又是人物俊朗（書中明明寫著），又是財大氣粗，夫復何求！如今竟在隔壁茶館意外相逢，能不心中狂喜！毋怪那漢子一捏小腳，這女娘便笑嘻嘻「摟

❶小意兒，源出《水滸傳》，指小便宜、小禮物。

將起來」——不是不想矜持，是早已把持不住咧。

　　閱讀至此，才想到王婆子有點兒故弄玄虛。不獨那五項基本條件（潘、驢、鄧、小、閒）純屬胡扯狗油，只這「十條挨光計」似乎也無必要，至少有若干條夾帶了私貨：在王婆茶館見一個面，何須一定要用做壽衣的名目？何必一定要花銀兩置辦酒席？略加分析，也只有假裝撿筷子去捏小腳有些意思，可正如各位看到的，原也不用這麼費事耗神，只管「摟將起來」，抱向大床或別的什麼地兒，也就是了。元雜劇中形容這類事兒的俗諺頗多，如「一箭便上垛」，用在此處更為恰切。

　　不管是一見鍾情還是挨光，都是要有人幫襯輔助的，正面的形象叫作紅娘，如王婆之流則稱為牽頭，或呼作馬泊六。紅娘的舉動往往出於同情和義氣，馬泊六之輩則是無利不起早。況且，潘金蓮在理論上還是良家婦女，大約這之前的西門慶還沒有勾引過良家婦女，就算是付一點學費吧。

　　本書的寫作特色，在於其大膽直露的性描寫，亦在於其常常以色情小賦與詩詞抒寫性事。本回中二人挨光已畢，升格為偷情，增寫王婆做牽頭一節，發現武大在家，便稱借瓢，也算擅機變也。接下來卻有一篇〈瓢賦〉，寫其迤逗春風、滉漾春水，寫其生性之空疏、用途之不專，又處處語意雙關，不離腰間臍下。加上緊隨其後的兩首〈鳥詩〉，分寫男女私處，便入於市井煙火之中，紫霧紅塵，鶯鶯燕燕，與那刀光劍影的《水滸傳》漸行漸遠了。

　　至於王婆子，還是《水滸傳》中那個既貪且狠的角色，吃的是獨食兒，下的是絕戶手，做的是一錘子買賣。表面上說的是幫

西門大官人獻計、獻策，實則藉機將私欲、私利攪和其中。不獨
這件事收費過高，附加條件太多，以後再不見西門慶照顧她的生
意，且自己最終也付出了生命的代價。

　　那是後話，而眼下得罪了賣雪梨的小猴兒，卻是一場即刻到
來的小風波。

五　捉奸路上斷腸人

　　鄆哥找到了武大郎，告知金蓮與老西偷情之事，並與他謀劃捉奸。次日待二人入港，鄆哥頂住王婆，武大衝進撞門，卻被西門慶飛腳踢翻，臥床不起。又是王婆出計，讓老西從自家藥鋪拿來砒霜，潘金蓮親手灌到丈夫嘴裡，武大七竅流血而死。

　　婦人拭著眼淚道：「我的一時間不是，乞那西門慶局騙了，誰想腳踢中了你心。我問得一處有好藥，我要去贖來醫你，只怕你疑忌，不敢去取。」

　　《水滸傳》寫了個智多星吳用，而市井中人，幾乎個個都是智多星。

　　上一回寫王婆子設定「挨光計」，西門慶順序施行，一條條應

驗不爽；此回則以鄆哥兒口授「捉奸計」開篇，一向懦弱的武大郎被激出血氣之勇，倒也將奸夫淫婦抓了個正著（準確地講是看到個正著）。小小縣城，攘攘市井，真應了「文革」中那副對聯：「廟小妖風大，池淺王八多。」即便一個賣雪梨的小猴兒，也能有過人之算計，有精確實用之策劃，也要既占便宜又出惡氣，讓人慨嘆。

這樣的小人物，這類的小把戲和小成功，匯聚在一起，便成為俗世的生活長卷，成為底蘊著無數歡欣和悲苦的生命樂章。竹兄曾說《金瓶梅》是一部哀書，或也正在於它將市井中諸般人物寫得個個噓彈如生，在於浸潤其中的哲思與悲憫。

本回的大關目是武大郎的捉奸與暴亡。

古今中外，生活中都有像他這樣的如蟲如蟻之輩：被呼作「三寸丁，谷樹皮」的武大郎，風裡雨裡、起早貪黑賣炊餅的武大郎，逆來順受、從不惹是生非的武大郎。可當他聽說妻子在外面與人通奸，還是不能隱忍，「從外裸起衣裳，大踏步直搶入茶坊裡來」。這哪裡還是武大郎，簡直像是弟弟武松了。此時讀者當也會推想：如果沒有一個膽敢打虎且做了本縣都頭的弟弟，武大郎會不會就忍了呢？

應說是的。

在武大郎卑微屈辱的生命歷程中，忍，成為其性格和行事的主色調。張大戶「踅入房中與金蓮廝會」，他撞見「亦不敢聲言」；街上浮浪子弟「日逐在門前彈胡博詞」，他只好搬到別處；老婆勾引自家兄弟，他心知肚明，卻是「被這婦人倒數罵了一頓」……，

可畢竟弟弟來了，給他帶來了一種榮耀，也帶來了一絲兒自尊，因而在老婆偷人時，他有點忍不住了。

在這個意義上說，武松對哥哥的死，竟也似有了一點兒責任。

挨光和隨之而來的偷情當然是愉悅的，一旦到了被窺、被捉而且公然捉住的境界，就大不堪了。幾乎所有的市井之人都喜愛看捉奸，興沖沖幫著捉奸，捉奸是喜劇、鬧劇，常常也是悲劇。試想將那赤條條男女綁於大樹下、祠堂前，或像《水滸傳》中的楊雄、石秀將潘巧雲剖腹剜心，該有多麼快意！此處所寫，竟演為捉奸人的自身悲劇，演為謀殺親夫的陰森場面。儘管雙舸子（筆者別號）早已熟知《水滸傳》和本書中的描寫，熟知這次捉奸之後的故事，但再一次閱讀，內心仍充滿悲憫，仍感到恐懼戰慄。

誰是這次謀殺的主凶？是西門慶嗎？

不。細讀整個過程，答案是否定的。

除了挨光和偷情，西門慶在這場謀殺中一直是被動的：武大郎前來捉奸，他的第一反應是「撲入床下去躲」，在潘金蓮譏刺慫恿下才爬出來，踢了武大一腳，仍是驚惶奪門而去；武大郎病中提到武松，他聽後「似提在冷水盆內一般」，連叫「苦也」，在王婆子譏刺點撥下才表示要長做夫妻；殺人一節，西門慶自然是參與者，但也只是依王婆之計提供砒霜。客觀地說，西門慶在謀殺中只能算是一個從犯。

主犯是誰？

是兩個女性——王婆和潘金蓮。

人物形象的類型化，由此再走向極致，走向典型化，是我國

古典文學作品的一個特徵。王婆子當是「三姑六婆」的典型，眾惡歸之。世上有沒有像她這樣歹毒的老女人？她的利嘴和急智，她的貪婪和狠辣，她在大事和變局前的從容淡定，都讓人震驚。王婆豈沒經歷過人生的艱辛？那又怎麼樣呢，只不過為了賺幾兩散碎銀子，她就毫不猶豫地導演了這場血腥謀殺。

潘金蓮更是一個典型形象。在《水滸傳》中，她是淫蕩和惡毒的綜合體，而本書則濃墨染寫了她的複雜性格：美貌與輕薄，多情與淫蕩，聰明與奸狡，多才多藝與薄情寡義，爭強好勝與心狠手辣……，她的一生當然是一個悲劇，是時代的悲劇，更是自身性格的悲劇。她是這場謀殺案的主凶，是堅定決絕的實施者。此前的她曾擔心在謀殺過程中會手軟，實情則是從調製毒藥、強灌入喉、蒙蓋厚被，到「跳上床來，騎在武大身上，把手緊緊地按住被角」，全部由她一人承擔，直到武大「腸胃迸斷，嗚乎哀哉」，才覺得手腳軟了。

可憐的武大郎！

憤激捉奸的武大有些反常，心窩被腳踢傷後似乎重歸於清醒，他開始央告和哄勸，向妻子保證弟弟回來後不講出來。他會這樣嗎？我們真不知道。潘金蓮等人沒有給武大這種機會，她靜靜地聽完，在隨後謀殺親夫的過程中，沒見出絲毫憐憫和猶豫。

作為英雄演義的《水滸傳》，是主張濺血五步、快意恩仇的，就在這之後不久，武松回來了，割下潘金蓮腦袋祭兄，王婆也被判剮刑，以見報應不爽。而在本書中，潘金蓮的故事才剛剛開始，她在這個謀殺親夫的夜晚，辭別了《水滸傳》，開始了其新的文學生命。

六　貪歡不管生和死

　　武大郎暴卒，街坊鄰居前來看望，潘金蓮「虛掩著粉臉假哭」，王婆幫著料理喪事，西門慶則找到負責驗屍的仵作團頭（即舊時官府中檢驗死傷的差役頭目）何九喝酒，請他掩蓋真相。武大被拉到城外化人場燒化，連骨殖也撒在池子裡，而他辛辛苦苦置辦的小樓，竟成了西門慶和潘金蓮的歡會之所。

　　西門慶道：「你看老婆子，就是個賴精。」婆子道：「我不是賴精，大官人少不得賠我一匹大海青！」

　　逝者長已矣。而活著的人則在盡情享樂。一陣豪雨，似乎洗去了剛剛發生的罪惡。當老西穩穩坐定那小樓之中，當潘金蓮在情郎懷裡彈起琵琶，當二人耳鬢廝磨唱著小曲兒飲酒作樂，有誰

還記得此間曾經的主人呢？

作者之筆，慣寫生死死生，又無處不見自然本色。

關於《金瓶梅詞話》的作者和成書過程，論者異見紛出，頗不相類。或認為是一位經歷過官場的大文人單獨創作，或以為是出自下層文人之手，也有人稱其為歷代累積型小說，種種不一。然細讀《金瓶梅詞話》，會使人強烈感覺到這是一部規模初成，尚未來得及精雕細刻的巨著。作者蘊藏其間的悲天憫人之情懷，他對情色、婚姻、家庭及整個社會的深刻反思，對各色人等的熟稔和對世情的洞察；以及全書章節的不平衡，回目的簡陋散亂，人物形象的不盡統一，隨處可見的文字錯訛，在在都是明證。如同後來出現的 《紅樓夢》，本書當也是一部未能最後完成的偉大作品。

本回屬過渡性章節，內容不多，描寫頗簡。回目「西門慶買囑何九，王婆打酒遇大雨」，對仗既不整飭工穩，用詞也嫌潦草，當屬於草擬的記事性階段，未經定稿過程的潤改訂正。而前此數回之回目，像「淫婦背武大偷奸」、「鄆哥幫捉罵王婆」，莫不如是。我們看了據云經過李漁潤改的「崇禎本」和「第一奇書本」，更會有這樣的看法。其能證明蘭兄的文采和功力略遜，或如一些人所說的「文筆很差」嗎？不。時下也有幾位文壇猛人動輒指斥前輩作家文筆差，他們又知道什麼叫作文筆！

此一回較《水滸傳》改動頗多，增飾和新添亦多，且不乏精彩筆墨。如新出場的仵作團頭何九，純然一世故圓通、沉穩含蓄之老江湖也。面對一場證據確鑿的謀殺案，面對西門慶公然的脅

迫性賄賂，面對穿著一身素淡衣裳假哭的潘金蓮，他心如明鏡一般，卻不說破。《水滸傳》於此處有大段文字，先寫他既不敢得罪西門慶，又怕武松回來發作，便假裝中惡驚厥，一倒了之；再寫其歸家之後，對老婆細說疑懼，且偷藏武大骨殖之舉，也是受老婆指點。而此書則寫何九見出事態怪異，見出武大之冤屈，卻只想到不能惹翻西門大官人，連火家（即伙計）提出疑問，他都給一一遮蓋過去。其想到武松就要回來否？大約沒有。而當武松真的回到清河，鬧將起來，老東西早不知躲到哪裡去了。這才是蘭兄筆下的人物，才是市井中人物。

蘭兄當然也要採用《水滸》中的詩詞，又幾乎對每一首都作了改訂，以適合新的敘事。本回引首詩，寫偷情為禍之酷烈，末句原為「血污遊魂更可嗟」，預言那接踵而來的報應；被改為「虧殺王婆先做牙」，則是另起一片水頭，湧向歡愛場景。而回中「色膽如天不自由」一首，除卻第一聯，幾乎都是作者新擬，「貪歡不管生和死」，「地老天荒難歇休」，責斥中見幾分感嘆，感嘆中見幾分悲憫，又句句不離世情，不離風情。

若說俗世中男男女女，多是有一些悲憫情懷的。一個善良生命的消亡，總會引發一些傷感。對武大的死，街坊鄰居豈無悲憫？何九與火家豈無悲憫？卻沒有一個人站出來講話，沒有一個人去報案告官。《水滸》中何九還有偷藏骨殖之舉，還會跟著武松去做證，本書中則沒有，沒有的自自然然。這就是市井，這就是世風。

俗世中男女，也有毫無悲憫之心的。王婆對武大的死不獨沒有憐惜，大約還會有幾許輕鬆愉悅。同樣輕鬆愉悅的是西門慶和

潘金蓮。正是在武大的喪事期間，二人的偷情更上層樓，金蓮第一次露了一手琵琶技藝，老西（相識已久，這樣稱呼更隨意些）飲上了鞋杯，「才子佳人至妙頑」，哪裡有一絲兒悲憫呢？

　　俗世中最重親情，唯在權勢逼凌之下、肉欲激蕩之時，親情也會打一些折扣。如武大的親生女迎兒，對父親的死不哭不鬧，不見悲戚，大可怪也！或因其在《水滸》中原為潘巧雲婢女，入於本書中還有些水土不服？而新出一潘金蓮之母潘媽媽，因女兒要會見情人，便被趕離家門，來也匆匆，去也匆匆，然與王婆子幾句對答，已見出品行心性，有其女必有其母也。至於金蓮如何「一力攛掇他娘起身」，蘭兄未寫，想是覺得毋須贅累，欲火燒灼的人兒，又什麼話說不出，什麼事做不來呢？

第七回
薛嫂兒說娶孟玉樓
楊姑娘氣罵張四舅

七 「乖人」最懂得抓住機遇

西門慶的第三個小妾死了，媒婆薛嫂兒上門提親，說的是南門外販布楊家的遺孀孟玉樓，「手裡有一分好錢」，「又會彈了一手好月琴」。老西一聽便上心，在薛嫂指點之下，一份厚禮拿下楊家姑媽。玉樓見了他人物俊朗，也是滿心歡喜。楊家母舅張四極力阻撓，又在其成親時公開攔阻，哪知楊姑媽出來嚷罵，薛嫂乘亂，領著西門慶家人和眾軍牢，「趁人鬧裡，七手八腳，將婦人床帳、妝奩、箱籠，搬的搬，抬的抬，一陣風都搬去了」。

張四道：「我雖是異姓，兩個外甥是我姐姐養的。你這老咬蟲，女生外向，行放火又一頭放水。」

本書前十回文字，多從《水滸傳》拈選而來，經過作者一番

加減，一番造作，形成新的敘事格局，形成一部新小說的第一
單元。

　　此一回則不然，作者於那椿人們早已熟知的謀殺案中，忽然
另起爐灶，摹畫一個新的生活場景，引出幾個新的市井人物。於
是，那位好一通忙活的王婆子暫且退後，正與西門慶打熱成一塊
的潘金蓮也略歇一歇兒，又一個媒婆，將一位新女娘推向前場。

　　這位媒婆便是薛嫂兒。比起王婆，她顯得更具有職業意識，
將待嫁女娘吸引人的地方一椿椿兒說來：先是「手裡有一分好
錢」，吃定那破落戶出身的老西必然心動；再說「就是個燈人兒」，
讓貪色的老西興趣大增；最後又說到「彈了一手好月琴」，則令老
西喜出望外，即刻就要相會。此時的薛嫂兒才隱約提及這件婚事
的複雜性，隱約提及一眾親眷對其財產的覬覦，指引他去拜見楊
姑娘。「求只求張良，拜只拜韓信」，妙哉信哉！這些曾經叱吒風
雲的歷史人物，怎能想到千百年後自己的大名入於俗諺，且生發
出如此細微精妙的市井寓意？

　　待嫁女娘叫孟玉樓。諸位請留意，留意這位一心要嫁西門慶
的孟玉樓。她是《金瓶梅》中一個不可忽視的重要女性。評者多
稱其為「乖人」，其實對玉樓又怎能以一個「乖」字概括！她的聰
明穎悟差似金蓮，而平和內斂則遠過之；立身謹嚴端正略同於月
娘，而通脫隨和遠過之；出手大方近乎瓶兒，而恬淡豁達遠過之；
至於那兩位不上臺盤的貨色李嬌兒和孫雪娥，更無法與之相比。
她一開始應是愛那西門慶的，及至嫁入西門大院內，目睹生活中
的種種污濁不堪，種種爭風吃醋，她理性地後退一步，選擇了遜

讓，選擇了忍耐，以此來守衛自己的人格尊嚴和生存空間。

濁浪滔滔，肉欲橫流，《金瓶梅》的時代應是一個缺少正義和良知的時代，西門大院中的女性則是一個在末世中載沉載浮的可悲群體。在這樣的生活場景中，在無時不有的爭風吃醋中，有潘金蓮，也有孟玉樓；有潘與孟表面上的親近熱絡，也有孟玉樓的獨立思考和潔身自好。孟玉樓可以說是西門慶眾妻妾中唯一的明白人。因為明白，她盡量不與潘金蓮形成利益上的對立；也因為明白，她謹慎地將自身置於矛盾的渦流之外。通讀全書，我們便知道孟玉樓在西門大院中的存在，也頗為不易。

自此一回開始，孟玉樓登場了。在這場婚事中她看似被動，其實不然，守寡的日子便是她待嫁的日子，而先夫留下的家產、自身的美貌，都是她再嫁的資本。蘭兄沒寫，我們卻能想到薛嫂與她必也先有一場對話、一番計議，話題必是那西門慶。書中的人名和地名常是有寓意的。這位孟三姐芳名玉樓，固然與其頭簪上鐫刻的詩句相關，而與她的出生地應說更有關聯，孟玉樓，夢上玉樓，生於臭水巷的女孩兒，又哪一個不這樣巴高望上呢？

玉樓是西門慶明媒正娶的妻子，也是多有家資的富商遺孀。她的出場是對金蓮殺夫陰森森故事的間離，也為後來的內幃不和、家庭紛爭拉開序幕。此時的西門慶早已擁有了生藥鋪等，然孟玉樓的家產仍是一種強烈吸引，於是其對迎娶沒有一點點兒猶豫，快刀斬亂麻，三下五除二，就把那玉樓娶來家裡。至於那紫石街小樓上的潘金蓮，一回中半句不提，怕是早被老西丟在腦後咧。

本回純用市井筆墨，細細敘寫了這樁婚姻引發的家產之爭，

寫娶親的潦草匆忙和爭鬧罵詈，藉以活寫了兩位針鋒相對的親族代表——楊姑娘和張四舅是也。二人皆有一張快嘴，其攔阻和反攔阻、嚷鬧和反嚷鬧、罵與對罵，真如提梁潑穢、斜地滾瓜，兀的不痛快煞人也。不是有過一篇《快嘴李翠蓮記》嗎？實則市井中快嘴利口之人最不稀缺。王婆豈不是快嘴？薛嫂兒豈不是快嘴？小猴兒鄆哥豈不是快嘴？即如孟玉樓回應張四的勸阻，語速可能是和緩的，而句句以理反駁，嗆截得老舅最後啞口無言。

市井有市井的規則和道理。幾乎所有的快嘴都能講出一套理兒，抓不住理兒，說不出道理，便是快得無端了。張四舅當然是有道理的，其不讓玉樓嫁給西門慶還能算錯？但其對外甥遺產的覬覦和操控意圖，是他登場的根本原因，也是其軟肋。楊姑娘正是從這裡下手，狠揭猛批，又質疑其阻攔有下流念頭，便占了上風。魯迅先生稱此書「描寫世情，盡其情偽」，兩人嚷罵得紅頭漲臉，表達的則無一不是虛情假意。而早有準備的西門慶要的就是這個，他帶來的家人小廝、搗子閒漢，還有從守備府借來的眾軍牢，「趕人鬧裡，七手八腳，將婦人床帳、妝奩、箱籠，搬的搬，抬的抬，一陣風都搬去了」。這種場景，今日雖不多見，仍活潑潑存在於現實生活中。

孟玉樓是乖人，而乖人最懂得抓住機遇，最擅長捕捉幸福。至少在此時，孟玉樓認為嫁入西門大院是幸福的。

以孟玉樓形象的完整和精彩，以她在作品中的重要性，以作者塑造這一形象所傾注的愛意，為什麼不將書名擬為「金玉瓶梅」呢？思來想去，大約還是因為小說的「情色」主題，作者要寫「一

個風情的故事」，比起那進入書名的三位，孟玉樓儘管也生得天然俏麗，也會彈月琴，然確確是少了一些風情。

八　挨光與偷情之別

　　西門慶娶了孟玉樓，燕爾新婚，早把潘金蓮忘在腦後，一個多月未曾登門，害得她日日苦等，夜夜相思。得知老西再娶的消息，更是痛苦。還是王婆，在路上攔住醉眼矇矓的老西，拉來與金蓮歡會。這邊武松即將返回，先期差派一人回家報信，王婆得知後急告西門慶，三人計議為武大郎辦過百日，便「抬娶婦人家去」。

　　那西門慶道：「我若負了你的情意，生碗大來疔瘡，害三五年黃病，扁擔大蛆蟲口袋。」

　　一個「色」字，原可有難以計數之語詞組合。且每一個組合，都可能是一篇大文章，可能內蘊著許許多多人生經歷和感悟，可

能寫成像《金瓶梅》這樣的一部大書。惟其組合不同，涵義也有差別，此色與彼色之間就有了齟齬和衝突，匯聚起來，也就成為西門大院的生活主旋律。

本書開篇所稱「情色」，是一部小說之主題；而卷首〈四貪詞〉中的「財色」，則是西門慶生命過程之主線。若再以此數回情節證之，則西門慶勾搭潘金蓮，是以財求色；而上一回謀娶孟玉樓，便是財色兼收。毋怪一旦娶進家裡，「燕爾新婚，如膠似漆」，不獨把那潘六兒丟在一邊，且三番五次找人來請，也有些不瞅不睬了。

此時便見出挨光與偷情的大不同。挨光階段的西門慶，那一番踅來踅去，那份兒殷勤上趕，那些個甜言蜜語，真讓潘金蓮油然而生一種初戀的感覺；而一旦進入偷情，乾柴烈火燃燒上一陣兒，漸漸便生懈怠，見出潦草和敷衍，便爾主次易位或曰歸位。這時候女子若還要拿三捏四，難矣！

能怪那西門慶嗎？作為商人的老西，要打理自家的生藥鋪，要對付新娶的有財有色且孤曠已久的小妾，要應酬一縣中大大小小的人物，還要為出嫁女兒籌措陪嫁……，最欽佩蘭兄此等地方的簡潔筆墨，往往三句五句交代，若不動聲色，便畫出一種生活常態。書中寫了西門慶的無數個偷情和偷歡，卻也通過所有這些胡作非為，通過各種細節，寫出其生活常態仍是經商，後來是做官兼經商。「潘、驢、鄧、小、閒」的「閒」字，這廝本來是不具備的。

西門慶是從市井上打拼出來的，也是從市場上打拼出來的。

試想，一個破落戶子弟，一個「父母雙亡，兄弟俱無」的毫無根基之人，能在縣前開一間生藥鋪，人稱西門大官人，該經過怎樣的慘淡經營？該有過怎樣的努力拼搏？此時的老西在生意上仍處於初創階段，還會欠王婆的茶錢，會被張四譏為「裡虛外實」，嫁女兒還要用玉樓的「南京描金彩漆拔步床」，因此還要繼續打拼。他當然不會忘記了潘金蓮，若說忙得顧不上倒有幾分是實，而真正的原因怕是已然失去了激情。

　　像這樣的偷情，這樣的相聚和分張，在西門慶必不是第一次了。但這一次不同，這一次他遇到的是潘金蓮。

　　本回筆墨主要在潘金蓮，一上來便寫她的孤寂淒惶，寫其「每日門兒倚遍，眼兒望穿」，寫其求卜問卦，寫其「每日價情思睡昏昏」，寫其聞知西門慶再娶後的傷感與幽怨……，似乎是要展示金蓮的詞曲才情，又像是凸顯本書的詞話文體，敘述中大量加入了韻文：用自家紅繡鞋打相思卦，證以兩支【山坡羊】；對玳安訴說心事，再用一支【山坡羊】；花箋上題寫情詞，選的是【寄生草】（本書中凡此類詞兒，皆用【寄生草】，亦作者寫作習慣之一端）；至於獨自彈弄琵琶，唱的則是【綿搭絮】。所有的曲兒，傾訴的都是一腔幽怨，尤其是那一連四支【綿搭絮】，曲集中原題為〈思情〉，經過蘭兄一番改作，將潘金蓮背夫偷情之事竄入曲詞間，寫來是那麼真摯痛切，幾乎令我們忘記這是一個多麼歹惡的女人。再惡毒的女人也會有失落和痛苦，也會顯得弱小和無助，也會被嫉恨噬咬，不是嗎？

　　但這是蘭兄造作的潘金蓮，是永不言敗、永不放棄的潘金蓮，

更是不計手段要達到目的的潘金蓮。我們看她執拗地派人去找西門慶，看她花箋題曲訴相思，看她施展才智將情人兒再度套牢，真也不得不佩服。潘金蓮是有一股硬氣的，好不容易將老西尋來，卻是忍不住一陣攪鬧嚷罵，接下來還要摔帽子，搶頭簪，撕扇子，先出盡心中委屈和怨氣。老西勾搭的女人也多多，卻沒有第二人敢爾如此。

潘金蓮又是有幾分才情的，單是那一手〈蘭簡題詩〉，本書中也是獨一份兒。而見到西門慶時拿出的那些上壽物事，以及鑴刻著五言詩的並頭蓮瓣簪兒，整個兒就像那《西廂記》中的崔鶯鶯了。這是唱姐兒的看家本領，是在王招宣府中、張大戶家裡練就的基本功，破落戶出身的西門慶，哪裡見過這一套路數！

「燒夫靈和尚聽淫聲」一節，大段引錄了《水滸傳》第四十五回潘巧雲的故事，實則潘家這位巧雲雖未能進入本書，那些個破事卻也大多迻來潘家的金蓮身上。跟隨她而來的還有那幫花和尚。在古典文學作品中，似乎就沒見過幾個一心向佛的和尚，亦可怪哉！

九　老江湖失手

　　武松終於回到清河。哥哥已死，王婆胡亂支對，迎兒只知哭泣，都讓他懷疑。好不容易從鄆哥處得到實情，告到縣衙，那班吃了老西厚賄的官員卻拒不立案。武松急怒攻心，徑自找尋西門慶報仇，不想正主兒逃去，打死了來報信的差役李外傳。

　　李嬌兒等眾人見月娘錯敬他，各人都不做喜歡，說：「俺們是舊人，倒不理論；他來了多少時，便這等慣了他，大姐好沒分曉。」

　　武松終於回來了。

　　這位二郎與哥哥的感情是深摯的。我們還記得他臨行前在紫石街的小宴，記得他坐席間對嫂嫂的敲打、對兄長的叮囑，記得

兄弟二人的灑淚而別。武松離開得有那麼多懸掛，卻又遲遲不歸，一趟東京送禮，整整用了五個月。想來蘭兄為了給老西留出作案時間，只好讓武二郎沒完沒了地「觀光上國景致」。

在《水滸傳》中，潘金蓮殺夫與武松殺嫂連綿敘寫，幾乎不見任何間隔，作孽接著復仇，血案接著血案，慘死與慘死相映照，好不使人震撼，又好不令人暢快！而在此書中，兩事被有意地拉開距離——這是一種寫作間離：作者以近五回的篇幅，寫西門慶掩蓋罪證，寫二人在謀殺之地的恣狂淫縱，寫謀殺主凶為死者做法事，寫靈杵法鼓與淫聲浪語的共鳴，中間還宕開話頭，插寫說娶孟玉樓之事，讓一對老公母吵翻了天……，似乎一切已然成為過去，卻又在第八回若不經意地提到正在歸程上的武松，說他總是「神思不安，身心恍惚」。

寫作的間離帶來了閱讀懸念，帶來了閱讀的渴望和期待。

讀者當然會渴望武二郎回來，那位早躲在一邊的鄆哥兒會渴望武二郎回來，已連臺本般看了「謀殺親夫」故事的街坊鄰居們，想也急於見到一個結局。懾於西門慶淫威而不敢吱聲的他們，怎能不期待那位打虎的英雄，怎能不急煎煎等待那復仇時刻，等著那淒厲的哭叫和滿地血沫？

武松回來了。紫石街的武大郎家已是人去樓空，哥哥不見了，嫂嫂不見了，家中的多數器物也不見了，只有一個悄無聲息、問著也不說的侄女迎兒，更讓人覺得四壁蕭然，彌漫著不祥的氣息。一切都是那樣的稀裡糊塗，一切又都是那樣的明明白白。武松的預感得到了證實，他所愛憐的哥哥已然化煙化灰。一個媒婆子的

胡推亂搪豈能騙得過他這老江湖？於是，深夜的紫石街響徹了武松的哭聲，這是椎心泣血的壯士之哭，飽含著對骨肉同胞的哀慟，也宣示著復仇意念的強烈與決絕。

結論已有，主意已定，武松還是要找到證人，查問端的；還是要擬訴狀、告官府，以求為哥哥伸張正義。直到告狀被駁，武松才明白，原來自己這位打虎英雄，在知縣那裡是比不了西門大官人的。此時的武松「不覺仰天長嘆」，此時的武松必然熱血沸騰，短暫的官府鷹犬生涯結束了，他要用自己的方式對這一切來一個了斷。

武松終於回來了。不僅僅是從外地回到清河，更是從官府回歸綠林，回歸江湖。殺死西門慶將是他回歸的祭禮！我們看他奔往西門慶的生藥鋪，看他只三言兩語就問出仇人在何處，看他「大又步雲飛奔到獅子街」，看他「撥步撩衣，飛搶上樓去」，心中真充滿暢快。有什麼能比懲創惡人更令讀者暢快和欣慰呢？然而，且慢！此時的西門慶已不再是《水滸傳》中那個被三兩拳毆斃的浮浪子弟，而顯得精警深沉，早有戒備的他臨窗而坐，望見武松的他藉故悄然躲開，留下那報信領賞的李外傳懵懂不知，被武松擲往樓下，當了替死鬼。

李外傳，裡外傳話、兩頭賺錢之謂也。《水滸傳》中陪老西吃酒的是一位財主，本書則換成這樣一個差役。《金瓶梅》中如此絕妙的名字多多。他是一個類型化角色，又是一個個性化人物，他的登場也就是他的退場，他的聰明也就是他的愚蠢，來去頗覺匆匆，卻在中國小說史上留下了一個飽滿圓整、長遠鮮活的文學

形象。

市井連著江湖，畢竟又不是江湖。打虎的武二郎，也不能像原來那樣快意恩仇了。作為老江湖的他，竟也會漏過真凶，也會錯打他人，且在已知錯打後痛下殺手，演成一椿無端命案。或曰李外傳也有該打甚至該殺之處，其結果則是讓西門慶逍遙了一生。《水滸傳》那條精悍自信好漢，而今成了一個不知自制的莽夫，令人嘆嘆。

這時的武松，是急了眼的武松，又是走了樣的武松。他讓許多人失望了，不獨兄仇難報，自家反而吃了官司，也要被拷打和充軍，也會呻吟和哀求，也要念「君子報仇，十年不晚」的心訣，而當他歸來時，西門慶早已死翹翹了。

至於潘金蓮，此時正在西門大院開始她的第二次婚姻，既享受著老公的愛寵，又得到大婆的信重，當是其一生中幸福指數最高的日子。

一〇 官場中也有一些倒霉蛋兒

　　武松被眾人鎖拿往縣衙，知縣翻臉無情，將武松一通拷打，解送東平府。府尹問出實情，行文要清河添提西門慶、潘金蓮、王婆、鄆哥等人。老西著慌，央求親家託情，星夜往東京，輾轉求得蔡太師緊要密書，遂化險為夷。武松免死流放，西門慶在家中與妻妾飲酒賞花，好不開心。

　　婦人聽了，瞅了他一眼，說道：「怪行貨，我不好罵你！你心裡要收這個丫頭，收他便了。如何遠打周折，指山說磨，拿人家來比？……」

　　啊！真不忍心看此一回中的武松──
　　不忍看他的磕頭哀告，不忍看他的聲屈叫冤，不忍看他大刑

之下向翻臉無情的知縣套交情，不忍看他不管侄女生計、發賣哥哥的舊家活做盤纏，不忍看他戴枷剌面長街行⋯⋯

這還是那位打虎英雄嗎？

親兄之冤未伸，惡嫂之恨未解，西門慶未殺，自己卻進了監牢，戴上鐐銬，遠剌孟州道去也。這還是勇武過人、心思細密、老於江湖的武松嗎？

兩部偉大的小說，兩個武松形象。《水滸傳》中的武松，是作為綠林好漢的武松，是起義造反的武松，是英雄傳奇中的武松；《金瓶梅》中的武松，則是市井眾生中的武松，是在末世官場浮沉的武松，是世情小說中的武松。兩個武松，兩種筆墨，兩樣色澤。然則情節改變，經歷改變，其血性與精神未改，其為兄復仇的故事內核未改。本回的「賊配軍」還是我們的武松。武松踏上了漫漫流放路，但他還會回來的，對這一點，讀者應是深信不疑。

不管宋耶明耶，朝廷和官場都是異常黑暗的，也都是無限複雜的。不是說官官相護嗎？這裡演繹的則是一種例外：武松在縣衙門中任巡捕都頭，職權要大過今日之警察局長，算是官場中人了，加以有恩於地方，有功於知縣，有冤有理且又有證據，仍然被扯翻當堂，棍棒加身。官場中更通行的是鉤心鬥角，是爭風吃醋，是朋黨和派系、門生和故吏，而核心的核心則是利益。利益使官場和市井緊密相連，使官員和商人密切相關，西門慶尚不是官場中人，卻是能使動官衙的人。知縣豈不愛武松之勇，豈不知武松之正？縣丞以下各官豈不知武大之冤？其拷問武松時豈無一點兒惻隱之心？怎奈老西那銀子來得猛，所謂「黑眼珠看見白花

花銀子」，又能怎麼樣呢！

　　官場中總有一些倒霉蛋兒。此時的武松，只當了幾個月的小官，還未參透其間的奧妙與精義，便成了一個十足真金的官場倒霉蛋。

　　官場也從來都不會是一團漆黑。那些個兩榜進士，貪贓枉法者自有之，清廉清正者亦大有人在。即如嚴嵩當政的明嘉靖晚期，不還是出了一個海瑞嗎？《水滸傳》中的州府主官幾乎沒有什麼好鳥（即好人），如這位東平府尹陳文昭算是難得了，不僅善待武松，且派人到東京幹辦，為他減輕罪名；而蘭兄筆下則著重描寫其複雜性格，寫西門慶在東京的賄賂帶給他的壓力，寫他在上層壓力下放棄追究，但仍對武松從寬處置。陳府尹是個「清廉的官」，又是個圓融和人際關係良好的官，卻仍不失內心良善，與那李知縣形成鮮明對比，其形象也更具有代表性。又誰說清官就一定要像海大人那般不食人間煙火呢？

　　「水滸故事」小收煞後，是新敘事的展開。武二郎披枷戴鎖去也，劫後餘生的西門慶好不輕鬆，「心中去了痞一般」，立刻整治酒席，和他的一眾妻妾在家中飲酒作樂。《金瓶梅》式的生活正式開始了！同時開始的還有李瓶兒的故事。這是一個由《水滸》衍生出來的人物：原書寫梁山好漢攻打北京大名府，梁中書和夫人逃過一劫，家中老小則是「殺的殺了，走的走了」；本書由這一場廝殺接續講述，寫梁的小妾李瓶兒與養娘趁亂逃往東京，嫁與了花太監的侄兒花子虛，又隨這位大太監遠赴雲南⋯⋯

　　梁中書亦屬《水滸傳》中的厲害角色，為蔡太師女婿，能在

梁山八路兵馬攻打下逃得性命，其夫人居然也能自己脫險，算是高官中有本領的了。而更有本領的當是他的小妾李瓶兒，不獨能躲過追殺，還帶出「一百顆西洋大珠、二兩重一對鴉青寶石」。還記得青面獸楊志吧，他那樣一身祖傳的武藝，手持一把祖傳的寶刀，還是失誤了恩公梁中書孝敬岳父的生辰綱❷，與小腳弓襪的瓶兒比起來，真該愧死！

儘管武家兩兄弟不是本土人士，小小清河也真算是藏龍臥虎，此時開始微露一角。即如老西隔壁緊鄰的這位花家娘子，雖未正式亮相，已是先聲奪人。她是本書中第二位重要女性，是一位經歷複雜、見過大世面的女子，更可以說是清河縣裡第一富婆。做過御前班直、雲南鎮守的花太監老死故里，留下一份豐厚的遺產，臨終前居然甩開四個本家侄兒，全部交由李瓶兒來掌管，光這一份信重，就足夠那些探謎高手興奮的了。

至此，《金瓶梅》中的金、瓶、梅，三位重要女性悉數出現。前十回基本是金蓮的主場，攜帶著春梅與主子春風一度，現在該輪到李瓶兒上場了……

---

❷生辰綱，指成批運送的生日禮物；綱，成批貨物，如茶綱、鹽綱。

一一　先揀個軟柿子捏捏

春梅本是吳月娘的丫鬟，分派給了潘金蓮，同氣相求，加以與主子睡過，脾氣也見長。一日與西門慶第四個小妾、管領廚房的孫雪娥鬥了幾句嘴，學了給金蓮，金蓮又添油加醋告訴西門慶。恰好因要吃的久久不來，春梅再次吵嚷告狀，老西便對雪娥拳腳相加。雪娥不服，在月娘處與金蓮吵罵，老西得知後又打了一頓。潘金蓮好不得意。以西門慶為首的會中兄弟也正式登場，在老西隔壁花子虛家聚會，請了三個歌妓，就中李桂姐是老西第二個小妾李嬌兒的侄女，一下子便吸引住他，當夜就趕往李家行院，要梳籠桂姐。

頭一個名喚應伯爵，是個破落戶出身，一分兒家財都嫖沒了，專一跟著富家子弟幫嫖貼食，在院中玩耍，諢名叫做應花子。

　　如果說《金瓶梅》的前十回還常要致力於鋪陳、剪輯和改寫，那麼從本回開始，蘭兄就進入了一種全新敘事。這是以西門大院為主場、以清河縣城為外景、以日常生活為基本內容、以明代社會為歷史基點寫作的故事。第一個出場的自然是潘金蓮——興興頭頭剛進住西門大院的潘金蓮，陪同她的是丫鬟春梅——心高氣傲且剛與主子有了一腿的春梅，她們的打擊對象是孫雪娥。

　　在老西的妻妾系列裡，孫雪娥的地位還不如出於妓館的李嬌兒，算是一個軟柿子了。可這位丫頭出身、成日在廚房忙活的四娘，有些蠢，絕不全蠢；有些倔，亦不死倔；無命無運，卻不屈不撓，也不可小視。雖說是個軟柿子，裡面的核卻是硬的。

　　後於本書之行世約二百年，曹雪芹在困窮中寫出一代鉅製《紅樓夢》。學者常對這兩部偉大作品進行比較，與芹翁關係密切的脂硯齋也說後者「甚得《金瓶》壼奧」。這當是指兩書都以一個家庭為主，深刻揭示了其時代與社會的本質，摹寫了生存和生命、婚姻和愛情的悲哀。兩書又不僅在寫作主旨上隔代相通，其人物形象、情節設置方面也不乏相似之處。《紅樓夢》第六十一回寫廚房奪權，先從小丫頭索要一碗雞蛋羹入筆，寫得波瀾層湧，畫出一干人等的色澤之別；而本回的廚房之爭，亦起於丫鬟催要吃的，與妻妾的爭房爭寵纏繞交織，寫來更見真切。

　　西門大院之內，一眾妻妾也是有分工的：吳月娘是正頭娘子，雖說體弱多病，主持家政的地位仍然無人挑戰；李嬌兒管錢，大約也是只負責每日銀錢出入，類乎今日出納，離銀櫃也頗遠；至於本回主角孫雪娥，為前夫人婢女，想是亦曾與主子春風一度，

感覺還不錯，升任妾班，掌管的卻是一應飲食。惟晚入門的孟、潘二人，尚不知分管什麼，也許是夫君太忙，還未來得及分配工作吧。

既然沒事可管，潘金蓮就下心思管起老公之起居，恨不得夜夜專房，偏就忘了西門慶也是別人的老公。故事發展到此回，潘金蓮已然在西門大院「漸露圭角」，她的掐尖爭勝，她的聽籬察壁，她的踢扒咬群兒，都與其邀歡固寵相表裡。廚房內的吵罵固然熱鬧，原因卻在廚房之外，而潘金蓮挑唆西門慶打那孫雪娥，也是想在比肩數人中先揀一個軟的治治。

在西門慶的妾行之中，最沒有地位的當數孫雪娥了，雖說是如夫人，與那丫鬟僕婦也相去無幾，於是就有了許多不平，就更為敏感，更要爭競，加上生性愚直蠢橫，便與那潘金蓮很快鬥成一對兒。西門慶往潘氏房中去得多了，別人猶可，偏是她表現得最難容忍：不光是到處說嘴，連西門慶要吃的也不情願做了，拖拖拉拉，嘟嘟囔囔，於是乎就有了這一場風波，招來一頓痛揍。

本書一再提及西門慶「打婦熬妻」，是個「打老婆的班頭，坑婦女的領袖」，本回則是對其打老婆的第一次實寫，又分為三個段落：久等早點不來，被潘金蓮所激，走到廚房踢了雪娥幾腳，算是第一打，以嚇唬為主也；離去未遠，聽得雪娥抱怨發狠，回來又是幾拳，下手便重了一些，是第二打；而晚間歸家，得知孫氏揭罵金蓮「擺殺漢子」，方是動了真怒，「三尸神暴跳，五陵氣衝天，一陣風走到後邊，採過雪娥頭髮來，盡力拿短棍打了幾下」，這一打才是真打。這場妾與妾的爭端，潘六兒大獲全勝。至於接

踵而至的一場報應，至於後來金蓮和春梅被趕出西門大院，等等一系列循環相報，都以此一爭端扯開帷幕，貫穿於整整一部小說中。

不管怎樣說，潘金蓮贏了入院後的第一仗。然而，且慢！美色易逝，固寵多艱。美人從來世上珍，美人如玉劍如虹。在權貴和有錢人跟前，歷來是不缺少美人的。潘六兒還不知道這個道理。這不，西門慶和他那一幫狐朋狗友又發現了二條巷中的李桂姐，妓館中初長成的小美人李桂姐，「一團和氣，說話兒乖覺伶變」的小桂姐兒，一心便要梳籠她。

梳籠，又作梳攏、梳櫳，本指梳頭，此處指妓女第一次接客伴宿。舊時妓院中處女只梳辮，接客後梳髻，稱「梳籠」。在應伯爵等人忽悠下，西門慶真有些動情，又是「五十兩銀子」，又是「四套衣裳」，又是「吹彈歌舞，花攢錦簇，做三日，飲喜酒」，好不熱鬧。

當日娶潘金蓮，是「一頂轎子，四個燈籠，王婆送親，玳安跟轎」，又怎能與這一次「梳籠」相比呢！

剛剛得勝頭回的潘金蓮，知否？知否？

一二　小縣城的小小名妓

　　西門慶在妓院貪戀桂姐美色，自家生日到了都不回家。潘金蓮欲火燒灼，勾搭上孟玉樓帶來的琴童，夜夜鬼混，傳得沸沸揚揚。西門慶來家，孫雪娥和李嬌兒告知實情，先將琴童打一頓趕出家門，再令金蓮脫光衣服跪地交代。潘金蓮抵死不招，加上春梅百般解勸，此事暫且放下，而金蓮又被老西剪下頭頂一綹青絲，李桂姐墊於鞋內，日日踩踏。

　　金蓮慌了手腳，使春梅忙叫小廝到房中，囑付千萬不要說出來，把頭上簪子都要過來收了，著了慌，就忘下解了香囊葫蘆下來。

　　優秀的文學作品，善於寫複雜環境中的複雜人物，寫社會關

係網中活的人物，寫這些人物的複雜情感和由此支配的行為舉措，其故事情節也緣此波瀾起伏，引人入勝。

前回中西門慶三打孫雪娥，潘金蓮看上去是大獲全勝，實則已危機四伏：爭房爭寵豈止傷害到雪娥一人？心中恨恨者正不知凡幾也。李嬌兒能不恨嗎？吳月娘能不嫌嗎？就算表面上與她關係不錯的孟玉樓，心裡就會很舒服嗎？況且潘金蓮處處恃寵嬌縱，處處惡言傷人，暗地裡結怨者亦不知凡幾也。此一回寫其與小廝琴童奸事發作，出醜受辱，也是情節發展之必然。

本回之大關目是潘金蓮挨打。但要說到本回的主角，似應為剛剛被梳籠的李桂姐。這位妓院中的家生女子，這位小小縣城的小小名妓，這位被西門慶追捧、眾幫閒簇擁的風塵女子，一出道便是全掛子的武藝，坑蒙拐騙，吃醋拈酸，調三惑四，撒嬌撒痴，真是樣樣精通。她是一個天生的尤物，卻絕沒有一點點兒可愛，把那西門慶羈絆在院中，不放回家，甚至用上了藏起衣帽的手段。娼妓家風，抓住蛤蟆攥出尿，急是急了些兒，倒也出於對嫖客一族的專業化了解。

不管怎麼說，潘金蓮遇上了對手。

進入西門大院後，潘六兒不斷進取，寵冠五房。她的美貌與強梁、機心與伶變，吳、李、孫、孟都難以匹敵；若論起貼戀夫君的小意兒和房中術，四位更不是對手。準確地說，無恥、無畏是潘金蓮主要的得分手段。可這也正是其「練門」之所在。試想，說到房中術和小意兒，說到無恥、無原則和無底線，她又怎能與妓院中人相比？這是業餘與專業的差別，不是嗎？

至於美貌，歷來權貴身邊最不缺少美女。潘金蓮已然是「奔三」的人了，桂姐兒則年方二八，嫩得一掐出水的模樣兒，一面琵琶彈得如行雲流水，叫西門慶如何不愛？

婚姻和感情向來是一條窄路。潘金蓮遇上了對手，狹路相逢，毫無準備的她敗得一塌糊塗。她又開始了焦灼的等待，無以消解那永晝長宵的空寂；她又祭起花箋題相思的故技，這次卻被撕得粉碎，牽連送信的玳安被一通踢罵；受辱之後，她屈身服侍，苦苦勸說西門慶回頭，可這廝轉身又去了煙花寨；最後竟是她為之自傲的一頭青絲，被「當頂上齊臻臻剪下一大柳來」，墊在桂姐鞋裡，每日踩踏。這一場爭鬥，金蓮是整個兒完敗。

更嚴重的是她與琴童偷情之事的敗露。

與西門慶揚旗打鼓地梳籠嫩妓相對比，寂寞難耐的潘六兒勾搭上十六歲的琴童，堪稱是半斤八兩，各有擅場。然則在宗法社會裡，西門慶那叫風流，潘氏便是淫蕩；西門慶可以呼朋引類擺宴慶賀，潘金蓮只能偷偷摸摸極力掩蓋。這種事又豈有祕密可言？

於是風波陡起，李嬌兒、孫雪娥多次舉報，西門慶先是拷問琴童，接下來輪到潘六兒，那「兜臉一個耳刮子」，已帶著十成狠戾，與打雪娥時的故作聲勢明顯不同。潘金蓮栽了，也怕了，她乖乖脫光衣服，跪在地上，一任夫主鞭打叱罵。但也就是這一脫帶來轉機，西門慶原是見不得「光赤條條花朵兒般身子」的，加上金蓮抵死不認、春梅為之說情，雷聲大雨點小，一場風暴化作月霽風清。

這樁罪案雖沒有坐實，對潘氏了解甚深的西門大官人應是信

多疑少，但不再追究了。經此一場事兒，潘金蓮當也接受了不少
教訓，至於能改多少，且聽下回分解。

一三　帶個綠帽子跳進朋友家

　　西門慶對花子虛娘子垂涎已久，這天走入隔壁大門，竟與李瓶兒撞在一起，兩下都有意了。李瓶兒顯然是愛上了老西，處處主動，捎信遞話，請茶送禮。終於在重陽節夜晚，兩人約好，西門慶推醉先撤，瓶兒將花子虛等人轟到妓院飲酒，老西再跳牆來會，與瓶兒搞在一起。而跳牆處正是潘金蓮小院，只好將實情告知，又把花太監傳下來的春宮圖給金蓮看。

　　這西門慶是頭上打一下腳底板響的人，積年風月中走，甚麼事兒不知道？可可今日婦人到明明開了一條大路，叫他入港。

　　在《金瓶梅》的「金、瓶、梅」中，李瓶兒是與西門慶感情唯一真摯和深厚的女子；在老西一生有過性關係的這麼多女子中，

瓶兒也是他唯一真愛和深愛的女子。

前第十回結尾處，寫武松已遠流邊州，西門慶闔家慶賀，一牆之隔的鄰舍家主母竟也派人來致意，引出了李瓶兒。這是住在緊隔壁的花家娘子李瓶兒，也是見過大世面、掌管著大財富的李瓶兒。

本回便是一齣「牆頭記」。

《金瓶梅》的第二個十回，主要寫這位尚未正式出場的李瓶兒，卻偏不就寫，提筆千里，欲擒故縱，一會兒打孫雪娥，一會兒打潘金蓮，又是熱結十兄弟，又是梳籠桂姐兒，草蛇灰線，盤旋久之，至此一回方實寫瓶兒。而其千絲萬縷，總歸為一個結點：寫潘寫孟，寫桂姐兒，寫李瓶兒，又無不與西門慶形象相關，無不與西門大官人的獵豔經歷相關。寫多人而映襯一人，寫一人而攜帶出多人。故此書可名「金瓶梅」，亦可名「西門慶正傳」也。

寫李瓶兒之前，先寫了西門大院中的一妻四妾，寫了西門慶與潘金蓮由偷情到婚娶的全過程，第一個十回頭緒雖繁，二人之事則是主線，稱之為「金十回」可也。現在輪到了「瓶十回」，又是見色起意，又是挨光和偷情，又是先奸後娶，誠犯筆也。唐司空圖《二十四詩品‧縝密》：「語不欲犯，思不欲痴，猶春於綠，明月雪時。」是說不犯也難。然而特犯不犯，相犯處正見出作者之才長。同是西門慶情婦，潘多熱烈，李多溫婉，二人心性與做派不同；同是偷情謔浪，在潘則要錢要物，不斷索取，在李則給錢給物，關注的是情感。不獨此二人，後文中寫到西門慶偷情之舉多多，各有大段精彩，各見人物性情，絕無重複蹈襲之處。

　　何以能夠如此？當在於作者取法乎天地造化也，在於其對生活的深入理解。同時稍後的重要思想家李贄提出「化工說」，認為《拜月亭》與《西廂記》，是化工之作，而《琵琶記》則是畫工之作。什麼是化工？李贄以自然萬物為例：「天之所生，地之所長，百卉俱在，欲覓其工，了不可得。」生活中芸芸眾生各不相同，其情感經歷自也千差萬別，寫出這些不同和差別，也就寫出了人的個性，這是去格式化、去類型化的最佳路徑。

　　讀《金瓶梅》，總覺得作者有一種很深的「西廂情結」，也喜歡拿著經典中的文字來調侃。就像將「臨去秋波那一轉」用之於西門慶與潘金蓮的奸情，此一回則以「隔牆酬韻」的路道來摹繪西門慶勾搭朋友之妻。「明月三五夜，迎風戶半開。隔牆花影動，疑是玉人來」，多麼嬌媚的文字，多麼純淨的意境，此處則用以為奸情寫照。是啊，紅娘傳信，迎春也傳信，張生跳牆，西門慶也跳牆，行為近同，色澤韻致卻絕不相同。欣欣子序曰「寄意於時俗」，的是智者之見解。

　　跳牆已是真不二價的偷情，而跳牆之前，那挨光的日子也顯得長了些。誰想去挨誰的光？初看是老西主動，有事沒事到隔壁門前轉悠，有話沒話與朋友之妻搭訕，本來沒喝多少卻故意裝醉，回家之後急煎煎等著那跳牆的信號，處處看得出老西的熱切與投入。可細細讀來，又覺竟是那李瓶兒主動上趕，人家家庭聚會偏要來送禮，老西在門外覷看時自家等在門裡，又是讓丫鬟來請敘話，又是哄老公邀來家中飲酒，飲酒時再把老公等一幫人趕往妓院，處心積慮，終於在牆上迎來西門慶……

　　跳過牆去的西門慶，同時也帶了一頂綠帽子，結結實實扣在朋友花子虛腦袋上。有了李瓶兒的內應，加上他那嫻熟的手段，不光花兒懵懂不知，竟然連老混混應伯爵也被瞞過，讀來令人叫絕。張生跳牆是在普救寺，西門慶則選擇了潘金蓮所在的小院。為什麼要在這裡？一則這兒與花家緊鄰，二則他算準了潘金蓮會作配合。果然，開始時金蓮也被瞞過，發現後卻成了他的同盟和支持者。

　　一個沿著偷情之路千辛萬苦走來的小妾，會支持夫君新的偷情嗎？

　　可潘金蓮又能做什麼呢？

　　善於偷情、熱衷偷情的潘金蓮，在經歷了一番暴露和隨之而來的巨大屈辱後有所收斂，她無奈地為此提供幫助和保守祕密，其所得到的回報也是豐厚的：不獨有壽字金簪兒和衣飾，還有她從未見過的二十四意春宮圖。更為重要的，是她與琴童的那些齟齬記錄就此抹掉，在西門慶心中的地位也見提高。

一四　花子虛化為烏有

　　花子虛因遺產之爭被鎖拿往東京，李瓶兒央求西門慶幫忙託情，與他三千兩銀子，並藉機把四箱子寶物從牆上轉移到老西家。花子虛放還見家產幾乎盡失，又急又氣，一病不起。而李瓶兒一心都在老西身上，兩家走動越來越近乎。

　　花子虛打了一場官司出來，沒分的絲毫，把銀兩、房舍、莊田又沒了，兩箱內三千兩大元寶又不見蹤影，心中甚是焦躁。因問李瓶兒，查算西門慶那邊使用銀兩下落，今剩下多少，還要湊著添買房子，反吃婦人整罵了四五日……

　　此回又是一齣「牆頭記」，一齣夜幕下熱鬧的「牆頭記」。

　　牆之由來也久遠矣，自從有了牆，也就有了跳牆的行為，漸

而成為一種人文傳統。《詩·鄭風·將仲子》:「將仲子兮,無逾我牆,無折我樹桑。」越千百年而後,便有張君瑞,跳的是寺院之牆;再數百年而有西門慶,跳的是鄰舍之牆。張生跳過牆後,被鶯鶯正色責斥,熱情懷變冷冰,飽受愛戀之折挫;而西門慶跳過牆去,被瓶兒和丫鬟扶梯子接著,飲酒絮話,不一霎便打混成一片。其可視為跳牆技巧的進步嗎?當然不,主跳者不同,理念、目的和效果皆不同也。

這道牆已然成為西門慶的獵豔捷徑,跳來跳去,這邊廂有潘氏相送,凳子踩著;那邊廂有瓶兒迎接,梯子伺候。既鍛鍊了身體,又提升了興致,跳得好不輕鬆快意!而此一回的牆頭記,上演的主題也有了變化,變成了轉移家產——這是人世間一部分奸情故事的第二樂章,其背景與情形雖千差萬別,主人公身份雖千差萬別,性質則十分接近也。

本回一開始便是花子虛在妓院被捕,而且是開封府直接來人抓捕(將那在場的老西嚇得不輕),以補寫花家四兄弟的家產爭端,起筆突兀,事兒倒極是合乎情理。試想,花太監留下這麼樣一筆大家業,本家侄兒輩又是這麼多,獨獨子虛一人吞吃,他人豈不恨煞。於是哥兒幾個把案子呈到開封府,子虛被虎狼般公人拿去。都是親兄弟啊!居然下此狠手。

可又能怎麼樣呢?子虛只知道吃獨食,只知道尋花問柳、貪而無智,加以性格懦弱、遇事慌亂,怎能不起事端?

作為妻子的李瓶兒自然是營救活動的主導者,卻已然懷有二心,轉移資產的行動便在兩家的隔牆上迅速展開。我們似乎看不

到西門慶的身影，只覺得一向淡漠、冷漠的吳月娘熱情高漲，從提議牆頭行動到監督實施，都是這位身子骨不太強健的主家娘子一力主張。星月之下，高牆兩邊，幾位女眷和貼心丫頭一通忙乎，花家的主要財寶便到了這邊，而且是「都送到月娘房中去」。

我們還敢小覷這位月娘嗎！

什麼叫心照不宣？什麼叫墨分兩色？本回的文字提供了精彩例證：李瓶兒哀哀求告之時，豈無救夫之真情？卻不盡為救夫也；西門慶派人去京城跑關係，豈無救友之義氣？亦不盡為救友也；花家的財產轉移到鄰居家，豈無應對查抄之必要？亦不盡為應對官府之查抄也。寫作的妙處正在於兼有，在於此種朦朧含糊，不是嗎？

西門慶主持展開對花子虛的營救行動，他派家人連夜趕往東京，拿著花家的銀子，央陳親家求了楊提督，「轉求內閣蔡太師束帖，下與開封府楊府尹」。這是一次有效高效的官場運作，於是官司贏了，花子虛放了。惟子虛回家後見銀寶全無，房產還要變賣，妻子已生外向，昔日弟兄西門慶避而不見，急怒攻心，不幾日便嗚呼哀哉。

西門慶所結交的「十兄弟」可謂名色斑駁，大都有些寓意，「花子虛」三字，大致決定了他的生存狀態和生命指向。哀哉子虛，這樣快就化為烏有！

鎖拿和關押沒有奪去他的生命，釋放歸家後，妻子和朋友的背叛卻使他走上絕路。作者於大敘事中夾帶小敘事，藉小悲劇演說大悲劇，此亦一例也。

　　這是西門慶第一次派人到京城辦事，事情辦得利落，對他的自信也大有提升。後來多次往返，由鑽事到跑官，由副手到正職，步步高升，那是後話。

　　什麼叫因禍得福？最精彩的例子也許就在此處，即因他人之禍，得自家之福也。

　　花家的大半財產早已歸了老西，其隔壁的大宅子也歸了西門家，這是西門慶資產的一次極大擴充。如果說他開始時還有一些兒不安，很快也就心裡坦然了。轉過年頭，李瓶兒以花家遺孀的身份訪問西門大院，見到了「心儀已久」的潘金蓮。瓶兒來訪的理由是「與金蓮做生日」，當晚就住在金蓮小院，也得以從牆的另一面觀察這道牆。曾幾何時，不獨物是人非，連牆也不是舊日那牆了——

　　他那邊墻頭開了個便門，通著他那壁。

呵呵，「他那邊」不是「他那壁」，措辭造語，在夾纏中透著清晰和明白。便門者，方便之門也。有了這個便門，老西再用不著攀垣越壁了。可偷情這種事兒，怕是越不方便越有滋味。而此時的李瓶兒卻已搬到他處，開了便門，也不是為了偷情方便了。睹物思情，見牆憶舊，今夕何夕，真不知瓶兒是何感想？大約不會忘記當初的牆上風光吧。

一五　燈市永遠有紅男綠女

幾日後的正月十五，李瓶兒送來一明一暗兩個帖兒，明裡邀請吳月娘等女眷來獅子街看燈吃酒，暗裡約西門慶夜晚相會。月娘諸人吃至晚間陸續離去，而老西與一干幫閒在李桂姐院中廝混，心中想的是與瓶兒之約，早早離去。

在家也是閒，到處刮涎。生理全不幹。氣球兒不離在身邊，每日街頭站。窮的又不趨，富貴他偏羨。從早晨只到晚，不得甚飽餐。轉不的大錢，他老婆常被人包占。

一般說來，元宵燈市的起源，應是元鼎五年（西元前112年）漢武帝設壇祭太乙神，由此兩千餘年延續至今，大約可入選《非物質文化遺產名錄》了。

　　兩千年的歷史長河中，元宵燈市跨越朝代變遷、種族興替，是華夏大地上永恆的亮色，是一個全民參與的狂歡節。燈市中永遠有歡歌笑語，永遠有紅男綠女，永遠有潘金蓮吐瓜子皮之類顯擺，永遠有李瓶兒白天請人吃飯，夜晚偷人漢子之類伎倆，永遠有種種色色的善與惡、得與失、富與窮、實與虛、驕矜與巴結、大陰謀與小把戲……，元宵燈市是市井萬象的集中呈現，毋怪《金瓶梅詞話》的作者樂此不疲，給我們留下一個又一個燈市描寫的範本。

　　總覺得「詞話」這種小說樣式，於傳統敘事之間，穿插著大量韻文，寫景言情，肆意鋪陳，大是方便於對民情風物的描述，此一回便是顯證。我們看書中寫元宵佳節，寫燈市繁盛，寫熙攘喧嘩於市井的男男女女，五百年前一幅世俗畫卷活生生展開在目前，令人嘖嘖嘆羨，令人目不暇接。

　　歲歲逢元夜，金娥鬧簇巾。元宵觀燈，給平日裡拘束於深宅大院中的女眷一個機會，也給她們一種思想解放的感覺。吳月娘等人應邀到李瓶兒的新宅做客，臨街樓上飲酒觀燈，卻是飲酒為輔，觀燈亦為輔，而以顯擺、炫耀、張揚、嬉戲為主也。樓上觀燈何須「探著半截身子」？卻也正須使勁兒向外探出；嗑瓜子何須將皮兒吐往樓下？卻也正須吐落在遊人身上。正是元宵節物新，觀燈之人成了被圍觀者，金蓮、玉樓等成了燈節一景，她們所想要的，老西所需要的，不就是這種效果嗎？

　　這邊廂潘金蓮等在獅子街顯擺，那邊廂西門慶等人也在燈市中搖擺。會中朋友雖少了花子虛，又有什麼關係，又有誰在此時

能記得起他來？如果說往日應伯爵等是多頭經營，此時則專注於西門大官人一身。人間三百六十行，原沒有「幫閒」這一行，然社會上只要有權豪勢要，便有了對幫閒的內在需求，便會刺激它的行業性增長。此刻的李家妓館又成了眾幫閒表演的舞臺，我們對這些活物也有了一個更為全面的認識：

作為一個社會群體的幫閒，是自然形成梯隊建設的，有應花子這樣的資深前輩，也有小張閒之類後生才俊，代不乏其人；

幫閒亦有高低貴賤之分，名目亦因之不同，如「架兒」，如後來提到的「搗子」，皆其低級品類也，形成一種市井生物鏈；

幫閒多以一張巧嘴為謀生利器，原不需要專業技術，可也有白回子等圓社人才，據考證是現代足球之祖，可謂之技術型幫閒也。

幫閒是權豪勢要與秦樓楚館的中介，是紐帶和橋梁。二者互相依存，又常常存在矛盾，存在利益之爭，李桂姐家宴上的笑話兒，笑話中的機鋒，都是其矛盾的表現。但就其實質言之，娼妓也是幫閒，其以肉體取悅權貴，獲得利益；幫閒也是娼妓，是一種精神和人格上的娼妓。二者之間，僅僅是性別和方式的差別。

後來到了《紅樓夢》中，有了所謂的「女篾片」，則這性別之差也隨之泯絕。

第十六回
西門慶謀財娶婦
應伯爵慶喜追歡

一六　當嫖妓也成為一種遮掩

西門慶潛往獅子街，李瓶兒重治酒宴，磕頭流淚，懇求老西娶了自己。西門慶答應，又擔心花家人阻攔，擔心他人議論，便有意拖延，以潘金蓮出的主意相搪塞，說是修好房子就娶。而應伯爵一伙人知道此事，極力鼓噪，早忘了花子虛也是會中兄弟。

「就是花大有些甚話說，哥只吩咐俺們一聲，等俺們和他說，不怕他不依。他若敢道個不是，俺們就與他結一個大胳膊……」

宴飲接著宴飲，甫離了二條巷李家妓院，又到得獅子街瓶兒家中，重治酒盞，又是宴飲。杯中歡情多，酒宴日月長，此時的西門慶好不快活！

同樣是喝酒泡妞，二者又有明顯的差異化處置：去李家妓院，

老西有一大幫人陪著，搖鈴喝號，唯恐他人不知；而去李瓶兒那裡，則要想好託詞，避開眾人，悄悄潛往。到了家中妻妾問起，便回答是在李家妓院戲耍。

咦！嫖妓竟也成為一種遮掩？成為對付妻妾的正當理由？

生活的豐富和複雜性就在此處。還有比嫖妓更醜陋、更讓妻子憤憎的嗎？還有比嫖妓更要隱祕、更不願讓妻子知曉的嗎？有。蘭兄給了我們一個活生生的實例，那就是勾搭良家婦女，尤其是那妻妾們熟知的女子。兩相比較，兩害相權，多數妻子寧願自己的丈夫花一點兒錢，去風流放蕩一回或多回，也不願意他感情出軌、愛上別人。正因為如此，西門慶之流才會以嫖娼宿妓為幌子，掩蓋其勾引良家女子的事實。

呵呵，利與害，常也是辯證的，是在比較中產生的。相比於偷情，嫖妓之害似乎輕了許多。於是嫖妓就成了老西偷情時的藉口，久而久之，竟顯得有些理直氣壯了。市井之中，什麼荒唐的事兒不會發生？

不論是嫖妓，還是偷情，酒都是不可缺少之物。「為郎低唱斟金斝，消受春風酒色天。」該書的主旨不是「專寫情色」嗎？而這處處流顯的「酒色」，則是情色的通俗版，是其最常態的呈現。我們看西門慶與一眾女人的淫事，大多從飲酒始，「酒是色媒人」也。

然則既飲酒，便要說話，便要說事。多人聚飲，通常說的是笑話趣話熱鬧話吉利話，談的是美事喜事風流事開心事，應伯爵之流所擅長者也；兩人小酌，尤其是男女對酌，則要說情話真話知心話私房話，要談心中所思所想之事。此回寫李瓶兒正如此，

前夫已死，再嫁無期，心中著實焦灼，東西送過去一批又一批，西門大院是來者不拒，但要說到婚娶，便要推三搪四，怎能不急？怎能不痛淚飛迸？

西門慶也有難處。

本書迤邐寫來，處處見西門慶之縱橫馳騁，官場商場、江湖市井一路通吃，誠一位「當代英雄」、一部優勝紀略也。此回卻細寫其難處，寫其為娶李瓶兒的煞費苦心，寫其複雜心態。難在何處？

自己本市井上人物，花子虛為會中兄弟，私下裡勾搭朋友之妻則可，搖鈴喝號地娶到家中便遭物議。此其一；

花家為財產之爭打了官司，死了人，而那財產大多從牆上到了自己家，宅院也歸了西門氏，若李瓶兒嫁來，暗事翻成明事，難免再生事端。此其二；

家中大老婆明確反對，小老婆設置障礙，說出來的道理又讓人無以反駁。此其三。

一方是痴情要嫁，急煎煎待嫁，另一方是百般遮攔，西門慶好難也！此時便見出幫閒的價值，應伯爵一番話語，辭情懇切又堂堂皇皇，吹拂去西門慶心中疑慮，一個慶喜宴也張羅得簡短識趣。幫閒者，本來便與幫忙同一義，西門慶頓覺一身輕鬆，上馬到了獅子街，瓶兒早設酒等候了……

《金瓶梅》寫了無可計數的大宴小酌，以飲宴寫社會上市井中各色人等，復以一句「千里長棚，沒個不散的筵席」警醒世人，說明繁華易逝、韶光倏忽，發抒的是一種生命的悲哀。或也正與

此相反接，古往今來塵世中人都是那麼熱衷於宴飲，流連於酒席，醉生夢死，藉以享受那短暫的幸福時光。

今宵有酒今宵醉，明日愁來明日醒。酒在色先，色在酒後，而愁則常與二者相伴，酒色生涯終有涯，不是嗎？

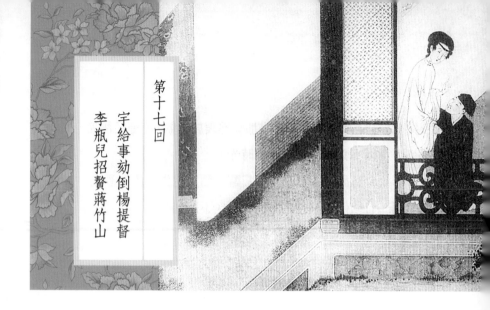

一七 「瓜蔓抄」的末端

這邊李瓶兒滿心歡喜籌辦婚嫁事宜，那邊西門慶大禍臨頭——女兒西門大姐和女婿陳經濟倉皇趕來，原來因北虜犯邊，朝中彈劾權奸，連帶而及黨羽親族，親家陳洪偵知消息，匆忙讓兒子帶著箱籠財寶到清河避禍。老西嗅出危險氣息，立刻將花園停工，派家人往東京打探，自己則緊閉大門，憂心忡忡。這邊李瓶兒等又等不到，找也找不來，精神恍惚，飲食不進，臥病在床。為她看病的蔣太醫乘虛而入，告她西門慶遭了官司及種種不端，敘話中處處討好，竟也一下子俘獲瓶兒之心，成了夫妻。

婦人盼不見西門慶來，每日茶飯頓減，精神恍惚，到晚夕孤眠枕上，展轉跼躅，忽聽外邊打門，彷彿見西門慶來到，婦人迎門笑接，攜手進房，問其爽約之情，各訴衷腸之話，綢繆繾綣，徹夜歡娛。雞鳴天曉，頓抽身回去。婦人恍然驚覺，大呼一聲，精魄已失……

一路春風得意的西門慶，終於遇上了其人生的第一個坎兒。一般來說，這是個過不去的凶險大坎，或說是一扇噩運之門。

作為一個在江湖上滾打出來的浮浪子弟，老西硬是由破落戶混成了西門大官人，經過的事兒，邁過的坎兒，做下的傷天害理勾當，可以說不勝枚舉。謀殺武大郎不是坎兒嗎？費幾兩銀子也就遮蓋過去；武松打上酒樓豈不危急？找個替死鬼便化險為夷；東平府尹親自發出提拿文書，找到親家，再一路轉託楊提督和蔡太師，也就糊塗一判，風平浪靜。年紀輕輕的老西，也算見過大陣仗了。

可這一次非同以往。這次是他在朝廷的保護傘出了問題，便慌了手腳。試想，在基層的老西每每能遇難呈祥，都因在朝中有人撐著；而一旦這些大佬塌臺，順著線頭捋下來，老西之流又何以遁形？譬如今天之反腐，動一個小貪往往極難，而抓住一個大老虎，連帶便是一連串中貪、小貪，是古今一例也。

《金瓶梅》以北宋寓寫大明，以宋朝的腐敗淪亡預示明朝即將到來的喪亂和毀滅，以末世景物襯映那些可悲的末世生靈，襯映他們的小歡喜和小把戲，襯映他們斑駁蕪雜的情感活動，而毫無節制的貪欲，則是這黑暗社會最顯著的特徵。

文學屬於歷史，屬於其所產生的時代；歷史也屬於文學，歷史的車輪常也依循和應驗著文學所預言的軌跡。《金瓶梅》就是一

個顯例。它深刻揭示了明朝中晚期的社會矛盾，揭示了它的體制性腐朽和無可救藥，揭示了其所呈現的整個社會的價值傾斜和道德淪喪，也精準地預演了明王朝淪亡的離亂景象。它是一部讖書，又是一部痛史，它以全部故事情節和人物形象，為時代痛哭，為明朝設讖。

本回所寫，又證明歷史和社會是錯綜複雜的。從來末世多豪壯，有亂臣賊子，就會有仁人志士，就會有抗爭和赴義。中晚明便出現了不少可歌可泣的諍臣和義士，如抬著棺材上書的海瑞，如楊繼盛和沈煉，他們的壯舉震驚了朝野，也給予權臣一定的震懾。小說中宇文虛中上疏彈劾權奸及其黨羽，實則是明代的歷史翻版，而這位宋朝的軍前宣諭使，也被有意改換成明代才有的「兵科給事中」。小說寫這次上疏帶給朝中利益集團以很大打擊，處於這一關係網末梢的西門慶，似乎也在劫難逃。一場抄檢就要到來了！

瓜蔓抄，是對封建時代抄家的一種形象比喻，意謂輾轉牽連，如瓜秧子之蔓延，比所謂株連九族還要擴大化。《明史》中這樣的例子甚多，〈景清傳〉寫其欲行刺成祖被發現──

　　成祖怒，磔死，族之，籍其鄉，轉相攀染，謂之瓜蔓抄，村里為墟。

封建社會哪朝哪代沒有「瓜蔓抄」呢？誰說女兒、女婿的幾車箱籠細軟不會引來殺身之禍呢？當月娘又在為財寶進門歡欣時，老

西已敏銳地嗅到危險的氣息。我們看到風暴來臨前的西門慶，看他停工歇業、緊閉大門、蜷伏於家中，真有幾分快慰和期待——惡有惡報，報應要來了嗎？

情隨境轉，這個時候的西門慶「憂上加憂，悶上添悶，如熱地蚰蜒一般」，正常的性生活怕都沒了，哪裡還顧得上與李瓶兒的婚事。

此回妙處，又在寫李瓶兒再嫁。

鎮日招搖過市的西門慶一下子如人間蒸發了，心心念念要嫁他的瓶兒失去了音信，思念加上焦慮，病倒在床，漸漸不支了。筆者一向認為李瓶兒是深愛西門慶的，是一眾妻妾情婦中最愛西門慶的，然「夫妻本是同林鳥，大難到來各自飛」，更何況二人還不是夫妻呢！李瓶兒活轉過來，似乎也明白過來，她迅速作出抉擇，設了一桌小宴，招贅了為之治好了病的蔣竹山，拿出銀兩為他開店，不久又給他購買了交通工具，一頭毛驢兒。

市井上永遠需要有人招搖，也永遠會有人招搖，現在輪該這位蔣太醫了。「一井死水全無浪，也有春風擺動時。」蔣太醫騎著驢兒在街上往來搖擺，得意之餘，也許心中正憧憬著晚些時候要換一匹馬兒呢。

又抱琵琶上別船。新婚的瓶兒，似乎忘記了西門慶，唯一遺憾的是「許多東西丟在他家」，但也沒有辦法了。

一八　五百兩金銀只買一個名字

　　卻說西門家僕來保來旺甚是幹練，略花小錢，便進入太師府，五百兩銀子求得蔡京之子蔡攸書信，再到主審此案的右相李邦彥府中，花五百兩將西門慶三字改掉，一場大禍頓爾消弭。老西重新動工修建花園，自家也開始到外面走動，路遇瓶兒舊僕馮媽媽，才知道李瓶兒嫁了蔣竹山，且開了一家生藥鋪，惱得不行，歸家打丫頭、罵小廝，還將金蓮踢了兩腳。次日起來，老西讓女婿陳經濟在花園管事，月娘安排下家宴，陳經濟與潘金蓮席上相見，兩下裡都有了些感覺，日後得便「打牙犯嘴，挨肩擦膀，通不忌憚」。

　　邦彥見五百兩金銀只買一個名字，如何不做分上，即令左右抬書案過來，取筆將文卷上西門慶名字改作賈慶，一面收上禮物去。

　　上回寫西門慶見勢頭不妙，立即派來保、來旺往東京跑門子。這次與上次為花子虛運作大不同：上次是走親家的門子，找到楊提督，再求蔡太師書信，這番則是楊提督出了事，一路牽連到自己；上次是幫人打遺產官司，這番是自個兒陷入了「重大路線鬥爭」。要跑的門子現已被封堵了，又怎麼跑呢？

　　老西選擇了一條最簡捷有效的路子──直奔蔡太師府上。

　　若說楊提督的被彈劾是一個政治事件，則古今中外所有的政治事件一開始莫不波濤洶湧，慢慢便走向風平浪靜；一開始莫不群情激奮，漸漸便是分化和紛爭。聖上有時也會震怒，但也常常「聖意回轉」、「聖上寬恩」，而朝中權奸最知道如何回轉聖意。

　　及到此回開篇，大約楊案已見平復，至少蔡太師已經重獲聖眷。故來保二人在朝中辦事一路順暢，所費亦不多：一兩銀子，見到蔡太師府中小管家高安；十兩銀子，見到太師長子、祥和殿學士兼禮部尚書蔡攸；五百兩銀子，求到蔡攸書信，轉託主管此案的「當朝右相」李邦彥；再用五百兩，便將案卷中名字改過。一場正義的彈劾竟可如此操作，西門慶天大的禍事化為烏有，欽案尚且如此，當朝大吏竟爾如此，這社會還有什麼希望呢？

　　不是說「侯門深似海」嗎？我們看到的卻是另一番景象。蔡京的太師第、李邦彥的宰相府，貴寵遠超過侯門，可其府第大門不獨人來人往，且只要有銀子開道，隨便什麼人都可以進入。老西總共花了一千兩銀子，便把事情擺平，有意思的是：李邦彥這位當朝宰相爺，還給了五十兩賞錢，等於打了一個九折，便把原件上的「西門慶」親筆塗改了。

漢字的絕妙處之一，亦在便於修改，加上墨筆濃重、書體多變，使得歷史上總有改詔、改名、改函、改契之類傳說。西門慶改作「賈慶」，不知後來到哪裡去找一倒霉蛋兒當替死鬼，也許壓根就不了了之。後二百年曹雪芹作《紅樓夢》，寫賈府內外賈姓人無數，偏就沒有叫賈慶者，或是擔心前朝疑案未結，不願意招惹麻煩吧，一笑。

遠在清河的西門慶卻沒有改名。「落日已沉西嶺外，卻被扶桑喚出來。」是誰有這等大逆轉之能為？是銀子。銀子到了，蔡學士的託情書信也就有了；銀子到了，李右相也就輕鬆把名字改了。如今的老西，應說有的是銀子。上次拿了李瓶兒三千兩公關經費，大約連一少半兒也沒用掉。花了也白花啊。

朝廷內對權奸的彈劾案餘波衝擊到老西，也是當朝權奸以大力包庇了老西。這是一次大波瀾，波瀾平息，一切又復歸於舊。此一回在鋪敘中，亦為後面的故事蓄勢……

往東京行賄蔡太師，達到了消災免禍的目的，卻又為日後西門慶的結交權貴、步入官場鋪墊，蓄勢者一也；

路遇馮媽媽一節，得知傳聞李瓶兒再嫁不虛，悵恨歸家，是為後文中指使架兒打蔣竹山、虐罵李瓶兒鋪墊，蓄勢者二也；

信任陳經濟，讓其在內宅走動管事，與年輕的妾室和婢女打混成一片，是為後來陳潘亂倫、內幃淫靡鋪墊，蓄勢者三也；

至於後來吳月娘與陳經濟決撒、陳經濟與西門大姐反目、來保恨罵西門慶，均在此一回留下伏筆。讀者不可放過。

一九　欠揍的蔣太醫

　　西門大院的花園修好，一眾妻妾遊賞嬉玩，陳經濟乘機與金蓮調情。而老西飲酒歸來，遇上光棍張勝、魯華，賞了幾兩碎銀，讓兩人去找蔣竹山的麻煩。張勝二人尋到蔣記藥鋪，一唱一和，硬說竹山借了魯華三十兩銀子，打了一頓，拉到提刑所見官。夏提刑早受了老西託付，打了蔣三十大板，喝令還錢。竹山哭著到家哀告冤屈，要瓶兒給錢。瓶兒又急又氣，無奈之下付了銀子，把蔣太醫趕出家門。她心中後悔萬分，讓小廝玳安帶話，還是想嫁給西門慶。老西將瓶兒娶來家中，又故意冷淡，一連三天不理睬，瓶兒羞憤上吊，救轉後又被喝令脫光衣服跪著，抽了幾鞭子。瓶兒哭訴情由，再說到對老西思念敬愛之情，兩人重新和好如初。

　　夏提刑看了，拍案大怒，說道：「可又來！見有保人、文契，還這等抵賴。看這廝咬文嚼字模樣，就相個賴債的！」喝令左右：

「選大板，拿下去著實打！」

　　貪腐社會的一個特徵，就是名器、名位之爛，是各種隆重名號的庸泛化。太醫，本指朝廷中掌管醫藥的官員。宋元之後，便有人作為對醫術高明者的敬稱。可到了中晚明，似乎到處都是太醫。一部《金瓶梅》中，一個小小清河縣城，敢稱太醫的就有好幾人。如第十四回的胡太醫，綽號胡鬼嘴兒，其醫德醫術一望可知。後面第六十一回的趙龍崗，綽號趙搗鬼，上來便是一套順口溜，「我做太醫姓趙……那有真材實料」，讓人哭笑不得。比較起來，倒是這位蔣太醫還有點兒真本事，加上「謙恭禮體兒」，連潘金蓮都留下了好印象。

　　這幾回讀下來，便知蔣竹山也不是什麼好鳥，也是一個欠揍之輩，所以就有這一番好打。

　　世上之人多多，世人之罪愆也多多，有該殺之人，有該打之人。見該殺之人被殺，真解恨也；見該打之人挨打，真解氣也。即以本書論之，西門慶誠該殺者也，蔣竹山亦欠揍該打之輩也，而以該殺之西門慶讓人痛毆該打的蔣竹山，便是一篇市井熱鬧文字，是本回中一大看點。

　　文弱溫潤如蔣太醫者，為何該打？

　　本為醫生，卻趁病人之危，見色起意，見財動心，遂以職事之便，搖唇鼓舌，花言巧語，破壞他人之好事，轉移女娘之愛心。一該打；

身在市井，不識時務，有小算計而無大智慧，如西門慶市井上豪橫霸蠻之人，亦自家老主顧也，竟乘其危難之時，奪其心愛的女人。二該打；

招贅入室，卻難盡丈夫之職責，攬了瓷器活，又沒有金剛鑽，弄來些花裡胡哨玩意兒，糊弄見過大世面的李瓶兒。三該打；

生為男兒，既無血氣之勇，更無錚錚鐵骨，得意時招搖過市，然兩個架兒一番嚇詐，劈面幾拳，便哭哭啼啼，求情告饒。四該打。

蔣竹山誠有該打之處，而此回中細寫其挨打，讓人看了又有些不忍。本來無事家中坐，硬被人訛詐索債，硬被人惡語相向，硬被人猛拳加身，硬被人扯去見官，且硬是輸了官司，還挨了三十大板——真一部《拍案驚奇》也！世道如此，司法如此，蔣竹山真比後來的小白菜還冤，夫復何言！打他的兩個架兒豈不該打？胡亂問案的夏提刑豈不該打？缺少憐憫之心的李瓶兒豈不該打？

故事進展到這裡，我們見識了李瓶兒的富有，見識了她的多情，也見識了其無情無義的一面：花子虛病重時的不給醫治，西門慶遇事時的慌忙再嫁，蔣竹山挨打後的厭棄與絕情。「道說你有錢，快轉換漢子」，西門慶的話真有幾分精闢，有點兒一針見血啊。她重又開始一心一意要嫁那西門慶了，至於那屁股被打得爛爛的、剌八著腿兒走路的蔣太醫，早被她丟在腦後了。

這樣的女人能不該打？

妙就妙在本回又寫李瓶兒挨打……

李瓶兒如願嫁到了西門大院。與前面寫過的孟玉樓、潘金蓮

都不同，她的嫁法最為形式獨特，沒有迎親的隊伍，沒有慶賀的喜宴，轎子到了門前半天沒有人接，入了洞房又孤零零過了三夜……，此時的瓶兒總算是想起了蔣竹山，想起他說過的話，總算是領教了什麼叫「打老婆的班頭，降婦女的領袖」，她選擇了上吊自盡，卻又沒有死成——以西門慶的判斷，是「裝死兒唬人」。

這方面的認識，評者不如老西。

西門慶袖著馬鞭子來了，李瓶兒挨打的時刻到了。這樣的好戲該有多麼激動人心！千方百計偷聽偷窺者豈止孟、潘二人？聽得裡面叱罵連連，聽得李瓶兒哀哭陣陣，聽得馬鞭子摔得啪啪響，聽得西門慶喝令「脫了衣裳跪著」……

多少顆好奇、好事之心，在這一刻同時提到嗓子眼上，焦灼、興奮、刺激，或也有那麼一點點兒憐憫。然至少那經歷過的潘六兒應該明白，只要脫光了衣裳，這場打罵也就快要結束咧。

果然，信然。外面好奇的人還在焦灼等待，裡邊已經摟在一起，要放桌兒喝酒了。

二〇　打老婆的班頭

　　西門慶與李瓶兒喝酒作樂，舊情重燃，如膠似漆，讓一眾看熱鬧的人好不失望。老西連日在瓶兒房中歇宿，又在院子裡大宴賓朋，伯爵等一伙幫閒百般趨奉。金蓮最是嫉恨，常常在吳月娘處挑撥。月娘與西門慶不說話，對瓶兒也很冷淡。從勾搭到娶來李瓶兒，老西可以說發了一筆大財，資產暴漲，蓋造花園，令丫鬟們演練器樂，與前時大不相同。這天夜晚，被伯爵等人勸往李家妓院，卻發現自家每月二十兩銀子包用的桂姐，正在後院接別的嫖客。西門慶大怒，當時便與虔婆（即老鴇）嚷罵起來，令手下打砸一通，恨恨而去。

　　「你既收了他許多東西，又買了房子，今日又圖謀他老婆，就著官兒也看喬了。何況他孝服不滿，你不好娶他的。誰知道人在背地裡，把圈套做的成成的……今日也推在院裡歇，明日也推

在院裡歌，誰想他，只當把個人兒歌了家裡來。」

西門慶是「打老婆的班頭，降婦女的領袖」嗎？敘寫至此，他的小妾中已有三個人被打過，既用拳打腳踢，又拿馬鞭子往赤條條光身子上招呼，暴戾之氣常呼嘯而來。而細加辨讀，又發現其打罵小妾之舉，常形式大於內容、威嚇大於實施……

其打孫雪娥，以其違拗和多嘴，先是「踢了幾腳」，而後「打了幾拳」，皆可說意在震懾，最後因金蓮調撥，「三尸神暴跳，武陵氣衝天」，也只是「盡力拿短棍打了幾下」；

打潘金蓮，因其勾引僮僕奸宿，老西「怒從心頭起，惡向膽邊生」，「喝令：『淫婦脫了衣裳跪著！』」也只是抽了一下，便丟了馬鞭子，與金蓮二人放桌兒吃酒；

這次打李瓶兒，由於她在老西有難時另嫁別人，西門慶「聽了氣的在馬上只是跌腳」，一番折騰後娶來瓶兒，有意折挫，見她上吊尋死，愈加惱怒，將瓶兒從床上拖下，「抽了幾鞭子」，嚇得瓶兒只好戰兢兢脫光跪下，而幾句對答，「把西門慶歡喜無盡，即丟了鞭子」，把瓶兒摟在懷裡。

本書的主人公西門慶，在對待年輕女性方面，似乎從來都不是鐵石心腸之輩。他蓄積已久的惱恨，他的雷霆之怒，被李瓶兒幾句柔情軟話吹拂淨盡，於是「回嗔作喜」，擺桌子、取酒菜，兩個要喝上一壺、重敘舊情了。只苦了院中前前後後那些「旁聽生」，還在滿懷期待地等著老爺逞凶施威。我們知道孟、潘二人候

在角門外，則李嬌兒、孫雪娥在哪裡？吳月娘在哪裡？一眾丫鬟僕婦又在哪裡？

王國維論元代戲曲，以「有意境」三字總說之，「何以謂之有意境？曰：寫情則沁人心脾，寫景則在人耳目，述事則如其口出是也」。此處所寫，也勉強可算是有意境了：時序仲秋，夜月朦朧，挨打的已被擁於懷中，飲酒私話，偷聽者仍在霜露中痴心兒佇等⋯⋯，金、瓶、梅三位女子，就這樣聚齊了，就在此夜此時聚齊了。星月之下，瓶兒在裡面先是挨罵挨打，此後是卿卿我我；金蓮在院外偷聽打探，興奮連著沮喪，不停地咕咕噥噥；而春梅則裡裡外外忙個不住，有一種受到信任的得意，兼也傳遞些信息給焦灼的主子。般般「在人耳目」，是一幅多麼鮮活的浮世繪！

《金瓶梅》亦重寫情，亦擅寫情，惟與王國維所論不同者，在其注重寫芸芸眾生的俗世之情，而非「沁入心脾」的詩人之情。本回中類此之描寫，真也多多：

——次日一早，與李瓶兒一夜歡愉的西門慶，可能有些覺得沒面子，出門時腳步兒便快了許多，是不願意見其他妻妾也，偏生遇見最不願見的潘金蓮，被她叫住，被她引到房中，被她從袖筒裡掏出瓶兒的金絲髮髻，被她乘機索要了一件九鳳甸兒，最後還是被她一通奚落。

——稍後李瓶兒盛裝出來與大家見面，總算過了門，總算過了西門慶這一關，李瓶兒心中一塊石頭落地了。格於情面，吳月娘等只能虛與應酬，上房丫頭小玉和玉簫則殺出來為主子出氣，兩個小嘴噼里啪啦，一連串的歇後語和俗諺，說的全是前夜之事，

把那滿心喜悅的李瓶兒諷刺得一愣一愣的。

　　——數日後的會親喜宴，更是紅塵中一曲五音亂耳的歡樂頌。這場喜宴的開張，標誌著西門慶與李瓶兒的重歸於好，更標誌著這位心機不深的富婆捲進了後院之爭的漩渦，以至於瓶兒的出場、幫閒們的奉承、席面上的喧嘩哄笑，乃至曲目歌詞，都讓軟壁後面的人覺得刺耳酸心。

　　評說至此，還真覺得西門慶有點兒胸懷，對於所愛之人，不光不追究其過往經歷，亦不太計較其現行表現。潘金蓮私通小廝琴童兒，他明知大半屬實，罵過一通也就罷了；李瓶兒朝秦暮楚，他備受刺激，娶到家中打幾下便算完了。呵呵，古今吾國男子，又有多少人能做到這一點？

　　西門慶是「打老婆的班頭」嗎？或可勉強籠統言說之，細究則大不準確。小妾就是小妾，老婆則只有一個，吳月娘是也。吳月娘生性偏執激切，話語間常與老西衝撞，這一段乾脆打起了冷戰，連話也不與說了。西門慶對之從來存有幾分敬重，連重話都不多，更不要說下手打人了。

　　故事進展到這裡，李瓶兒已正式列入西門慶的妾班，「瓶十回」看看要完結，而西門大院的戲卻剛剛揭開帷幕，吳月娘的墨色也漸漸濃重。

　　及至回末，偏又寫西門慶的計較與狂躁。那是在李桂姐家行院，在一個雪夜，作者寫西門慶的突然到訪，寫虔婆的從容對付，寫偶然撞上的穿幫，寫西門慶的打砸鬧騰和虔婆理直氣壯的反駁，真是筆筆見彩，真是有情有境，真是在人耳目。以老西而論，花

錢包了婊子，卻由別人享用，能不氣急敗壞？而據虔婆解說，「不是你憑媒娶的妻」、「一家兒指望他為活計」，也有些理直氣壯。

　　什麼東西都是不宜長期閒置的，女人更如此。潘金蓮閒了幾天，勾引了家中小廝；李瓶兒閒了幾月，另嫁了蔣太醫；老西也有一段日子沒到李家妓院，桂姐兒接下丁二官，那也是再正常沒有了。西門慶氣消之後，當也明白了這個道理。

二一　西門大院第一夫人

西門慶在李家妓院惹了一肚子怒氣，雪夜歸家，遇上吳月娘院中焚香禱告，願丈夫能「棄卻繁華，齊心家事」，祈求上蒼賜與夫家子嗣。老西非常感動，向前抱住，兩人和好如初。金蓮偵知此事，與玉樓好一通議論，又約了瓶兒等湊錢辦酒，賞雪聽曲兒，席面上一團和氣。次日是孟玉樓生日，伯爵等受李家之託要與西門慶賠情，月娘阻攔不成，西門慶又到妓院與桂姐相會，但總算晚上回來，一家子歡會，與玉樓祝壽。

慌的二人一齊跪下，說道：「哥甚麼話？不爭你不去，既他央了俺兩個一場，顯的我每請哥不的。哥去到那裡，略坐坐兒就來也罷。」當下二人死告活央，說的西門慶肯了。

　　進入本回，作者終於把重點筆觸轉移到西門慶正妻吳月娘身上。

　　吳月娘是《水滸傳》裡沒有出現的人物。施耐庵筆下的西門慶，雖也有幾房小妾，然明說髮妻已死，未曾續弦。如果說李瓶兒在《水滸傳》中還有一些些影子——大名府梁中書的小妾，月娘則是蘭兄的純新創造。

　　如何為西門慶配置一個正頭娘子？當是本書的一個重要線頭、一大增量，是其由「水滸故事」再創作的大難題，也是從江湖轉向市井、從綠林轉向家庭的書寫標誌。這也正是蘭陵笑笑生之擅筆。於是「吳月娘」從容登場了，一登場即見出飽滿個性。不管是潘金蓮、孟玉樓還是李瓶兒，應都是各有千秋的厲害角色，卻也無一人能蓋過或遮蔽她這個第一夫人。吳月娘是一個複雜形象：出身千戶之家，對西門慶似乎有著一種心理優勢，而娘家顯然有些窮，兩個哥哥求懇依賴老西處多多，又讓月娘無奈。這是一個生性倔強和硬氣的女人，是一個眼睛裡揉不得沙子的女人，又是一個話語不多而出口即如刀、心機不深而敢用霹靂手段的主家婆，看起來吃齋念佛、持重寡言，然始終掌管著西門大院的家政。

　　或者可以說，有了這樣的正房，西門慶才有了一個完整的家，這部家庭倫理小說才有了一個完整的場，《金瓶梅》的故事才由《水滸》進入一個新層面。吳月娘不是「金、瓶、梅」，可她是西門大院的真正主角。

　　有了一個如此能折騰的家主西門慶，有了這樣的五位妾室，有了春梅、宋惠蓮、如意兒、賁四家的這樣一批僕婦丫頭，吳月

娘這個主角的戲是注定難唱的。

我們看西門慶每日價尋花問柳，看他不斷地娶親納妾，看他調戲朋友之妻、奸淫僕婦婢女，真為月娘擔心；而讀至潘金蓮暗地裡挑撥，讀至吳月娘與西門慶冷戰，讀至玉樓殷殷勸說和月娘的一番狠話，這種擔心便更為嚴重。

又一個家庭悲劇要發生了？

未成想到了此回，一切又峰迴路轉。

此一回開篇，選擇了一個尋常的夜晚、一個下雪的夜晚，負氣而歸的西門慶與在院中焚香拜斗、祝贊三光的月娘不期而遇，聽到了她的真切告白後大為感動，二人重歸於好。潘金蓮和孟玉樓似乎都堅信這是一個設計，是一場秀，卻仍舊屁顛屁顛跑著籌措宴席，熱熱鬧鬧地慶祝家庭生活正常化。一妻五妾圍繞在西門慶身旁，其樂也陶陶，而月娘也裝作聽不懂那「佳期重會」，從太湖石上掃下新雪，煮開後烹茶與眾人吃——這小日子過得有點兒情調了。

若說起形象的塑造，則寫潘金蓮易，寫吳月娘難：寫金蓮是一個壞女人、惡毒婦，在《水滸》基礎上怎樣加料都可以，而月娘則是生活中常態之人、常見之人，不可稍失生活之本真；寫金蓮多寫其害人害己的鬼蜮伎倆，寫月娘則要見其七情六欲和日常百狀……，略如畫壇所謂「畫鬼易，畫人難」也。

總覺得作者對吳月娘有一份尊重，他筆下的西門慶對吳月娘也有一份尊重。這位女主人有幾分正氣，她質直而不霸蠻，愛財而不貪酷，生活在西門慶身邊，基本上見不到她助紂為虐、火上

澆油、推波助瀾之舉，實實不易。即便如本回中寫她與西門慶行房事，也是點到為止，對月娘的尊重，還有那隱約可見的對孟玉樓的尊重，當是來自作者對生活本身的理解和尊重。至於那「替花勾使」的應花子，那轉瞬忘恩的李桂姐，蘭陵笑笑生便沒了這些客氣，不是嗎？

　　回到本回開頭，再讀一遍吳月娘的月下祝辭，所憂心者是「夫主中年無子」，所祈願者是「早見嗣息，以為終身之計」。其所憂心者也是西門慶的憂心，所祈願者也是西門慶的祈願。諸位以為然否？

二二　嘲漢子

　　西門慶又看上了家僕來旺之妻宋惠蓮，趁月娘不在家、潘孟在瓶兒屋裡下棋，讓玉簫傳信兒，將惠蓮約在藏春塢私狎。哪知潘金蓮趕來，發現奸情。老西從院中請來李銘教習家樂，李銘藉酒捻了春梅的手，被春梅大聲嚷罵，趕出家門。

　　「王八見無人，盡力向我手上捻了一下，吃的醉醉的，看著我嗤嗤待笑。我饒了他！那王八見我吆喝罵起來，他就即夾著衣裳往外走了。……我不是那不三不四邪皮行貨，教你這王八在我手裡弄鬼，我把王八臉打綠了！」

　　古往今來，世上許多人都很容易被感動，卻很難被改變。西門慶更是如此。聽見吳月娘一片真情告白，其心靈也曾被深深打

動，然感而不化，月娘苦口婆心的規勸，仍抵擋不住應花子三言兩語之誘惑，阻擋不了他往李桂姐那裡走跳。在他的獵豔之旅中，本回又增加了一個新的斬獲——女僕宋惠蓮。

通過敘述可知，這位新來乍到的宋惠蓮，原也是叫金蓮的。其與潘金蓮兩人的經歷和習性，亦好有一比：金蓮二十六歲，惠蓮二十四歲，都生得頗有些姿色；金蓮出身於南門外潘裁縫家，惠蓮生在賣棺材宋仁家，家境均嫌貧寒；金蓮先賣在王招宣府，再賣到張大戶家，而惠蓮則賣在蔡通判家；兩人都因「壞了事出來」，金蓮是與家主張大戶私通，惠蓮則與主家娘子打伙兒養漢；金蓮嫁與賣炊餅的武大，惠蓮則嫁給廚役蔣聰，又都死了丈夫；金蓮以一雙小腳為驕傲，而惠蓮的腳「還小些兒」……

至於所寫宋惠蓮「性明敏，善機變，會裝飾，龍江虎浪，就是嘲漢子的班頭，壞家風的領袖」，以及隨後小詩「斜倚門兒立，人來倒目隨」云云，不正可為潘金蓮畫像寫照嗎？二人實在是太像了。蘭陵笑笑生常在這種狀況下施逞才情：先說相似，再說不似，於似與不似之間塑造個性化形象；先寫相合，再寫相棄，藉和合離棄摹寫情性作為。一切莫不自然流顯，一切莫不委曲詳贍，盡在後文中。

市井生活真是無限豐富，充滿著變數。西門大院剛剛安定了一些，龍江虎浪的宋惠蓮出現了，高髻長鬢，紅襖紫裙，怪是怪了點兒，卻一下子吸引了主子西門慶的眼球，不幾天便打得火熱。這當然不是什麼戀情，也不需要什麼「挨光」，叫丫鬟玉簫傳了個話，送了「一匹藍段子」，事情就成了。若說西門慶勾引潘金

蓮和李瓶兒都還頗費心思，頗有周折，踅了又踅，才最終得手，其與宋惠蓮之類多是「一手摟過脖子來就親了個嘴」，極為輕率簡易也！

有一句俗諺，道是「兔子不吃窩邊草」，不知出處在哪裡，實在有幾分可疑。世上哪有不吃窩邊草的兔兒爺呢？

然勾引女僕容易，找個幽會的地方卻難。蓋其雖常在身邊，左右的眼目也多。老西不是在花園內假山上修了一個洞子嗎？不是把這洞子叫「藏春塢」嗎？這裡第一次派上了用場。惠蓮在洞子裡與家主私會，大約有些慌亂，不一會兒就完了事。

即便如此，也難逃丫鬟們雪亮的眼睛，更難逃脫潘金蓮的法眼和跟蹤。擅偷者亦捉偷神手。金蓮在山子洞兒幾乎將二人拿個正著，這下該輪她審問「偷了幾遭」了，西門慶嬉皮笑臉地告饒，金蓮又一次充當了奸情的同盟者，也在心底埋藏下新的妒恨。

請注意這位宋惠蓮。她在本書中是「金、瓶、梅」之外的重要女性之一，是幾乎要成為西門慶「第七個老婆」的女僕。這是蘭陵笑笑生精心撰作的又一個複雜人物。後此五個整回的篇幅裡，她常常成為敘事的核心，整個兒西門大院常見其活躍的身影，常聽到她放肆的笑聲，最後則是其痛徹肺腑的號哭。

至於春梅斥罵李銘一節，非為證明她的冰清玉潔，而在寫其心高氣傲。她的剛烈和明快、驕橫與強梁，她的得理不讓人，也都得到了一次集中展示。樂伎與家樂不是常會發生點兒故事嗎？把手傳藝之際不也正可傳情嗎？認真學習的學生不是更容易與指導者擦出情感火花嗎？只可惜李銘老師找錯了路頭，這個只會低

眉順眼、低聲下氣的小優兒，又哪裡懂得《金瓶梅》的「梅」呢！

　　這是春梅的第一場秀。

　　這段描寫，也見證了「挨光計」的局限，說明那往玉臂上的一捻一捏，完全可能有不同的結果，關鍵在於是誰去捻和捏了。

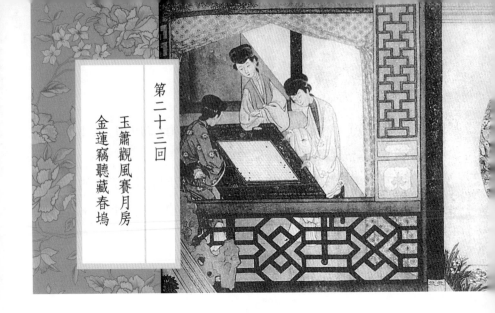

二三　山子洞那點潦草的事兒

　　大年裡，西門慶和吳月娘都不在家，玉樓、金蓮在瓶兒房中下棋，贏了五錢銀子，讓惠蓮燒了豬頭來飲酒。月娘回來，議定各房輪流請酒。到了初十，大家都到李瓶兒房裡吃酒聽曲，宋惠蓮藉機與老西在上房廝混，不能盡興。惠蓮提出夜裡在金蓮那裡，未獲同意，只好又與老西到山子洞內，其冷難耐。與主子胡搞之同時，惠蓮嘴裡胡扯閒篇兒，對金蓮多有議論。未想都被金蓮竊聽去。

　　老婆道：「嗔道恁久慣老成，原來也是個意中人兒，露水夫妻。」這金蓮不聽便罷，聽了氣的在外兩隻胳膊都軟了，半日移腳不動……

看了山子洞一節，由不得先呵呵發笑，接下來則引發了一串兒聯想和回憶。

在尚未遠去的物資匱乏、精神禁錮的日子裡，戀愛中人或偷情之人的一大心願，便是找一個隱祕去處，一個能盡情盡興的兩人世界──不必寬敞明亮，不須豪奢舒適，只是一個小小的祕密地方。而這又常常是一個天大的難題。於是田間地頭、小樹林、麥秸垛、公園裡的躺椅、教室中的課桌……，無不成為沒奈何時的選擇；於是一邊你儂我儂、手忙腳亂，一邊眼觀六路、耳聽八方，緊張和匆忙沖淡了應有的甜蜜。知道什麼叫「情急」嗎？找不到地方最是情急。情急之下，不擇地而勉強施為，又往往會招致許多麻煩，甚至帶來悲劇。

今人如此，古人也是如此。反映到文學作品中，便有了佛殿、旅邸、後花園，皆是時代使然，條件使然，皆是情濃、情急、沒有辦法時的辦法。可供選擇者實在也太少了！曾看到不止一個外國學者論中國古典小說戲曲的「花園意象」，大約是說此種環境最容易產生愛情，也是知其一不知其二，那時的（也包括當今的）中國，又幾家能擁有後花園呢？

西門慶家就有。

歷史回溯到五百年前的明朝，西門慶富甲一方，原也不會為找間房子苦惱了。可是不，作者偏從此處落墨，寫他為此頗費心機，寫他為此低聲下氣求懇金蓮，寫得情景如畫。那日是正月初十，闔家女眷歡樂飲酒，西門慶外出歸來，惠蓮得信兒抽身來月娘房中相會，摟抱纏綿一番，卻不敢就在那兒真做，又一心要在

當晚「好生耍耍」，二人便討論起地方來：西門慶說是在後邊，指的大約是惠蓮那裡，其曰不可，周邊人員叢雜；惠蓮建議到潘金蓮房中——足見其傻瓜一個，西門慶還當真去說，被一口否決。最後，只得還是選在後花園的山子洞兒裡——兩人曾在這裡有過第一回，淺嘗輒止，匆忙潦草，又被金蓮打散，似乎都不想再去了。

山子洞兒，原是西門慶營建花園時一項重點工程，稱作「月窗雪洞」，命名「藏春塢」、「藏春閣」，頗有一點兒詩情畫意，有種一望而知的用心。此夜真要發揮其設計功能了，便用寫實筆法，一句「但覺冷氣侵人，塵囂滿榻」，將那冬月洞塢的蕭索清寂活活托出。自古情事亦苦事，西門慶偷情或曰偷奸，也要吃苦，也真能吃得了苦啊！

惟這宋惠蓮卻心中大為不忿，不獨行房事不專心，嘴裡還剝剝刺刺念咕個不停，先說其冷，把山子洞形容為寒冰地獄；再誇說自己的小腳，說是能套著金蓮的鞋兒穿；對那潘金蓮的拒絕耿耿於懷，便明知故問，譏笑她也是個回頭人兒、露水夫妻……，她哪知潘金蓮的手段習性，這些話一股腦兒給聽了去。

在本書中，宋惠蓮無疑是西門慶看上的女人，但前次匆匆，此次亦草草。若是有一個隱蔽嚴緊的去處，一個暖和潔淨些兒的小屋，場面當會不同；而金蓮若是沒聽到這些私情話兒，大約也不會下死手整治惠蓮。

惠蓮又天生一個輕浮淺直之人。在主子那裡受寵和兩人私情，本是一種偷著樂的事，可她實在壓抑不住內心的幸福感。兜裡有了錢，她要買胭脂買粉、買梅花菊花、買鬢花大翠、買銷金汗巾

兒，「越發在人前花哨起來」。哦，惠蓮，愣是看不見眾人的冷眼！

　　至於月娘等人，還沒有發現這一個眼皮子底下的祕密，沒有想到冬月的山子洞還會有這樣的故事，她們只管品嘗享用美酒和小曲兒，只管享用惠蓮的絕技「扒豬頭」。越五百年後，「一根柴禾兒」燒的豬頭，成了「《金瓶梅》菜系」的名品，宋惠蓮也理所當然有了知識產權，擱在今日，至少應是個「非物質文化遺產」代表傳承人吧。

二四　正月十六走百媚兒

正月十六，西門慶合家歡樂飲酒，潘金蓮藉機與女婿陳經濟掐掐捏捏調情，卻被窗外的宋惠蓮「瞧了個不亦樂乎」。晚上女眷們帶上丫鬟小廝出門觀燈，惠蓮專一與陳經濟嘲戲，引得眾人側目。而荊都監來訪，西門慶要上茶半日不至，責罵小廝，月娘查明後罵斥惠祥，惠祥認為是惠蓮使壞，與她吵鬧了一場。

　　大姐回房，罵經濟：「不知死的囚根子！平白和來旺媳婦子打牙犯嘴，倘忽一時傳的爹知道了，淫婦便沒事，你死也沒處死！」

　　轉眼又是元宵，轉眼又過元宵。

　　元宵的精華，常又不在十五，而在十六。所謂「十五的月亮十六圓」，此一回正寫十六的月圓之夜，寫明月清輝之下的男男

女女。

《金瓶梅》摹寫世情，自然離不了風土人情，離不了世俗百態，離不了節令景物。故該書特重對節日的描寫，遵循時序之流轉，以四季節候帶寫出人物和故事，而著墨最重的便是元宵節。

作者用筆又絲毫不見因循呆滯。去年元宵，西門家一眾妻妾往獅子街李瓶兒樓上觀燈，招搖嬉戲，成為小縣城燈市之一景；今年元宵，瓶兒已嫁入西門大院，而獅子街小樓也已成為老西財產，如何不再來觀燈？書中偏生略而不提，偏從正月十六寫起：寫西門慶在家中掛燈宴飲，然後又被應伯爵叫走；寫潘金蓮與女婿陳經濟背人處動手動腳，卻讓惠蓮在窗外看見；寫大夜裡一隊妖嬈出離家門，裝束得「恍若仙娥」，月色下「跟著眾人走百媚兒」；寫打著紗燈的小廝和騎著大馬的經濟，一路上燃放花炮……

走百媚兒，通作「走百病兒」，本為舊時婦女在元宵節期間避災求福的一種習俗，意味經此一走，百病皆除也。而因年輕女子多盛裝出行，千嬌百媚，又被叫作「走百媚兒」，呵呵，不亦宜乎！

本以為這一隊妖嬈會迴避獅子街小樓，卻又堪堪寫到，也是一副市井氣象：瓶兒的養娘成了這裡的當家人，弄了兩個小女孩來，開辦了一個「家政服務公司」；而樓上臨街的窗，今年換成了惠蓮、春梅等人招搖，也要推開窗子張看。花花世界，滾滾紅塵，任何時代的生活都是無限豐富的，所有的人和事也都是千差萬別的。如實染寫，又怕什麼犯與不犯呢！

潘金蓮是這次月光之旅的發起人，她與陳經濟眉來眼去久之，

席間捏手、踩腳後當更覺饑渴，心裡必然想著藉機發生一點兒故事。未想到宋惠蓮搶著出風頭，一會兒要陳經濟等她梳妝換衣服，一會兒喊經濟放桶子花，一會兒喊他放元宵炮仗，一會兒說自己掉了頭上花翠，一會兒又說掉了鞋，只管黏著那陳經濟。

所有這些都是一種遮掩，然所有這些遮掩又都是欲蓋彌彰。西門大院中的女性，又有誰看不懂這是公開、公然的調情呢？這一支出遊隊伍的大多數人，大約在開始時都有一點兒興奮，可隨著惠蓮和經濟越來越過分的親熱，便沉寂下來、冷眼旁觀了。

再亮的月光也是朦朧的。朦朧月色營造了調情的氛圍，常也使調情者誤以為是在黑暗中，從而低估他人的鑑別力，也低估了調情的危險。殊不知愈朦朧，愈清晰，愈危險。調情者的一切舉動都在他人眼中，包括那藏於內心的齷齪念頭。

金蓮也成為了一個傾聽和旁觀者。

在這種時候，往日最活躍的是潘金蓮，這次竟全然被惠蓮兒蓋過了風頭。我們聽不見金蓮放蕩的笑聲，聽不到她一句接一句的趣話兒，就連玉簫指出惠蓮套著她的鞋兒穿，也只是嘟囔了一句。惠蓮成了這場服裝美人秀的真正主演，而且輕而易舉就與陳經濟有了默契。作者沒有太多去描寫潘金蓮，但寫了宋惠蓮的亢奮和唧唧喳喳，也就寫出潘金蓮的沉悶和憋氣堵心。此時大院之中給她添堵的人已然不多了，惠蓮兒竟跳將出來，藏春塢背後誣蔑的帳還沒有結算，今夜更有些上頭上臉了。

真不知宋惠蓮心裡是如何想的。她明明看到了金蓮與經濟關係的不正常，卻像服用了興奮劑，偏要當眾與經濟打牙犯嘴。當

著潘金蓮，當著西門大姐，宋惠蓮無所顧忌地與經濟吊膀子。這
是對金蓮的公開挑戰，更可以說是一種蔑視。「只有感恩並積恨，
千年萬載不生塵。」金蓮心中已埋下仇恨，惠蓮危哉……

第二十五回

雪娥透露蝶蜂情
來旺醉謗西門慶

二五　紅塵中有多少祕密

　　春天來了，月娘與眾女眷在家中盪秋千，潘金蓮興致勃勃，又是宋惠蓮攙奪了風頭。而來旺與孫雪娥本有私情，從杭州置辦「蔡太師生辰衣服」回來，雪娥將惠蓮之事全盤告知。來旺對老西恨恨不已，酒後說了些狠話，悉被來興告訴金蓮和玉樓。西門慶得知，又了解到來旺與雪娥之事，打了孫雪娥，還要收拾來旺。經惠蓮勸說，要派來旺往東京送禮，又被潘金蓮一番話提醒，變了主意。

　　「也是三月佳節，一日他家周小姐和俺，一般三四個女孩兒，都打秋千耍子，也是這等笑的不了，把周小姐滑下來，騎在畫板上，把身上喜抓去了。」

　　寫到這裡，忽又覺得應該為此書編製一年表，略去閒言淡語、日常瑣碎，專記書中人生死起滅之大事。亦令從今而後讀此書者，先有年表一冊在握，文中出現一人，便於表上預知其命數，將其青春年華與遲暮歲月相迭映、放浪形骸與懨懨病篤相比較、害人手段與遭人坑陷相對讀，或然能有一番更深的人生和人性感悟。

　　記得讀過一篇頗有意思的文章，題名〈蜉蝣的一日快活〉，是說朝生而暮死的蜉蝣，也有牠的幸福生活；亦是說儘管蜉蝣們餐風飲露、沐浴著陽光飛舞，仍是只擁有極為促短的生命。人非蠓蟲，然則生命過程的短暫和生存狀態的麻木，有時竟又與蜉蝣無異。此一回也，眾女娘在後花園盪秋千，春風和煦，笑語喧嘩，「紅粉面對紅粉面，玉酥肩並玉酥肩；兩雙玉腕挽復挽，四隻金蓮顛倒顛」，這是怎樣的開心時刻！又是怎樣的與蜉蝣相近似！

　　每個人都在尋開心。月娘不光親自上陣，還講了個與秋千有關的故事；金蓮先和玉樓、再與瓶兒配對，顯見爭強好勝之心；西門大姐同丫鬟們也紛紛上場，露兩手的同時也露兩腿。作者也不忘記那個逃難來的女婿、專一在女人堆裡攪和的陳經濟，這個色膽比丈人還大的小伙子，藉著推送之機，往李瓶兒裙子底下「摳了一把」，心中當也能美上半天。

　　最出彩兒的還是宋惠蓮，也不用推送，把秋千「飛起在半天雲裡，然後抱地飛將下來，端的卻是飛仙一般」。飛在半空中的惠蓮看見了什麼？一味臭美和賣弄的她，陶然於春陽之下，又哪裡看得見死神正撲閃著黑翅膀，向她悄悄然襲來！

　　小說家講究天機不可洩漏，看不見獰笑著飛撲而來的死神也

屬正常。可她竟也沒有看見僅一牆之隔的前院，沒看見從杭州歸來的丈夫來旺兒，正在與孫雪娥絮話，那場面透著親熱，也透著詭祕……

又一場風波就要起來了！

真不知道西門大院內有多少祕密？不知道這裡還會發生多少孽緣？西門慶收用了一個個有姿色的丫鬟，潘金蓮便去勾搭眉清目秀的僮僕，而僮僕和丫鬟也會有自己的私會；家主搞了伙計的老婆，伙計來旺兒也偷了西門慶的小妾。誰能想到如孫雪娥之輩還會紅杏出牆？此回正寫她與來旺一段煙雲模糊處；外出採買歸來，大院小家中有多少眼目和周折，可來旺還是私下裡帶了許多禮物給雪娥，進而與她在房中幽會。「五短身材」的孫雪娥也是有幾分姿色的，她以自己的身子回報，捎帶還有一個祕密，即惠蓮與西門慶奸情的全記錄。天曉得她是如何得知的，這又是一個祕密。

仔細閱讀，又覺得西門大院中毫無祕密可言。西門慶悄悄送了惠蓮一匹藍緞子，傳得丫鬟們幾乎人人皆知；兩人在山子洞鬼混原以為只有金蓮明細，沒想到後廚的雪娥也清清楚楚；潘六兒與小女婿偷偷調情，又被惠蓮看了個不亦樂乎。即如雪姑娘與來旺的鬼祟行徑，也讓小玉瞧個正著，傳播的滿世界得知，包括那宋惠蓮。所有的祕密都曾是祕密，只不過解密太快，於是便成了把柄，釀成仇恨。

於是便有了來旺兒醉罵西門慶一節，罵得酣暢淋漓，罵得氣勢磅礴，什麼「白刀子」、「紅刀子」云云，當也都是心中所思所

想。然而請注意：他是醉後才罵，是西門慶不在時才罵，是以為
西門慶不知道才罵的；當著主人的面時，來旺從來都是一副忠僕
的乖順模樣兒。

　　而西門慶又怎麼會不知道呢？

　　老西很快便得知來旺的咒罵，同時也得知了其與自己小妾的
奸情。按照通常的做法，他打了孫雪娥一頓，打過也就算了。對
於膽敢搞自己小老婆的來旺兒，他似乎覺得算是扯平了，又經惠
蓮糊弄，決定把他派出去做生意，在此之前先去一趟東京。這是
一項美差，更是一種信任，是一個不再追究的信號。正處於惶恐
不安中的來旺，好不開心。

　　怎樣處置來旺兒，又是金蓮與惠蓮的角力，早已恨得咬牙切
齒的潘金蓮，豈肯輕易放過！

第二十六回

來旺兒遞解徐州
宋惠蓮含羞自縊

二六　從公公身上拉下來的媳婦兒

西門慶不讓來旺去東京，假作讓他開店，給了六包共三百兩銀子（只有一包是真的）；又設下陷阱，夜間呼喊有賊，將持刀趕來捉賊的來旺抓住，送到提刑所每日拷打。惠蓮極力相救，幾乎說動老西放了來旺，又是金蓮阻攔，發配徐州去也。惠蓮得知後上吊尋死，被救回後又與雪娥廝打，終於自盡。

> 惠蓮道：「我是奴才淫婦，你是奴才小婦！我養漢養主子，強如你養奴才！你倒背地裡偷我的漢子，你還來倒自家掀騰。」

這是西門大院另一位女僕惠祥說的話，是她在惠蓮第一次尋死被救後所說，充滿冷漠，充滿譏諷和幸災樂禍，看不到一絲絲的同情，她是這樣說的：

這個媳婦兒，比別的媳婦兒不同好些：從公公身上拉下來的媳婦兒，這一家大小誰如他？

話中的「公公」，當然指的是西門慶，而「媳婦兒」便是惠蓮。這位惠祥也是個人物，老西死後，她與丈夫來保欺主背恩，轉移主人資產，全無一點恩義。說這話因為她曾與惠蓮吵過架，此時覺得解氣。而來保兒，在家主亡逝後試圖勾引主母月娘，更不是什麼好鳥。

這是西門大院內的第一個大風波。

有了西門慶這樣一位主人，有他那一次接著一次的尋花問柳，有那一個接著一個小妾的進門，西門大院便不可能是平靜的。但要說到大的風波，則本回才算是第一次：第一次在家中設下陷阱，第一次將僕人伙計下獄拷打，第一次當眾呵斥吳月娘，第一次出現媳婦子上吊自盡。月娘勸說無用，一句「如今這屋裡亂世為王，九條尾狐狸精出世」，內蘊無限悲涼和憤憎。自此而往，院內那一層表面的溫情與和諧也不復存在了。

《金瓶梅》所描寫的末世景象真也漆黑一團，到處都是一些黑暗中的動物：西門慶害人，合伙兒捉拿來旺的家人、小廝也害人；潘金蓮害人，孟玉樓乃至玉簫也害人；夏提刑害人，那些收了財物的觀察、緝捕、排軍、牢頭也害人。來旺兒事件有一個自然形成的過程，又是一個徹頭徹尾的冤獄。製造這一冤獄的主導者是西門慶，主謀和督辦者為潘金蓮，而其他人則以不盡相同的心態和姿態參與其中。我們看不到太多的正義形象，看不到應有

的悲憫與同情，質言之，這是一個社會性冤案，是一個時代的悲劇。

來旺兒和惠蓮的形象塑造，都是非常成功的。他們各有著鮮明的個性，都用不同方式發出了自己的聲音。一些批評家將此回當作耿耿暗夜中的一隙光亮，將來旺與惠蓮當作叛逆和反抗的典型。是啊，像來旺所說「破著一身剮，便把皇帝打」，惠蓮說的「你原來就是個弄人的劊子手，把人活埋慣了，害死人還看出殯的」，真有那麼一股子血性。在西門大院中，也算是颯然有聲了。

我們長期遵循著一個很響亮的創作原則，道是：「源於生活，高於生活。」前一句沒錯兒，後一句則難上加難。生活本身是無窮豐富的，即便作家自身，其寫作過程和創作成果，從來也都是生活中的一部分，又何高之有？能夠截取一個歷史的橫斷面，採擷社會上的一鱗半爪，畫出日常一段人情物理，而給讀者一些生命的啟迪，便堪稱佳作了，古今中外的著名文學作品也基本如此。

來旺兒和宋惠蓮的形象當然源於生活。

從無限豐饒的生活細節和真相出發，從摹寫世情來觀照評說，來旺兒便不是叛逆，其仍是西門慶家一個忠實家奴，只不過因家主要了他的老婆，而他的無恥程度還不夠，醉酒後說了幾句解解氣；宋惠蓮也未曾反抗，其只是西門慶一個情婦，一個巴望著成為他第七個小妾的情婦，只不過因家主欺騙了她、整治了她的丈夫，而她又不像金蓮和瓶兒那樣絕情，便口出怨懟之語。

惠祥的話是對的，宋惠蓮的是「從公公身上拉下來的媳婦兒」。硬把她拉下來的是潘金蓮。而在金蓮身後，當還有孟玉樓、

孫雪娥、來興兒及一連串兒的奴僕。他們不光從老西身上拉下宋惠蓮，而且愉悅地看著她走向絕路。

龍江虎浪的宋惠蓮死了，她兩次尋死，一次比一次更加決絕。來旺兒的入獄和流放，是她自盡的原因，更主要的原因，當還是對西門慶的深深失望。

是誰害死了宋惠蓮？

是孫雪娥的辱罵和那一耳光？可雪娥是罵不過惠蓮的，打架也占不了什麼便宜；是潘金蓮處心積慮的詭計？但金蓮對西門慶的影響和左右力，此時已與惠蓮在伯仲之間；是西門慶的狠毒與絕情？書中所寫卻見出其對惠蓮始終如一的憐惜；是宋惠蓮對丈夫的忠誠和愧疚？她又何時把婦德、婦道當作人生信條？

「卑鄙是卑鄙者的通行證」，來旺的流放和惠蓮的自縊，不是因他們不卑鄙，而是因其卑劣、卑鄙的程度還遠遠趕不上他人。

第二十七回
李瓶兒私語翡翠軒
潘金蓮醉鬧葡萄架

二七　癲狂葡萄架

　　宋惠蓮死後，其父宋仁不忿，也被西門慶迫害致死。而此等人命大事，就像沒有發生，老西在家輕鬆消夏，先與李瓶兒在翡翠軒幽媾，接下來更與潘金蓮在花園內葡萄架下淫縱，中間還穿插與春梅一番狎褻……

　　金蓮笑道：「我老人家肚子裡沒閒事，怕甚麼冷糕嗎！」羞的李瓶兒在旁臉上紅一塊，白一塊。

　　終於到了「醉鬧葡萄架」一節。

　　指斥《金瓶梅》為淫書者總要說到這裡，一些在該書中找樂子的人常也要先翻看這裡，而說到這裡，歷來批評者亦不免有些尷尬。張竹坡曰：

葡萄架則極盡妖淫污辱之態甚矣，金蓮之見惡於作者也。

話語頗覺含混，但仍能見出閃避難言之態。而文龍前後兩評，先說「看完此本而不生氣者，非夫也」，後又說「亦不過言其淫，充其量而實寫出耳」，顯現出評閱過程中的認識變化。

葡萄架為什麼如此驚世駭俗?這裡發生了一個性放縱的故事，呈現了一個大白天在戶外的性事場景，摹寫了當事人的複雜心態和變態、施虐和受虐，也暗示了過度淫縱的危險，以及參與者的內心恐懼……

試想，連潘金蓮都感到了後怕，還僅僅是好玩兒嗎？

小說進展到此處，來旺兒遞解徐州去也，惠蓮上吊自盡，連阻攔火化的宋仁也被打得兩腿棒瘡，懨懨病終，西門大院內的一場風波已然消弭得無影無蹤。潘金蓮袪除了一個強有力的競爭對手，滿心輕鬆，也該出點兒餿主意了。

「異色成彩之謂文，一色昭著之謂章。」作者精擅為文之道，欲寫西門與金蓮之淫縱，先寫其與瓶兒一番戲耍；欲寫西門院內小小夏景，先寫酷暑之熱和炎熱中人的差別。由「赤日炎炎」到「在家撒髮披襟避暑」，由澆灌噴灑到採花送花，由上午到雨後黃昏，由金蓮的翡翠軒偷聽到彈琴唱曲，再到太湖石畔折石榴花，迤邐寫來，最後才來到葡萄架下……

直到此時，它也只是平平常常的一架葡萄，是富室花園中的常見點綴；此時過後，其便成為數百年間傳名文壇的「葡萄架」，成為濫淫的代名詞了。

　　論《金瓶梅》，稱其為「淫書」則妄，指其書中有過於直露的性描寫則實，而此一節的淫縱描寫當為全書之最。文龍曰：「『醉鬧葡萄架』一回，久已膾炙人口，謂此書為淫書者以此，謂此書不宜看者亦因此。」評者於此一回刪去若干文字，亦因對於一般讀者而言的確「不宜看」也。

　　所謂「不宜看」，在於其場面的驚世駭俗，亦在其筆墨的自然寫實。西門慶和潘金蓮，都是古典小說中的複雜形象，是高爾基所謂「雜色的人」，而在此刻則似乎是專色的——淫棍和蕩婦是也，專一沉溺於性事是也。這就是所謂的「一色昭著」。而淫棍與蕩婦一旦遇著，又經過半日間這許多周折，蓄極積久，又什麼事情做不出來？

　　作者之敘事筆墨，每又見濃淡、顯晦、深淺，又見挾帶映照、忙而不亂。蘭陵笑笑生寫了許多淫縱場面，卻未曾單獨抒寫性事，這些描寫總是與人物形象的刻畫糾結在一起。譬如此回，「葡萄架」是用大塊潑墨也，而霹靂則在「翡翠軒」，在李瓶兒之暗結珠胎。無此緣由，便無金蓮話裡話外之醋意，也無葡萄架下之瘋狂，讀者以為然否？

二八　怎生跑出娘的三隻鞋來

　　潘金蓮在葡萄架下被整得死去活來，扶回房中，夜裡仍是淫樂無度，第二天上午才發現丟了一隻紅繡鞋。秋菊百計尋找，竟然從山子洞裡找了宋惠蓮的鞋來，遭到斥罵。而金蓮的鞋是在與老西淫戲時搖落地上，被一丈青之子小鐵棍撿去，拿著向陳經濟換東西。經濟持之到金蓮房裡，藉機打牙犯嘴。老西得知小鐵棍看到葡萄架之事，怒不可遏，將他痛打一頓，惹得一丈青與潘、陳二人結仇。

　　「賊不逢好死的淫婦、王八羔子！我的孩子和你有甚冤仇？他才十一二歲，曉的甚麼？知道秘生在那塊兒！平白地調唆打他怎一頓，打的鼻口都流血。假若死了他，淫婦、王八也不好，稱不了你甚麼願！」

一場癲狂過後，總會留下幾縷餘緒、些許印痕。

此回從金蓮丟失一隻紅繡睡鞋寫起，一時間亦風生水起，由葡萄架找到藏春塢，由金蓮的紅繡鞋引出惠蓮的紅繡鞋，再由小鐵棍手上到陳經濟袖中，雖是漣漪，卻也層層疊疊，頗有可讀之處。

什麼是睡鞋？顧名思義，女子睡覺時所穿之鞋也。睡覺也要穿鞋嗎？答曰信然，前人許多次寫到，女子睡覺時要換上專門的鞋子——睡鞋。《白雪遺音・馬頭調・掩繡戶》：

> 換上了，底兒上，繡花紅緞香睡鞋。

每一個時代都有時尚人物，也都有精緻生活啊！纏起小腳，穿上軟底軟幫的紅色繡花鞋，是所謂「從腳看到頭，風流往上流」也。不是有人說小腳是中國的國粹嗎，則這睡鞋便與小腳配套而生。試想：若無羅襪繡鞋，女子那被生生折斷的腳趾並排擠在一起，還有那如綁帶般纏繞的裹腳布，該是怎樣的醜陋！而一旦套上「繡花紅緞香睡鞋」，尖尖翹翹，盈盈一握，欣欣然便是一件藝術品咧。

在《金瓶梅》中，在西門大院，小腳是潘金蓮的驕傲和品牌，紅睡鞋則是這一品牌的形象大使，「曲似天邊新月，紅如退瓣蓮花」，可如今竟然丟了一隻！

既然是以記日常瑣事為一部百回小說之主線，《金瓶梅》中也不可避免地寫到各類物件，寫到行賄與收禮、饋贈與周濟、應酬

與接待，也寫到丟東西和因此引發的大小事件。孟玉樓丟過頭上玉簪，演成一場複雜的案件，在後文中大有可觀；吳月娘丟過元寶，亦西門慶死亡場面插敘的精彩一筆；至於設宴丟了酒壺、鋪子裡丟了假當物，也都各有一段內中緣由。可我們何時見潘金蓮丟過東西？

人皆見潘金蓮之淫，皆見潘金蓮之妒與狠，或未注意到潘金蓮之貪婪小氣，這也是其重要的性格特徵。第八回寫她蒸一籠角兒要數兩遍，被迎兒偷吃一個都能發現，都要追查和懲罰，便是明證。而此一回卻寫她竟然丟了腳上穿的鞋，且是第二天才發現。為何能如此？葡萄架下太淫縱是也，以至於頭目森森，神思昏昏，赤著一隻腳走回屋裡，當時渾然不覺，次日毫無記憶。作者摹繪之細，常在這些地方。

畢竟是潘金蓮，第二天就發現有一隻睡鞋不見了，於是又引起了一場不大不小的風波。先是要找，明明是自己丟了，卻把責任一股腦兒推到丫鬟秋菊身上，打罵著她一次次去找；本來是在葡萄架下折騰，竟然在雪洞兒內翻出惠蓮的鞋來；接著寫陳經濟袖藏鞋兒來到，原來是被家生子小鐵棍兒撿去，經濟拿來作一番挑逗；紅繡鞋終於回歸，但被小孩子的手弄髒了……

宋惠蓮已成往事矣。市井的特徵之一就是變化迅速，「苟日新，日日新」啊！曾幾何時，如今的西門大院已很少有人再講論宋惠蓮了。但西門慶還記得她。書中寫了惠蓮生前老西的憐惜，寫了其死後老西對她家人的無情，這裡則補記一筆，寫他在山子洞床頭盛拜帖的匣子裡，密藏了一隻惠蓮的紅繡鞋。

潘金蓮當然也記得宋惠蓮,記得那個曾奪了自己風頭的惠蓮,那個腳比自己還小的惠蓮,那個也有紅繡睡鞋的惠蓮。對一個已死的人,她仍然抑制不住醋意大發,對陳經濟翻出走百媚兒的帳,對老西翻出山子洞舊帳,數說詛咒,拿著惠蓮那隻鞋兒好一陣撒氣。丟一隻紅繡鞋找回兩隻,今日之事牽扯到歷歷往事,活著的人咒罵死去之人,又誰能料想得到?誰能描寫得出?

於是便有了秋菊的疑問:怎生跑出娘的三隻鞋來了?

《金瓶梅》常以數語寫一人,略加勾勒點染,便覺形象鮮活。而對潘金蓮,則色上著色,內外兼修。葡萄架一節見其淫也,亦見其以淫爭寵及固寵也。而此一回以丟了繡鞋入筆,自然宛曲,見其狠與妒也。打秋菊即屬無理,唆打小鐵棍兒更屬撒氣,皆出於其生性之狠戾;而在西門慶跟前毀罵惡詈惠蓮,大喝死人的陳醋,寫其妒,更寫其失去理性。而著此一段,又在為後文鋪墊。

還是當二人在葡萄架下恣縱之時,李瓶兒進了花園一趟,不知何故?作者若無意之筆,卻特特點出瓶兒,特特在此際點出瓶兒,又為何?

二九　吳神仙看相

　　潘金蓮與李瓶兒到孟玉樓房裡，三人一起做鞋，玉樓講到一丈青罵街與月娘的話，金蓮記恨在心，次日告西門慶，將來昭一家三口趕往獅子街看門。一日，周守備薦來一位相面先生吳神仙，相後說老西很快就會生子加官，又對女眷、西門大姐和春梅各有評語。

　　「你的鞋好好穿在腳上，怎的教小廝拾了？想必吃醉了，在那花園裡和漢子不知怎的錫成一塊，才吊了鞋。如今沒的遮羞，拿小廝頂缸，打他這一頓，又不曾為甚麼大事。」

　　此一回主要情節是吳神仙為老西和家眷看相算命，卻仍由繡鞋入筆，寫得自自然然，亦寫得水花四濺。

　　還是潘金蓮，葡萄架下丟了鞋，找到後又嫌骯髒棄去，接下來自然要做鞋。如果說性是她生存生活的主要內容，是其幸福和受寵的重要指標，則繡花鞋是金蓮吸引異性的招牌和利器，豈可一日無之！前面曾寫到潘金蓮的針指女紅極佳，此處則再加實寫：我們看金蓮精心選料、刻意設計圖案；看她先請了瓶兒來描畫鞋扇，又親自去約了玉樓來。於是在這樣一個夏日，三位年輕女子喝著茶兒，做著鞋兒，聊著天兒，「拿起鞋扇，你瞧我的，我瞧你的」，望去煞是情景和美。

　　金蓮要做鞋，瓶兒和玉樓也要做鞋，二人都要做高底鞋，對金蓮設計的平底很不理解，便引出金蓮一段得意道白：

　　　不是穿的鞋，是睡鞋。

睡鞋不是穿的鞋嗎？卻也的確不是日常穿的鞋，而是睡覺時所穿，準確講是在做愛時才穿。《金瓶梅》敘述和遣詞之妙，每在這種地方曲折呈現。

　　正是因金蓮說到睡鞋，玉樓從容學說一丈青罵街的話，並對「淫婦、王八羔子」作出解析，順便也完整轉述了月娘「九條尾狐狸精出世」之說，爾後又勸金蓮只放在心裡。乖人玉樓，又怎一個「乖」字了得！

　　有意思的是，接下來吳神仙看相，玉樓是所有妻妾中命運最好的人。

　　說起這位吳神仙，也有點兒開《紅樓夢》一僧一道之先河，

來去無憑，扮演著串聯故事的角色。這是他的第一次出場，演說西門大院一干人等的命運，後來竟一一驗證；第六十一回瓶兒病重時去找他不在，而七十九回西門慶病危時再次出現，吟了幾首詩，算是一個印證，也算是一個見證。

我國的古典小說，常要加寫一些有關書中人物前世今生的神話，或人物命運的預言，如《三國演義》第一百零三回〈五丈原諸葛禳星〉，如《水滸傳》第七十一回〈忠義堂石碣受天文〉，如《紅樓夢》第五回〈警幻仙曲演紅樓夢〉，表現手法雖有差異，路數則大抵如此。《金瓶梅》本回亦然。此一回以吳神仙為西門慶及一眾女眷看相，分說各人命數，輔以四句韻語，雖非「一部之總綱」，重要性也不可低估。

總的來說，吳神仙為這個大家庭帶來了歡樂。他相西門慶，稱其很快就有「平地登雲之喜，添官進祿之榮」，又是「紅鸞天喜，熊羆之兆」、「喜氣神臨門」，整得西門慶欣喜之下，自家都有點不敢相信；相吳月娘，是「家道興隆」，「衣食豐足」，「貴而生子」；相孟玉樓，是「衣祿無虧，六府豐隆」，「榮華定取」；相李瓶兒，是「必產貴兒」，「頻遇喜祥」，「福星明潤」；就連相春梅，也是「必得貴夫而生子」，「必戴珠冠」，「三九定然封贈」……，常人一生渴求追慕的富貴榮華和子孫興旺全在其中，能不歡欣雀躍？

吳神仙看相時對每人常也是褒貶兼出，有揚有抑。他預言西門慶「不出六六之年，主有嘔血流膿之災、骨瘦形衰之病」；指出吳月娘、孟玉樓、潘金蓮命中「必主刑夫」，而西門大姐則是「破

祖刑家」；至於李瓶兒，更是「三九前後定見哭聲」，「雞犬之年焉可過」等等話語，想是說出口時盡量低沉含混，語義中又故意夾纏不清，令一干聽眾稀裡糊塗吧。

相面諸判詞和小詩中也多有最明白直露之處，如稱李嬌兒「不賤則孤」，譏潘金蓮「斜視以多淫」，說孫雪娥「一生冷笑無情」，指西門大姐「不遭惡死也艱辛」……，當是寫與讀者看去，而非當場吟出。設若真是這麼講，不光潘金蓮等會跳腳罵詈，就連西門慶必也將其逐離家門。書中如此假假真真處也多，皆寫得輕鬆跳脫，讀時也不應過於拘泥。

吳神仙在西門大院中引起的反響是巨大的：月娘的人議論紛紛，春梅大受鼓舞，而潘金蓮似乎受到較大的心理傷害，以至於以後再也不參與算命了。

三〇　大官人有了繼承人

　　來保和吳典恩往東京蔡太師府上送生辰擔，蔡京大喜，當場將皇上所賜「空名告身劄付」給予西門慶一張，任他為山東提刑所副千戶。吳典恩冒充老西小舅子，竟也討了一個驛丞。而西門慶在家與妻妾飲酒解暑，李瓶兒肚子疼，順利生下一個男孩。一天後來保回還，傳來得官的喜訊。西門大院雙喜臨門，為兒子起名叫官哥兒。

　　金蓮道：「一個是大老婆，一個是小老婆，明日兩個對著養，十分養不出來，零碎出來也罷。俺每是買個母雞不下蛋，莫不殺了我不成！」又道：「仰著合著，沒的狗咬尿胞虛喜歡。」玉樓道：「五姐是甚麼話！」

「官人」一詞，起源甚古遠，本指選取人才給以適當官職，進而主要指做官的人。宋代已降，該詞在世俗化路上越走越遠，指代也有些混亂，有錢有勢之輩可稱官人，平民對太監尊稱官人，妻子對丈夫亦暱呼作官人。其也如同「員外」，本來是指正官以外的官員，一些富豪之家，竟也堂而皇之地自稱員外了。

在街市上搖擺的西門慶，既沒有功名，又沒有一官半職，只因有了些錢財，便被人稱為西門大官人。這一次進京送禮，來保在太師府前不敢放肆，謙稱「西門員外家人」，讓守門官斥罵一頓。而就在這之後，蔡太師見老西送來的生辰厚禮大悅，隨隨便便賞給了個官兒，西門慶也就成了真正的官人。

不是說「福不雙至，禍不單行」嗎？此一回則寫兩件大喜事一併降臨西門大院。

吳神仙真乃神通廣大之輩，話音未落，李瓶兒生了兒子，西門慶得了官職。且一入官場就是金吾衛副千戶，官居五品，協管一省刑獄。記得清代著名戲劇家孔尚任在孔廟講經時被康熙皇帝看上，授了個九品小官，還寫了篇文章叫〈出山異數記〉，記錄其感激與欣喜。西門慶誠大興奮也，然筆下無文，便為初生兒子起了個乳名「官哥兒」，又是「官」，又是「哥兒」，多麼精妙有趣的組合，傳遞出他心情的無比明快愉悅。一段「烈火烹油，繁花著錦」的日子，就這樣開始了。

「不孝有三，無後為大。」子嗣一直是許多中國人心目中的頭等大事。讀《明實錄・世宗實錄》，可見出貴為天子的嘉靖皇帝那種普通人心態：盼子的殷切與焦灼，得子的欣悅狂喜，育子的

萬般珍重，失子的錐心之痛。本書中的西門慶亦如此。他這個市井上的豪橫之徒也有著最傳統的子嗣觀念，一直渴求有個兒子，而今兒子呱呱落地，從未想過的官職也如影相隨，該怎樣形容他此刻的心情？

明代實行嚴格的科舉制度，同時也有著嚴格的官員考察監督機制，雖然以恩蔭、舉薦等作為官僚隊伍的補充，可也與西門慶挨不上邊兒。一個市井老混混能搖擺入官府嗎？一個多起命案在身的人能執掌司法嗎？就連西門慶自己也不敢相信，可事情就這樣發生了。「越痴呆越有痴呆福，越糊塗越有糊塗富，越聰明越被聰明誤」，是文人的千古嘆息，可眼下這位西門慶，既不痴呆，也不糊塗，竟然也平地一聲雷，做官了！

得子難，做官更難。「青青子衿，悠悠我心」，史書和文學作品中寫了無數皓首窮經的讀書人，「十年寒窗」幾乎是每個人的生命過程，而「一舉成名」只屬於個別幸運者。府試、鄉試、會試，秀才、舉人、進士，三年一屆，取中者（在明代）不過三百人左右。做官之難，由此可見。

可此一回偏寫做官之易：派家人往東京蔡太師府中送生辰擔，本是答謝滄州王四之事，原沒想到謀取個一官半職；孰料蔡太師見物心喜，隨手竟給了個「山東提刑所理刑副千戶」的官兒，連帶那冒名西門慶舅子的吳典恩也沾光賞了個驛丞、來保賞了個掛名的王府校尉。作者也不忘加寫一筆，讓我們知道這些個「空名告身劄付」是朝廷欽賜於他的。

西門慶生子喜加官，自己喜出望外，賀喜的人踏破門，西門

大院到處喜氣洋洋。可我們卻也分明聽到另一種聲音，那是潘金蓮對於李瓶兒生子合法性的強烈質疑：

> 我和你怎算：他從去年八月來，又不是黃花女兒……一個後婚老婆，漢子不知見過了多少，也一兩個月才生胎，就認作咱家孩子？我說：差了！若是八月裡孩兒，還有咱家些影兒。若是六月的，踩小板凳兒糊險道神，還差一帽頭子哩！

這番話充滿著惡意和嫉恨，卻也提出了一個核心話題，即官哥兒是誰的種子？十月懷胎，一朝分娩。瓶兒嫁來後已滿滿十個月，官哥兒才出生，能有問題嗎？可金蓮咬牙兒認定，那不是老西的骨血。

等著瞧吧，好戲還在後頭……

三一　盛宴中丟了一把壺

吳典恩騙了個驛丞，卻沒錢置辦一應物件，求了應伯爵向西門慶借一百兩銀子。老西不差錢，在家中興興頭頭準備，又收了兩個小廝做書童、棋童，擇日上任，拜會各衙門官員。官哥兒滿月，老西在家中大擺宴席，丫鬟小廝間混鬧，藏起來一把壺，潘金蓮聽見，嚷嚷個不休，被西門慶斥罵一通。

「依我，取筆來寫上一百兩。恆是看我面，不要你利錢……到明日做上官兒，慢慢陸續還他也是不遲。常言俗語說得好：借米下得鍋，討米下不的鍋。哄了一日是兩晌。」

西門大院雙喜臨門，接下來自然是慶賀和宴請，是送禮的人踏破門檻，是喜氣匆匆的忙亂，本回的確如此。文書一到，提刑

所派來十二名排軍伺候，知縣及四衙同僚送來羊酒，不說親朋鄰舍禮帖兒不斷，就連那些社會上的特殊人物——妓女和太監都提了禮物來。「白馬血繯彩色新，不是親者強來親」，這是一個怎樣勢利的社會！

勢利社會，熙來攘去的便是那些勢利小人，本書中著墨不多的吳典恩即其一例。官府中人如李知縣、夏提刑豈不勢利？市井幫閒應伯爵、謝希大之流豈不勢利？家人伙計來保、韓道國豈不勢利？但都不如這位吳典恩更具有示範性。吳典恩者，無點恩也，一點兒舊恩也不念之謂也。此一回開篇，作者卻先從吳典恩借錢入筆，藉其窮窘，畫出當官亦難，光是那一套做官行頭和上任程序，就非一般人置辦得起。這又是一個怎樣污濁的官場！

勢利小人，又多是會機變的聰明人。在蔡太師面前詭稱是西門慶小舅子，見其機變也；而向主人借錢先要找到應伯爵、先要許下十兩銀子謝禮，則是其聰明。明明是西門慶家中伙計，怎麼會想出要冒稱西門慶舅子呢？大約因為西門家大娘子姓吳，這狗頭也姓吳。那同去的來保便沒有這份膽量，也想不到蔡太師哪裡知道西門慶夫人姓甚名誰，於是吳典恩實授驛丞，他則賞了個掛名校尉。這來保到底是老資格家人伙計，老江湖了，既沒有當場揭發，也沒有事後舉報，賣了個大大的人情。

吳典恩與應伯爵相隨來到西門大院，另一番景象也就自然展現在讀者面前，這是借錢人眼中景象，是西門大院的一派喜氣洋洋：「許多裁縫匠人，七手八腳做生活」，而西門慶則置身其中，看著匠人裁衣，看著家人收禮，看著女婿寫拜會各官的手本揭帖。

至此方知，原來寫吳典恩又在於寫西門慶也，摹畫吳典恩之窮與諂，正在於染寫西門慶之富且驕也。

西門大官人終於真正成為官人，開始了他的官府生涯。而西門大院雖是多了些應酬迎送，生活也還是往日之軌道。妻妾們仍要鉤心鬥角，小廝丫鬟仍要打牙犯嘴，各樣小隱祕、小陰謀、小把戲、小事件仍要發生。即以家宴中酒壺一事見之：玉簫看上了新來的書童，拿了一銀執壺酒和水果放到書房，恰書童不在，琴童兒瞧見後偷偷拎到李瓶兒房中，交給迎春。請看二人一番對話：

迎春道：「此是上邊篩酒的執壺，你平白拿來做甚麼？」琴童道：「姐，你休管他。此是上房裡玉簫和書童兒小廝七個八個，偷了這壺酒和些柑子、梨，送到書房與他吃。我趕眼不見，戲了他的來。……我且拾了白財兒著！」

在西門大院，玉簫常幹一些替老西傳信送物的活兒，她對書童兒的愛情有點一廂情願，又沾染了不少狎邪之氣；而琴童的偷窺和轉移酒果，也見出與迎春的關係不一般。生活帶給這些少男少女的影響實在是太深重了，這是怎樣的花季？怎樣的愛情？

這也是潘金蓮寂寞和怨憤的季節，而金蓮又怎甘寂寞、怎麼會止於怨憤呢？丟壺事件是一個輕喜劇，可經潘金蓮一說，便成了一次背景複雜的偷竊，成了一個與李瓶兒相關的精心策劃。潘金蓮也是個執著之人，慣於見縫插針，慣於推波助瀾，問題在於，此時的她，哪裡還能挑撥得了此時的西門慶呢？

　　一把銀執壺，在琴童眼裡、在自幼生活便不富裕的潘金蓮眼裡，算是個寶物了；而讓李瓶兒看來，又是個啥呢？她把那樣多的元寶珍玩都一股腦兒帶了來，你還指望老西相信是她偷壺嗎？利令智昏，恨，也會令智昏啊——金蓮有點小兒科了。

三二　妓女爭當乾女兒

　　喝完官哥兒滿月酒，西門大院仍是連連設宴，先請清河縣「四宅老爹」，再請一應親友和會中兄弟。縣城的名妓都來趨奉。李桂姐認作月娘的乾女兒，頓時便有些身價上漲。而潘金蓮藉口引逗，把官哥兒舉得高高，使他初次受到驚嚇。

　　桂姐道：「劉公公還好；那薛公公快頑，把人捱撐的魂也沒了。」月娘道：「左右是個內官家，又沒什麼，隨他擺弄一回子就是了。」桂姐道：「娘且是說的好，乞他奈何的人慌。」

　　一部《金瓶梅》，張竹坡以「冷熱」總喻之，也算別具慧眼。自三十回「生子喜加官」始，西門大院便是一團喜氣、一派鬧熱，賀客接著賀客，宴會連著宴會，常常前宴未歇，後宴又起，一直

延續到此回,一開篇仍是酒宴,盡寫一個「熱」字……

賀客與宴請當然以官員為重。清河小小縣城,作者大約以州府擬之,官署設置有提刑所、兵備府等,加上皇莊、皇場,皆一方之執政與勢要。上一回請兩位內相和各路武官,本回請縣中「四宅老爹」,都是大院中的重頭戲,是西門慶當官後必做的功課。同樣,赴新任提刑所副千戶西門慶之宴,也是這些人必做的功課。花花轎子人抬人,古往今來,又誰不曉得這句官場歌訣呢?

然以西門慶的個性,以其初入官場,在這些應酬時會覺得有些拘謹,有點兒拿勁,總之不夠暢快。是以此際寫到官場應酬多用省筆,一帶而過;而寫其與市井中人打混時則用濃墨,細細描摹各色人等。我們讀本回中文字,看他「冠冕著遞酒」,在親眷街坊前顯擺,在會中兄弟前誇耀;看他指令一眾妓女獻唱,再隆重推出搖身變為吳月娘乾女兒的桂姐;看他一口一個「狗才」地罵應伯爵,甚至依著桂姐之意,離席去打……,呵呵,打情罵俏,亂七八糟,起哄胡鬧,這才是西門慶的幸福時光。借用眼下的一個新詞,此時西門大官人的「幸福指數」最高。

吳月娘也成了一個幸福的人。她本來就是官宦人家的女兒,對官職當有著天生的看重,丈夫平白得了官,真是大喜過望。正熱鬧著,又有李桂姐要拜為乾女兒,那等花枝招展,那等甜言蜜語,也讓她覺得有面子。月娘是一個心直口快、嫉惡如仇的人,也是個幾句好話就能哄轉的人。此時的她,只顧得虛榮,不去計較桂姐是一個曾被丈夫梳籠的妓女。

妓女成了乾女兒,然做了女主人乾女兒的桂姐,仍是妓女,

仍不離行院格範，仍要在宴席上拋頭露面、彈琴唱曲，仍要與應伯爵打牙犯嘴，仍要讓太監摩挲掐撐。

　　妓女與幫閒，當是市井中最活躍的品類，也是最懂得「冷熱」的族群。她們和他們有著對權勢、財富的高度敏感，有著對忠誠、責任和情感的清醒認知，有著明確的角色意識和必要的犧牲精神，也力爭以優良的服務換取回報。如李桂姐，這位西門慶曾經梳籠過、翻臉過的清河名妓，經一番「拜娘認女」，竟成了西門慶的乾女兒，也算有趣；而洞察秋毫的應伯爵以此為題，插科打諢，則是湊趣了。湊趣中又夾雜一點兒諷刺、一點兒惡謔和惡搞，惹得東道主漸次放下官架子，漸次回歸市井本色，便是幫閒的價值所在。此時的西門慶已然官府之人也，但市井永遠是他的精神家園，是其魂靈的最愛。

　　此一回亦不忘用冷色，則潘金蓮是也。金蓮豈不是愛熱鬧之人，偏置於冷清之地；豈不是占先兒之人，偏置於末席。於是便有了逗引、嚇唬官哥兒之舉，便有了西門慶的心肝寶貝的病症，便為後來官哥兒之死埋下伏筆。

　　這伏筆，當然是一抹冷色。

三三　牛皮小巷

　　西門慶官職在身，又在獅子街新開一個絨線鋪，讓來保和新雇的韓道國任主管。這韓伙計綽號韓搗鬼，最愛說大話，老婆王六兒與兄弟二搗鬼有染。這天韓搗鬼正在街上吹牛，家中卻被牛皮小巷的混混捉了奸……

　　韓二奪門就走，被一少年一拳打倒拿住；老婆還在炕上，慌穿衣不迭，一人進去，先把褲子擱在手裡。——都一條繩子拴出來。

　　這邊廂「罰唱」，那邊廂「捉奸」，此一回煞是好看。惟「失鑰罰唱」是實，「縱婦爭鋒」則虛，或說是把後面的事情提前幾回透露了出來。《金瓶梅》回目中常常有這種情況。

　　罰唱，是小丈母罰大女婿獻唱，演唱地點則在另一個小丈母房內。《金瓶梅》第一回便拈出一個詞兒——嘲戲，意謂挑逗、調戲；至第八十一回又作「嘲話調戲」，語義更明白。罰唱即嘲戲也，只是此一番男女換位，潘金蓮成了嘲戲的主導者，好在對她來說，這也不是第一遭了。

　　捉奸，捉的是叔嫂之奸，地點則在牛皮小巷。古典小說戲曲中不獨人名多有寓意，地名亦如之。為何叫作牛皮小巷？當然出於此巷中多喜歡吹牛之人。如這位當事者韓道國，能夠邊走邊吹，逢人即吹，牛皮閃閃，大話炎炎，偏是他正吹在興頭上，老婆被人捉了奸，於是偃旗息鼓，自己也成了牛皮小巷的談資。市井永遠是歡樂歡快的，正在於永遠有這種生活中的喜劇發生。

　　為何要罰陳經濟唱小曲？其要討回丟失的鑰匙是也。又為何將鋪子的鑰匙丟在小丈母房裡？只因在此廝混飲酒也。罰唱是公開的，現場有潘姥姥、李瓶兒和丫鬟；罰唱又自有隱情，是金蓮與小女婿的一次隱性調情；罰唱還為二人的奸情作鋪墊，經濟藉著小曲兒，盡情地剖白心跡，兩人都有些急不可耐了。

　　捉奸當然也是公開的，會唱揚得滿世界知道。《金瓶梅》寫了大大小小許多奸情，與此相伴的就是捉奸，如武大郎與鄆哥兒的捉奸、潘金蓮在山子洞的疑似捉奸，都幾乎捉個正著，又都沒有得手。捉奸又必然有一個隱祕過程，有一個精心謀劃，牛皮小巷的捉奸正是如此，故大獲成功。

　　罰唱是因為陳經濟真的會唱，捉奸亦因為王六兒與小叔子的確有奸。陳經濟已有了點氣候，王六兒則初次出場，這兩人於後

文中大有關係：陳經濟與潘金蓮由相互嘲戲發展到亂倫和群奸（加上春梅），也有了秋菊的偷窺和報信，有了一次兩次不成功的捉奸，最後都被逐離家門，橫死於刀劍之下；而王六兒由於這一事端，讓西門慶得知豔名，銘記在心，日後勾搭上手，明鋪暗蓋，胡天胡地，最終葬送了年輕的生命。是啊，市井中的哪一個人物、哪一件事體不粘連著悲情呢？

作者擅寫人物，更擅寫故事中的人物；擅寫故事，更擅寫市井中的故事；擅寫市井，更擅寫整個社會背景下的市井。一連四曲【山坡羊】，以罰通款，以唱會意，畫出陳經濟的紈綺子弟臉孔，畫出潘金蓮的意亂情迷，畫出李瓶兒的裝聾作啞，亦見出該曲流傳市井的一幅社會風俗畫面。而牛皮小巷捉奸一節，尤其是韓道國與紙鋪張好問、銀鋪謝汝謊的一段對語，捧眼逗眼，酷似群口相聲，帶寫出商業的發達與經商之普遍，沒有商業就沒有市井，不是嗎？

本回在若不經意間，拈出西門家的商業格局：老西家已在縣門前開著大生藥鋪，又在家門首開著典當鋪；此時南方客商要出脫積壓貨物，老西趁機低價出手買下，在獅子街新開一間絨線鋪。蘭陵笑笑生筆下的西門慶從來不乏精明，不乏經商之才。他決策果斷，行事大方，擅於利用官場人脈，敢於冒險投資；他從不惜下絕戶手，通常也讓合作者有錢可賺；更重要的是，他對自己的雇員頗不薄。像這一次為韓搗鬼出頭，便是一例。

有研究者認為西門慶是一個新興的商人，不無見解，但若是去掉那查無實據的「新興」二字，當更妥帖。畢竟殷朝亡而商人

興，經歷唐宋都會之繁盛、大元商路之拓展，衍演至明朝中晚期，
該新興的早已差不多「興」過了。

三四　將市井規則引入官場

韓搗鬼找了應伯爵，一起來尋西門慶說情。老西大包大攬，令人將王六兒放了，反把牛皮小巷捉奸的四個小混混鎖拿審問，打得皮開肉綻。四人家長也拿著銀子來託情，伯爵不好出面，找到老西的男寵書童兒，書童整治酒菜，轉求李瓶兒說情。沒吃上酒的小廝平安銜恨，將此事告知潘金蓮。

西門慶道：「……有事不分青水皂白，得了錢在手裡就放了，成什麼道裡！我便再三扭著不肯。你我雖是個武職官兒，掌著這刑條，還放些體面才好。」

應該說，西門慶任職提刑所後，一直是恪守副職之道，興興頭頭，謹謹慎慎，衙門中賠著小心和尊重，家裡頭則頻頻設宴招

待各路官府。如是施為，由盛夏到仲秋，近兩個月就這樣過去了。

　　兩個月的時光，西門慶在觀察、學習、歷練和揣摩，觀察那主事之正千戶夏提刑的行為做派，學習問事理刑的程序科範，歷練緝捕和刑訊逼供的本領，也揣摩官場的規則與潛規則……，他很快就發現：大多數時間，官府亦如江湖，亦如市井；而有些時候，官府還不如江湖，不如市井。若說江湖與市井都還要講一些公平和信義，講一些交情和恩怨，則官府倚仗著權力，常常連這些也忽略不計。兩個月時間足夠了，作為市井豪傑、一方豪富的西門慶已然覺得自己熟悉了「業務」，他要出手了……

　　他的第一刀便是砍向市井，砍向牛皮巷的幾個小混混——他們也太年輕，只顧得快活捉奸，卻不曾想到那犯奸之婦的丈夫是西門大官人的伙計，沒想到西門慶現任著提刑副千戶。於是，剛剛還是鬧嚷嚷押送和拴縛光赤條條「男婦二人」的喜樂場面，轉眼便演換成四個新生代小混混的鬼哭狼嚎，演換成其家長的四出求告，託情送禮。

　　這裡還出現了官場規則與市井規則的小小碰撞：就官場而言，若是案情中牽涉到自己的家人，問理者應該迴避，至少要做做樣子；而在市井，家人受了欺侮，主子便要為撐腰出氣。西門慶毫不猶豫地將市井規則引入了官場，不該放的放了，不該抓的抓了，不該打的打了，下手迅猛狠辣，毫無忌憚。一句「扭著要送問」，道出其間癥結，也道出夏提刑一段無奈。「同僚上不好處得」，是老夏說出的難處，內涵則在於同僚間要互相遮蓋。我們不是多認為西門慶是個貪酷之輩嗎？本回中他與應伯爵的一番談話，私下

裡流露出對夏提刑之貪鄙的輕蔑，而文中「人都知西門慶家有錢，不敢來打點」，也是一條印證。

貪和廉之間應是有一條明確的界限的，可《金瓶梅》卻以活生生的例子告訴我們：平日之貪或也會有一時之廉，多年之廉或也會有一時之貪，市井之貪或也會有官場之廉，將貪酷和廉明分清亦難。本書卷首有〈四貪詞〉，所謂酒、色、財、氣也，西門慶當是「四貪」的化身，可此一回卻寫其廉，寫其不貪。至少是比他的上司夏提刑要好一些，至少是這一次沒有貪，不是嗎？

魯迅先生論《紅樓夢》，激賞之餘，謂自該書一出，將中國古典小說那種寫好人全是好人、寫壞人全是壞人的寫作模式全然打破了。確實如此。然則一部小說史，也是充滿複雜和變數的，其發展流變決非線性前行：曹雪芹逝後二百餘年的今天，坊間仍隨處可見那種「全好」、「全壞」的作品；而前一百多年出於明嘉萬間的《金瓶梅》，以其鮮活的、雜色的人物形象，已將那種類型化的創作手法衝決打破。即以此一回論之，四個小混混弄出一場風波，西門慶導演一椿公案，各有其中情由；書童兒輾轉託情，平安兒含恨戳舌，亦皆因蠅頭微利而來；至於應伯爵兩頭和番，翻雲覆雨，無不種因於一個「錢」字。讀後沉吟，又能判解出誰是好人、誰是壞人呢？所有這些人我們很難說哪一個是好人，可若說他們都是壞人，整個世界也就都成了漆黑一團，也不準確。

誠然，《金瓶梅》寫了許多的惡人及惡行，然喪盡天良之人，書中似乎未寫。這一回，韓道國之妻與小叔子通奸，路人皆知，又被抓了個現行，可他還是為之奔走營救，無怨無悔；應伯爵得

了兩尾鰣魚，先想到分一段給嫁出去的女兒，然後才是自己享用；潘金蓮蛇蝎心腸，但時常會回家看望母親，或將其接來；而西門慶自從有了兒子，舐犢情深，連裁個衣服都跟著看上半天⋯⋯

《金瓶梅》寫惡人，更寫常人，寫常人的惡人行徑，寫惡人的常人情懷，而黏合這一切的，則是那彌漫全書的市井氣息。

三五　小廝與小廝

　　西門慶放了四個混混，伯爵送銀子答謝書童，又被平安瞧見。而來安在書房打掃，吃了書童的響糖，告訴他平安對潘金蓮說的話，書童學與老西。老西大怒，藉白來創來吃白食之由，將平安痛打一頓。家中女眷到吳大舅家吃酒，韓搗鬼送了酒食來謝，老西請伯爵等人共飲，書童兒裝扮旦角，宴席上獻唱。

　　　平安道：「想必是家裡沒晚米做飯，老婆不知餓得怎麼樣的，閒的沒的幹，來人家抹嘴吃，圖家裡省了一頓。也不是常法兒。不如教老婆養漢，做了王八，倒硬朗些，不教下人唾罵……」

　　就其創作過程論之，《金瓶梅》亦如後來的《紅樓夢》，原作者並沒有最後完成全書，而由他人作了較大的整理補充。沈德符

《萬曆野獲編》所稱「原本實少五十三至五十七回……，有陋儒補以入刻」，即為例證。而此一回篇幅和內容，又覺得像是兩回，略如庚辰本《紅樓夢》連體的第十七、十八回。

無論算是一回兩回，以俗眼看來，本回文字似乎都有些兒乏味——既沒有殺人越貨之類大關目，又沒有滿紙狎褻的性場面，也不見朝中大吏、封疆重臣出場，只這西門一家子在院中窩裡鬥，只是西門大院兩個小廝的爭風吃醋……

通常認為「爭風吃醋」是專屬於女人的。我們見慣了西門慶妻妾之間的爭風吃醋，那是潘金蓮形象的一抹重彩，也是自吳月娘始幾乎每一個女人的性格特徵，包括一味遜避的李瓶兒——其以不爭爭之，一切都為了保護自己的兒子，而只要兒子能長大，她便是笑到最後的人。

實則爭風吃醋是人類一種共性，一種通病。宦場中人豈不爭風吃醋？所謂內閣傾軋、官場陰謀者是也；讀書人豈不爭風吃醋？所謂文人相輕亦差似之。商場中人、市井中人、武林中人，甚而至妓院和幫閒之人，無不會爭風吃醋。而此一回則以小廝做了主角，小小年紀，已懂得窺視和告密，懂得拉攏和排擠，懂得尋找時機和靠山，都有了全掛子的武藝，而這些又都與爭風吃醋相表裡。

張竹坡曰：「《金瓶梅》是一部《史記》。然而《史記》有獨傳，有合傳，卻是分開做的。《金瓶梅》卻是一百回共成一傳，卻又斷斷續續各人自有一傳。」細味此一回文字，最能證明其見解之精彩。小廝，奴才中等而下者也，然亦不乏才俊。如玳安，機

敏幹練，兼處事圓融，還能見出幾分霸氣，日後竟成了西門大院的繼承人。如書童兒，雖然與家主西門慶有一段孽緣，卻處處謹慎，不事張揚，對所有的女主人都逢迎巴結，仍然成了矛盾的焦點。關乎他們的文字雖然不多，而其性情經歷，已足以「自有一傳」了。

至於看門小廝、上回和本回中都頗占了筆墨的平安兒，與那金蓮院中的粗婢秋菊有幾分相像，執拗蠢直，偏又愛爭些什麼。於是便要挨打，常常挨了打還不知原因所在。譬如畫童兒，帶捎著被拶❸了一下，還知道只哭不說，內心裡想是在細細反思呢。而平安挨了一場痛毆，別人早瞧出端倪，自家卻悟不出真正原因，嘴裡髒話滾滾，只管罵那來蹭飯吃的白來創。他哪裡有本領與書童較勁，比起來可是差遠了。

書童原先在知縣那裡歷練過，對於收禮，顯然是頗為內行了。牛皮小巷一案，伯爵是吃了原告吃被告，他則是收了大錢收小錢。韓搗鬼攜了酒食來致謝，宴席上的中心居然是他，又是裝旦，又唱南曲，一曲接著一曲，還不斷被幫閒誇獎敬酒。此時的平安兒，又在哪個犄角旮旯呢？

「平安挨打」與《紅樓夢》「寶玉挨打」略同，伏脈已久，牽扯多多，背景亦極複雜，有必加痛責之理，亦有大段精彩文字在焉。平安兒，市井中小可憐也，如蟲如蟻之輩也，然作為文學形象，亦圓整鮮活，噓彈如生。他後來還要挨打，被打得更慘，也是性格使然，命運使然。

---

❸拶，古代以木條用力夾指的刑罰。

三六　新進士最愛打秋風

　　西門慶接蔡太師府上大管家翟謙書信，一是追問囑辦小妾之事，二是告知新科狀元、蔡京假子蔡蘊要路過，囑他幫襯些銀兩。月娘急託各路媒婆，打聽找尋好女子。不日蔡蘊和同榜進士安忱來到，老西盡心接待，厚贈銀兩和禮物，二人滿意而去。

　　二人出來更衣，蔡狀元拉西門慶說話：「學生此去回鄉省親，路費缺少。」西門慶道：「不消老先生分付，雲峰尊命，一定謹領。」

　　《金瓶梅》立足於市井，重在於摹寫市井風物，又對社會進行了全景式的描繪。此回開篇，東京蔡太師府捎來一封書信，隨後趕到的則是兩個新科進士，西門慶輕鬆地接待了他們──畢竟

是官場新人啊,「食腸兒」尚小,很容易就得到了滿足。

這是一次花費不多,賓主都很愉悅的接待。

這也是一場令客人印象深刻,日後不忘回饋主人的招待。

今天的許多人,包括各級官員、各行各業、商人甚至大學的教授,都深知「接待」的重要。通過接待,可以出業績,可以聯絡感情、建立關係、整合資源,可以升遷、晉級或發財。而接待這檔子事兒,卻不能算是今人的創見,我們的老祖宗早就對迎來送往熟諳於心。這不,西門慶一接到翟管家的來函,心中便有了算計:這是兩個專意來打秋風的進士。

有明一代,科舉制度漸漸穩定,成為士子做官的主要途徑。儘管也有恩蔭、舉薦等作為補充,惟進士才可稱正途出身。然三年一科,每科三百人左右,對於分配工作的壓力也很大。於是就有了「觀政」(即見習)之說,也就有了給假省親這種不得已的安排。可省親需要路費,娶親更需要錢,大多數新科進士手頭都缺少黃的白的,便各顯神通。《萬曆野獲編·進士給假》:

> 近來新科進士選期未及者,多以給假省親省墓為辭,得暫歸里。其有力者,則乞解銀,及借各曹署閒謾之差,以省雇募之費。

書中所寫這兩位進士,正是結伴回鄉。一個是蔡狀元,被當朝蔡太師收為乾兒子,已任祕書正字,自然不能怠慢;另一位觀政工部,翟管家信中一字沒提,與蔡太師亦無瓜葛,西門慶仍盡心招待,除卻禮金不一樣,看不出有什麼差別。這就是西門慶,這才

叫會接待。日後蔡、安二人各領要職,都把西門慶當作朋友,幫
助之處很多。要說老西也是愛交朋友、愛幫助他人的性格,此是
他感情投資中最划算的一筆。

朝中有人好做官。西門慶在朝中的靠山是蔡太師,而助他巴
結上蔡太師的是翟管家。沒有這位大管家,他派去送禮的人連太
師府大門也進不去。接待蔡、宋二人,有翟管家一封信就足夠了。
而翟謙來信雖短,信息量卻很大,蔡狀元之事為附帶提及,重要
的事有兩件:一是自己要討個小老婆,催問西門慶辦得怎麼樣了,
還捎來了十兩銀子;其次是傳遞一個消息,又故意不明說,模糊
為「即擢大錦堂」五字。

呵呵,官場語言,有時越是模糊,就越見重要,也就越發清
晰。見此來函,不獨西門慶且喜且愧,連帶著吳月娘都跟著起急,
恨不得託付縣城中所有的媒婆兒,恨不得立馬找到一妙齡女子,
送往東京。

三七　皮肉之濫淫

　　馮媽媽提出了韓搗鬼的女兒愛姐，西門慶到她家中相看，對其母王六兒也產生了興趣。老西為愛姐置辦嫁妝，令韓搗鬼送往東京，自家則託老馮通款，勾搭上王六兒，白天時常來此淫縱。

　　婦人聽了，微笑說道：「他宅裡神道相似的幾房娘子，他肯要俺這醜貨兒？」

　　故事進展到此回，西門慶竟成了牛皮小巷的常客，他的獵豔生涯也自然發展到「王六兒階段」。這是一個與以前漸漸不同的階段，也是整個「情色故事」的拐點。在此之前的西門慶，看上一個女人，多少還會有一些真情、要求一些姿色、演繹一點兒愛戀，如潘金蓮、孟玉樓、李瓶兒，都被他娶來家中，即便對死去的宋

惠蓮，也曾許下要娶她做小；而自此之後，西門慶似乎更傾心於床第之歡，更沉溺於無度的性事，更喜歡性施虐和性變態……

老西與王六兒的淫縱，是專心專注的純粹之淫，是所謂的「皮肉之濫淫」。

這是登徒子之流必然的生命過程嗎？是尋花問柳的更高境界嗎？

王六兒是個什麼樣的女人？被人捉奸的第三十三回，形容她「生的長條身材，瓜子面皮，紫膛色，約二十八九年紀」，「打扮喬模喬樣，常在門口站立睃人；人略鬥他鬥兒，又臭又硬，就張致罵人」。這樣一個粗俗不堪的放蕩女人，沒有姿色，沒有才情，沒有教養，沒有德行，也沒有顯赫的家世和豐饒的家產，到底是哪裡吸引了閱人無數的西門慶？連她自己也覺得不敢相信，也說：「他肯要俺這醜貨兒？」連那巧舌如簧的媒婆子也只能以「情人眼裡出西施」解嘲。而就是這個王六兒，實實在在迷住了西門慶，成了他最喜歡的外寵，一直到他撒手西去……

這讓我們想起《紅樓夢》中的賈璉，擁有著嬌妻美妾、大小丫鬟的璉二爺，竟然趁著鳳姐過生日之機，與僕婦鮑二家的搞在一起，用賈母的話說，「髒的臭的都拉了你屋裡去」。雖說原因不盡相同，相差亦不遠。

生活從來是斑駁陸離的，情色亦如之。是啊，比較起潘金蓮的動不動就抱著琵琶唱小曲兒，比較起孟玉樓的假模假式，比較起李瓶兒的哭天抹淚，比較起宋惠蓮的爭競和執拗，這個王六兒簡單、簡便多了，乾脆利索多了，說不三句話便直趨床上，直奔

主題，又有那麼多怪癖和花樣，都讓西門慶意外欣喜──鮑二家的之於賈璉當亦如此。相得益彰的還有王六兒之夫，也是西門家伙計的韓道國，東京歸來後聞知此事，與妻子討論商量，樂陶陶引以為榮，全無來旺兒那種急眼玩命之相。於是西門慶心下踏實，樂此不疲。

《金瓶梅》中所寫女人多多，有為愛情者，更多的則是愛錢財、愛權勢者。如本回中王六兒當然也愛錢財權勢，但她更愛性事，否則也不會與一身痞氣的二搗鬼搞在一起。此一番遇著恩主西門慶，更是全掛子的武藝，怎不傾情奉獻？

就在這一回，媒婆馮媽媽也露了一小臉兒。這位李瓶兒的養娘，瓶兒嫁入西門大院後雖不算離家，但兼職做起了媒婆生意。就是她舉薦愛姐為翟管家小妾，不獨保舉成功，得了賞錢和誇獎，且意外為老西和王六兒牽了線，跟著沾了不少便宜。一項生意引來了大訂單，一錘子買賣變為長期客戶。馮媽媽好不得意，好不用心，以至連親主子李瓶兒的事兒都丟在腦後咧。

三八　當打人成為職責

西門慶打發了來為李智、黃四說項借錢的應伯爵，又來牛皮小巷幽會，恰遇二搗鬼被王六兒打罵，恨恨出門。老西聽說，次日派人將他拿到提刑所拷打，從此不敢上門。韓道國東京回來，得知老婆與主子的勾當，不怒反喜。又是一個雪夜，西門慶歸來，到瓶兒房裡吃酒，而潘金蓮一個時期以來備覺淒清，抱著琵琶唱曲兒，被二人拉了來同坐。

韓道國道：「等我明日往鋪子裡去了，他若來時，你只推我不知道，休要怠慢了他，凡事奉他些兒。如今好容易撰錢，怎麼趕的這個道路！」老婆笑道：「賊強人，倒路死的！你倒會吃自在飯兒，你還不知老娘怎樣受苦哩！」兩個又笑了一回。

　　從纏綿到反目，從偷情到絕情，從尋花問柳到尋釁滋事，再到自尋苦頭，究竟有幾多遠程途？《金瓶梅》給了我們一個個例證，皆見其促短，王六兒與二搗鬼此其一也。塵世間有很多情感和行為看似不太相干，實則互相關聯、互為因果，愛恨情仇莫不如此，芸芸眾生泰半如此，令人慨嘆。

　　二搗鬼者，誠茫茫人海中一微芥也，然經作者附筆帶寫，亦自成一傳，全鬚全尾，形象頗見圓整。他與嫂子的一段孽緣也是複雜的，七分八分放蕩鬼混，就中或也有三兩分真情。雖說是拿了一根小腸兒就想來尋歡，但以其財力與能為，也算傾己之所有了。沒想到老情人翻臉無情，更沒想到嚷罵了幾句，那邊廂惹惱了西門慶，於是一頓痛拷，使之上了一堂感受極深的法律課，也使他本人不得不經歷一段漫長的人間蒸發。

　　「人是賤蟲，不打不招。」是戲曲小說中經常出現在官員口中的一句話。通常說來，此話是對那些有點兒社會地位的人而言。他們初入牢獄，餘威仍在，多不把審案官放在眼裡，於是便要經一番鍛煉，要打幾下殺威棒，「饒你人情似鐵，怎奈官法如爐」，煉獄之說當出於此。而眼下這位韓二搗鬼，本來就是賤蟲，連牛皮巷的小混混都敢收拾他，焉用牛刀？至於那個「招」字，想也不是打他的目標，他又有什麼可招的呢？真的招出了與親嫂子的奸情，又怎麼懲處？

　　若說我們的西門兒，原本也是愛打人的，打武大郎，打孫雪娥，打潘金蓮，打蔣竹山，打李瓶兒，打來旺兒，打小鐵棍兒，基本上還是自己動手，或花錢雇人動手。自從做了掌管刑獄的提

刑所副千戶，再要打人，便覺氣勢不同，有了一派衙門作風：打牛皮小巷四個小混混，是「喝令左右拿夾棍來，每人一夾，二十大棍」；打陳氏母女，是「每人一拶，二十敲」；打自己家那戳舌生事的小廝平安，賞與一拶五十敲二十棍，外帶畫童兒一拶子……，做了這提刑官，打人便是工作，便是職責所在，真真賞心樂事也！遇到薛姑子之流，還要褪下衣褲打那肥白屁股，豈不更加美快！

挨打之事，沒有切膚之痛是難以想像的，也是不會接受教訓的。不久前二搗鬼與王六兒偷情被捉，挨打的是那「車淡、管事寬」之流，一個個「號哭動天，呻吟滿地」，他則在一邊看得開心。此一番輪到了自己，「不由分說，一夾二十棍，打的順腿流血，睡了一個月」。躺在病床上的二搗鬼都想了些什麼？作者一筆帶過，總之是沒有死掉，在故事的最後還要有一番出場……

此一回內容亦多：寫應伯爵牽線為攬頭（即承包商）向西門慶借高利貸，做東平府香蠟的生意，彼時亦有政府採購也；寫韓道國東京送女兒返回，翟管家贈了一匹「高頭點子青馬」；寫西門慶騎著青馬上衙門，誇耀同僚，又送了一匹馬給夏提刑；寫老夏在家中置辦私宴，專請西門慶……，皆用簡筆，自然敘及，便知西門大官人在官場混得不獨穩丕丕，且如魚得水般快活也。

這之後，終於寫到了並不快活的潘金蓮，寫到了備覺孤單淒清的潘金蓮。自從西門慶「生子慶加官」，似乎便較少關注潘六兒了；且打第三十三回的「失鑰罰唱」，我們真應說與這位女主人公久違了。潘金蓮能耐得住寂寞嗎？然又能如何呢？有了先前的教

訓，她是不敢勾引小廝了。來了個小女婿，可院兒裡這許多眼睛，輕易也夠不著。一腔幽怨的潘金蓮「雪夜弄琵琶」，將一套【二犯江兒水】〈閨怨〉彈得如泣如訴，聲情交融。尤其是作者加寫的一些帶白，將彈奏者的淒涼心境與清冷雪夜、空寂深宵相雜糅，互為推長，真堪稱「有意境」也！當今研究者頗有人摘引書中錯訛，武斷指斥蘭陵笑笑生文學水準較低，為書會先生或鄉間學究，不知曾否細讀《金瓶梅》中此類文字，不知曾否細味其間的言外之意與無盡韻致？

三九　看道士們揚眉吐氣

　　西門慶在獅子街為王六兒買了房子，常來行走，二人打得火熱。看看又到年節，玉皇廟吳道官派徒弟來送禮，老西想起官哥兒出生時許的願，便訂下正月初九建醮，給兒子行寄名之禮，場面極是繁複隆重。那天是金蓮生日，苦等老西，卻被道士留住，只好與一眾女眷聽兩個尼姑說因果。

　　金蓮接過來說道：「什麼小道士兒，倒好相個小太乙兒！」被月娘正色說了兩句，便道：「六姐，你這個什麼話？孩兒們上，快休恁的！」那金蓮訕訕的不言語了。

　　最早談到《金瓶梅》作者和成書時代的文獻史料，今知約七八則，幾乎一無例外地指向明代嘉靖年間，曰「為世廟時一鉅公

寓言」，曰「聞此為嘉靖間大名士手筆」，曰「相傳永陵中有金吾戚里……」曰「嘉靖時有人為陸都督炳誣奏……」記下這些的多是明朝隆萬間著名文人，雖說都未加肯定，然反覆研讀，未能肯定的是該書作者，而語意中對於成書於嘉靖倒也比較確定。

最重要的證據常常在作品本身。所謂世風每三十年一變，而作者的寫作是無法脫離其生活場景的。一部《金瓶梅》，隨處都可以感受到嘉靖皇帝朱厚熜統治下的社會特色，感受到撲面而來的嘉靖風尚和時代氣息，尤以此一回為甚。

那是一個佛教退隱、道士們極度風光的時代。

此一回以大量篇幅，描寫了西門慶為兒子在玉皇廟打醮寄名之事，也形象地記錄了當時的民間宗教活動。我們看到，佛道兩教的競爭仍是無處不在，但道教則顯然成為社會信仰的主流。於是，道教在廟觀堂而皇之地啟動樂器，設壇打醮，大做法事，場面宏大莊嚴，儀節繁複恭謹；而佛教只是兩個尼姑走到內堂，給一幫女眷講唱因果。這種情形又不光本回，通觀全書，與道家的打醮拜懺、相面測字、解禳祭燈、煉度薦亡等重要場面相比較，佛家所能承攬的卻是普通人家的喪事、走門串戶唱佛曲兒兼兜售生育祕方，或推廣房中術和春藥。這一切，不能不讓我們聯想到那位崇道抑佛的嘉靖皇帝。

以外藩入繼大統的朱厚熜，聰敏忌苛、乾綱獨斷且恩威無定的朱厚熜，龍馭天下四十五年最顯著的統治特色，便是崇信道教。他自號「紫極仙翁」，不獨冊封了一個個真人高士，並由此擴展到崇信各類方士術士，無所不臻其極。書中的六黃太尉又稱黃真人，

便是這樣一個縮影。為了博取聖意垂眷，內閣大學士無不把大量精力用以結撰青詞（道家祭祀天地祝詞）；而流風所及，整個王朝從廟堂到市井，處處活躍著道士與術士的身影。

本回給出了一個民間醮事的全過程，也給出了一個個鮮活的道教人物形象，如身材高大、舉止飄逸、言詞溫潤的吳道官，擅於結交官府與豪富，亦時常接濟幫閒和遊棍；如其送天地疏、新春符及節禮的徒弟應春，衣著整潔，動不動便要「跨馬磕頭」；如那位宣念齋意的絳衣表白，一層層揭開文書符命，唱報各路神靈之名如數家珍……，前文中西門慶為王六兒買一個使女才用四兩銀子，而此一番法事就用了十六兩，毋怪一個小縣會有如此大廟，毋怪道士們既通玄醮，又懂得營銷。

至於佛教，其所產生和繁興之地，已是印度教和伊斯蘭教的天下，中華大地的佛門中人早已習慣了優渥崇奉，也習慣了當局變臉後的鉗制甚至迫害。那些忠實於信仰的高僧，那些遊走於大戶人家的尼姑如王姑子以及薛姑子之流，則在受到皇權打壓的低潮時堅持做女眷的思想工作即其一也。她們處處放低身段，注意從收服人心開始，從解決信眾的實際困難入手，雖不像道教的法事那樣喧囂鋪張，卻也大有實效。

潘金蓮顯然是一個無神論者。本回開始，寫李瓶兒讓給她一個親近老西的夜晚，可她對瓶兒母子仍是仇恨綿綿，有機會就加以詆毀。同樣進行惡意詆毀的還有陳經濟，這兩位似乎心有靈犀。然則在西門大院，對官哥兒的醜詆並無多大市場：金蓮被月娘當面斥責，經濟更讓西門大姐罵了一頓。

四〇　一棵弱苗在風雨中

　　說因果之後,王姑子向月娘兜售符藥,說是王子日服下便能生兒子,月娘當即給銀子。老西來家後困乏睡去,潘金蓮與李瓶兒抱著身穿道士裝的官哥兒逗他,醒後甚喜;而晚間又被扮成丫鬟的金蓮所吸引,到了她屋裡。

　　王姑子道:「……我替你整治這符水,你老人家吃了,管情就有。難得你明日另養出來,隨他多少,十個明星當不的月。」

　　生子承嗣是宗法社會的永恆主題,也是《金瓶梅》中一條重要的情節主線。

　　敘寫至此,西門慶已經有了兒子,自是無比珍愛。卻不知妻妾眾多的大家庭中,子嗣大多如淒風苦雨中的弱苗,很難成活。

官哥兒一天天長大，看似人人喜歡，眾星捧月一般，實則只有李瓶兒真正關愛。這個娘母子一天天揪著心，賠著笑，打著精神，思量怎樣才能保全弱弱的兒子。作為西門大院的主家娘子，吳月娘對官哥兒算是不錯的，但此回一開篇，寫的就是：月娘心心念念想要一個親生兒子！

整個大明王朝，除卻開國皇帝朱元璋之外，繼登大統者子嗣多不太興旺，至中後期尤為嚴重。如弘治皇帝以三十六歲駕崩，僅有一子朱厚照即正德皇帝；而這位有名的荒唐帝王死時剛滿三十歲，身後連一個兒子都沒有。對於以外藩入繼大統的嘉靖皇帝來說，最重要的仍是子嗣，《明實錄·世宗實錄》多處記載了他對子嗣的渴望與焦灼，記載了其得子後的欣喜與大行賞賜，也記載了其失子之痛，真可與西門慶在子嗣上的表現相對讀。而嘉靖帝對道教的崇信，亦約略與打醮許願最終得子有關。

朱元璋出身貧寒，先歲顛沛流離，後來南北轉戰、席不暇暖，竟然有了十幾個兒子，且幾乎個個都是人物；而後世嗣位之君生於太平時世，自幼優渥，宮中更是美色無邊，為何子嗣匱乏，有的壓根兒絕收？要之有兩點：一是後宮人情險惡，成活太難；二則人君不知涵養，晝夜辛苦，放縱太過。嘉靖的叔伯哥哥正德就是一例，內有宮中嬪妃，外有豹房佳麗（包括外國美人），巡遊中還劃拉了劉娘娘之類，就是整不出一個兒子來。若說這老西，在這一點上，與正德皇帝真有些相像。

薛姑子的符藥，偏要由王姑子推銷，也為後來的二人爭利伏下一個線頭。而所謂生男孩子的祕方，大約不是玄奘等哲僧從西

天取來,倒有幾分道家煉丹的色彩,或即佛教中國本土化的證明。不管怎麼說,吳月娘已經怦然心動了。由此引起話頭,吳月娘向王姑子講了自己的不幸——八月間的那次流產,還特特點明「倒是個小廝兒」。這是她深藏心底的痛。這些話她沒向西門慶講過,若是說了,真不知那廝會怎樣地跳著腳兒惋惜。

前一回的主要情節是酬願打醮,酬願打醮的目的在於為官哥兒寄名祈福,似乎只有為了兒子,西門慶才會如此不辭辛苦。此回開篇則寫另一個許願和另一個祈福,仍在於孩子,也正是希望得到一個自己的兒子,吳月娘才如此信重這些尼姑。有意思的是,作者故意讓其細說祕方,又在後來章回裡補證其靈驗無比,不獨吳月娘吃了薛姑子的藥有了身孕,果然生了個兒子,連那素不信佛的潘金蓮,花了幾個小錢,竟然也懷上一個兒子。那是後話,金蓮懷的兒子,並不是西門慶的骨血。

而眼下還是官哥兒時期,生性膽怯的官哥兒很快成了大院的中心,包括西門慶,也包括一腔恨意的潘金蓮。多數人都在圍著官哥兒轉悠。「抱孩童瓶兒希寵」,回目中首先便是一個「抱」字,頗覺擇字之精彩。蓋此一番抱與平日不同,是將打扮成小道士的官哥兒,抱給為此辛苦了一晝夜的西門慶看也。潘金蓮搶著要抱,作者以「金蓮就要奪過去」一句,盡寫其強梁霸蠻;李瓶兒心中一萬個不願意,卻又不好不給,倒是吳月娘出面阻攔,才算得到了抱自己兒子的權力。書中於此際用「抱定」二字,寫瓶兒形象,更寫瓶兒心態,即牢牢抱住,生怕潘金蓮再來搶奪。這哪裡還是「希寵」?且自從有了兒子,李瓶兒便自然榮寵有加,用不著再去

爭寵，留給她的當是處處謙讓、時時小心了。

想要抱孩童希寵的是潘金蓮。昨日個是她的生日，是大院中約定俗成的與漢子同房的日子，而西門慶因酬願寄名之事一夜未歸，今晨她便要去找補，官哥兒恰是一個好道具也！然醒了的西門慶只是朝著官哥兒眉開眼笑，對她的暗示並不接荏，此時的潘金蓮真的需要「希寵」了。

「示愛」一節，又見出潘金蓮的別出心裁，誰能想到她會去打扮成丫鬟？於是一家子熱鬧起來：李瓶兒「笑的前仰後合」，取來紅布手巾替她蓋頭；陳經濟先是笑，再去蒙混月娘等人；玉樓和月娘都來湊趣，打伙兒騙那吃的醉醺醺來家的西門慶……，西門大院出現了久違的歡笑聲，老西「笑的眼沒縫兒」。這是潘金蓮一次充滿創意的展演。她給大家帶來了歡樂，也給自己帶來了一夜歡會，外加一套出客的羅緞衣裳。

四一　不情願結親的理由

　　吳月娘等人到喬大戶家做客,官哥兒與喬家小女長姐躺在炕上戲耍,經人攛掇,兩家女眷就議起親來。月娘回來後告知,老西覺得不太般配,但月娘在席上已說定,也只好認了。此為西門大院又一樁喜事,只那潘金蓮因為出言不遜,被老西斥罵,心中妒恨,打丫頭,指桑罵槐,滋擾瓶兒母子。

　　潘金蓮在旁接過來說道:「嫌人家是房裡養的,誰家是房外養的?就是今日喬家這孩子,也是房裡生的。正是:險道神撞見那壽星老兒,你也休說我的長,我也休嫌你那短!」

　　這一回的大關目仍在官哥兒。「西門慶與喬大戶結親」,是指一幫女眷席上喝得開心,即興為官哥兒與長姐結了娃娃親;而「潘

金蓮共李瓶兒鬥氣」，則是因結親、因瓶兒的兒子結親生氣和撒氣。所有這一切都與官哥兒無關——他一個不滿一歲的孩童能知道什麼？所有這一切又都與官哥兒相關，都由於他的出世才出現，由於他的存在而存在。

　　本回所寫的結親，開始時西門慶和喬大戶全然不知也。倡言結親的是吳大妗子，起哄贊同的是一干女眷，而主成此事的則吳月娘也。我們看到當時的李瓶兒並不太情願：

　　玉樓推著李瓶兒說道：「李大姐，你怎的說？」那李瓶兒只是笑。

可拘於情面，迫於環境，瓶兒也難以不應，且人家原也不太在意她應與不應。一切都是吳月娘說了算，又是割襟，又是掛紅，又是讓家中抬來定禮，又是約喬親家明日來自己家……，為什麼這樣急呢？月娘的心思大概也有些複雜吧。

　　西門慶更是不情願，先是避而不答，再反覆說到不般配，也是拘於情面，才算應允了。這種應允本來也有幾分敷衍，試想若是西門官哥日後有了大前程，他的老子和娘老子一定會變著法兒反悔。

　　至於鬥氣，是寫潘金蓮心裡不滿：席上定親，本來有些起哄胡鬧，可不見最愛起哄的金蓮說話，是心理上不平衡也；及到家中，又因多嘴被罵，更覺憤憤，滋事挑釁，找茬與李瓶兒鬥氣。而瓶兒處處忍讓躲避，哪裡有一個「共」字？

官哥兒結親一節，是一幅明人的日常生活畫卷，也是西門大院妻妾關係、妾妾關係的生動展示。

對官哥兒，西門慶寄望原高，他自己在續弦時找了吳千戶女兒，即可證攀附之心；眼下自己已然做到司掌刑獄的副千戶，京城又有大大的靠山，寶貝兒子的婚事便極其慎重。可就這麼幾個女人，一次家宴，幾句笑言，居然把兒子的婚事給訂了，而且做得隆重其事，難以反悔，怎不讓老西心中彆扭？

西門慶不願意這門親事的理由有二：一是門不當戶不對，他說到自家「官戶」與喬家「白衣人」的差別，說到烏紗與小帽的難相處，都是一段心曲的自然流露。依著西門慶，或許會給兒子找一個京中高官的千金，諸位信不信？

第二條理由，是嫌喬大戶之女出於妾室，即所謂「房裡生的」。官哥兒豈不是房裡生的？惟西門慶視之如金寶，從來想不到這一層也。他說到前日荊都監託人攀親之事，諒也不虛，讓兒子找一個庶出女兒，在老西頗有些不甘。不料話剛出口，早就心懷鬱憤的潘金蓮幾句惡毒語直搗肺肝，明說官哥兒的出身也不高貴。西門慶厲聲呵斥，一句「賊淫婦」，哪裡還有半點兒溫情。

潘金蓮是自取其辱，同時也在公開和背後不斷地污辱他人。作者雖未寫說這番話時李瓶兒是否在場，其實應是都在一起的，她是對西門慶的公然頂撞，也是對李瓶兒的公開打壓。所謂鬥氣，即是她的惡語傷人也。至於她對孟玉樓那一番話，至於她在人前人後百般誣稱官哥兒是蔣竹山的種子，就連與她交好的孟玉樓也從不幫腔，可她還是一有機會就說，越說越惡毒……

金蓮是在和內心的魔鬼鬥氣啊！

四二　人生得意幾元宵

又到元宵，西門慶家中設宴演戲招待各路女眷，而他自己則跑到獅子街，假作與伯爵等人喝酒觀燈，實則約了王六兒來聚會。

小鐵棍拿茶來，王六兒陪著吃了。兩個唱的上上下下把眼睛只看他身上，看一回，兩個笑一回，更不知是什麼人。

節日是平庸生活中的星辰。

若說《金瓶梅》是一部明代社會的風俗畫卷，亦可由本回見出。自此始，作者以整整五回的篇幅，描寫明代中國北方一個小縣城的元宵節，描寫在元宵節中亦官亦商的一個豪門，描寫他們的社交與應酬、忙碌與閒適、愉悅與煩惱，描寫那一場接一場的酒宴、一家又一家的歡會，描寫官員之間、妻妾之間、奴婢之間、

親友之間、幫閒之間、妓女之間那表面的和諧揖讓，當然也絕不放過那深藏的矛盾甚至仇恨，隨筆點染那一閃而過的人物、一觸即發的廝鬧爭吵……

蘭陵笑笑生的筆是精彩警策的。他呈現了大明帝國的一段歷史橫截面，呈現了那時和那裡的世間百態，自然而然也寫到那時的節日。然書中所寫的許多節日，如春節、清明、端午、中秋、重陽等，都不若元宵節之重。不是嗎？故事進展至前半程，已有三處以元宵為背景：第十五回、第二十四回、第四十二至四十六回，誠犯筆也！蘭兄每能於相犯處施逞才情，其於第十五回寫燈市和圓社，第二十四回寫走百病兒和放花炮，此處則給出一個元宵佳節的全景，其間的煙火、演出、占卜，也是對前兩回的一些補充。

　　　　易老韶光休浪度，最公白髮不相饒。

本回引首詞前四句極力渲染元宵美景，緊接著卻是這麼一聯，告誡歡樂懵懂中的人們光陰之匆迫、人生之短暫。

此時的西門慶是不會有這種認知的。畢竟他才剛剛三十歲，正處於人生的巔峰時期，有滾滾而來的財富，有圍繞簇擁的朋友，有眾星拱月般的妻妾、婢女和外寵，有顯赫的官位與朝中的靠山；畢竟他是一個市井混混出身，沒有多少文化，不喜歡讀書，不懂得「三省吾身」，內心也不信奉任何宗教。就這樣的一個人，怎麼能體會到「人生易老」的況味呢？

　　年年歲歲月相似，歲歲年年人不同。對於西門慶來說，獅子街是一個賞燈嬉戲的地方，更是一個幽會的地方。每一年元宵，他都有不同的女人，今年則換了新勾搭上的王六兒。請看王六兒接到口信時的喜悅和忸怩作態，看她與丈夫商議並受到鼓勵，看她精心裝扮仍不過一個土妓模樣，看一丈青那內心的鄙夷與不得不應付的無奈，看兩個妓女對她公然嘲笑後假作的恭敬，看應伯爵等人的知趣閃避……，又一個活潑潑的生活場景展現在面前。王六兒亦我國古典文學中的典型形象之一，世間潘金蓮不多，王六兒也不多，但她們注定是芸芸眾生中的一員，是一種曾經的和現世的存在。

　　獅子街觀燈嬉遊的人群中，自然少不了一干資深幫閒，如謝希大、祝日念等在焉；其也必然要出現一些新人，如王三官者是也。此人和他出身的招宣府，後來與西門慶大有關聯，蘭兄將會以濃墨點染。出現在人鬧裡、被幾個幫閒陪著的王三官，雖說頭戴方巾，想要做的卻只是借錢，向那名叫「許不與」的借錢，還在祝日念、孫寡嘴輩指點下寫了一單預備賴債的借據，雖涉戲筆，也算一篇絕妙好辭。

　　赫赫招宣府的唯一繼承人，竟然要借錢，竟然在元宵佳節借錢？王三官一出場就帶出大塊煙波，讓人狐疑——他為什麼要借錢，而且一借就是三百兩？到底是答應借了不給，還是借後不還？燈市上真有一個叫「許不與」的嗎？蘭陵笑笑生再也沒提起這個話頭，然王三官兒就此登場了，緊跟其後的是他那徐娘半老的母親林太太，是西門慶與林太太的故事……

四三　甕裡走了鱉

　　黃四來還利錢，給了四錠金鐲兒。西門慶高興，拿了給兒子玩。不想人來人往，亂中丟了一錠，引得人人自辯，家反宅亂。金蓮乘機說嘴，老西惱怒，幾乎打將起來。而喬家應邀前來，拉來皇親喬五太太（自稱「當今東宮貴妃娘娘」的姑姑）裝門面。

　　吳銀兒道：「天麼天麼！每常我還和哥兒耍子，早是今日我在這邊屋裡梳頭，沒曾過去，不然難為我了。雖然爹娘不言語，你我心上何安！誰人不愛錢？俺裡邊人家最忌叫這個名聲兒，傳出去醜聽。」

　　寫一王三官，是為了寫其母親林太太；已見王三官出場，接下來卻不就寫林太太。蘭兄筆觸自然，更兼筆意恣縱，若然連綴

敍及，便真成家常流水帳簿子也。

得金與失金，是這一回的情節主線。

得金，緣於放貸。第三十八回應伯爵引來承辦政府採購的李智黃四，借了西門慶一千五百兩銀子，此時回來歸還一千兩本銀，外加「黃烘烘四錠金鐲兒」，作為利息。西門慶心中歡喜，覺得這一切都與兒子的降生有關，便用袖兒捧著，送去與官哥兒玩耍。而李瓶兒屋裡客來人往，只那麼一會兒，其中的一錠不見了，出現了一場不大不小的「失金」風波……

這風波先起於失金現場，「屋裡就亂起來」：如意兒問迎春，迎春問老馮，老馮發誓賭咒……，倒是資深富婆李瓶兒沒太當回事，西門慶得知後也沒太當回事——一錠金鐲兒也就是三十幾兩銀子，又怎麼樣呢！且作為提刑副千戶的他，似乎還真有了點兒職業才能，一下子便找準了辦案方向，現場人員叢雜，他只是說「把各房裡丫頭叫出來審問審問」，後來的事態發展證明其預測十分準確。

更大的風波出現在吳月娘房中，失金的消息在大院中快速傳播，不知是誰告訴了潘金蓮，潘金蓮忙著到吳月娘這裡告狀，而吳月娘早已從不同渠道得到了消息，潘的話中充滿著誇張和定性，說一錠金鐲兒要「值個五六十兩銀子」，說「甕裡走了鱉，左右是他家一窩子」……，西門慶來到時，這婆娘正說得興起，跟著月娘的話頭，將矛頭轉向一家之主，搶白諷刺，又是「紅眼軍」、「你怎麼有臉兒」，滾滾滔滔，好一個惡毒婦也！

甕裡能走得了鱉嗎？

這已是潘金蓮第二次藉事將矛頭指向瓶兒，打算把偷東西的罪名栽在瓶兒身上。說來實在是個極不明智的舉動。莫說老西不信，月娘等人也不會相信。

急了眼的西門慶向前揪翻，兩人又是一陣唇槍舌劍，潘金蓮是硬中帶軟，吵鬧間已帶了告饒口氣，西門慶舉起的拳頭終是沒有落在她身上。月娘見狀笑著調解，一句「惡人自有惡人磨，見了惡人沒奈何」，最是精闢地給二人下了定評，就中，或也有沒見金蓮挨揍的一點兒遺憾。

呵呵，又是一個讓潘金蓮沮喪的日子啊！漢子的叱罵推搡，大婦的數落責備，都讓她心中鬱結，但也只有自己化解了。吳月娘還要去接待喬五太太——喬大戶的嬸娘、「當今東宮貴妃娘娘」是她的「親侄女兒」。兩家結親，西門慶頗有門不當戶不對之感，則喬大戶推出這位皇親喬五太太，用意不言自明。「眼入秋水微渾，鬢似楚山雲淡」，喬五太太一番登場，一個亮相，都拿捏得分寸恰好，惟有開篇處記其禮物，「一罈南酒，四樣肴品」，透露出其生活之窮窘。西門慶與妓兒、姘兒吃個消夜，似乎也會比這份禮單豐盛，而對這位寡居的老太太來說，怕已是大不易了。

張竹坡戲稱《金瓶梅》是一個帳簿，又論其為一部《史記》，則在竹兒看來，帳簿亦《史記》，《史記》亦帳簿也。該書寫市井眾生相，每又不離朝廷與廟堂，在西門慶應說是靠山，在喬五太太恐怕多是攀扯。此回之後，好像再也沒有看到這位東宮貴妃娘娘的親嬸娘出場，該「秀」的已然秀過，她可以重歸於清寂了。小小一個清河縣，似乎有好幾家「皇親」，著此一家，其餘可推知也。

四四 找誰說幾句心裡話

家宴結束，四個妓女要走，月娘不放，適逢老西回來，讓桂姐和吳銀兒留下。忽聽前邊嚷嚷，玳安等推著李嬌兒房裡夏花兒來到，原來是這丫頭偷了金鐲子，躲在馬坊裡。西門慶令人拶她十指，說要將她賣掉。晚間，桂姐埋怨姑姑不硬氣，又教唆夏花兒與主子一心。而院內另一處，瓶兒與吳銀兒吃酒絮話，訴說心中之苦。

「你不知俺這家人多舌頭多，自今日為不見了這錠金子，早是你看著，就有人氣不憤，在後邊調白你大娘……落後不想是你二娘屋裡丫頭偷了，才顯出個青紅皂白來。」

曾記得 1982 年到中央戲劇學院讀研時，由於學業和知識上缺

失太多，日日在圖書館用功。那時北京圖書館（即今日「國家圖書館」）的線裝部在柏林寺、本部在北海公園西側，首都圖書館在國子監，而中國科學院圖書館在王府井北大街，相距中戲所在的北兵馬司皆不過 15 分鐘自行車程，且開館時間略有不同，好像協商過一樣，大有益於讀者。於是無課之時，便如趕場般在諸館間穿梭，久之而與管理人員相熟，頗得了一些照顧和「特權」。待的最長的還是中戲圖書館，我至今認為那是一段讀書的幸福時光——我常獲准在五樓的保留書庫查閱，有時拿一個饅頭扎進去，一待整整一天。

就是在這裡，我平生第一次閱讀了《金瓶梅》，是古籍刊行社影印的「詞話本」；還有鈐有乾隆皇帝御寶的《清宮祕美圖》，實則是豪華版的《金瓶梅》插圖。當時真看得耳熱心跳啊！又想快快讀完，又怕好心放我進來的老師見到，偷偷摸摸讀禁書，真堪稱一種難忘的記憶。《金瓶梅》在那時當然是不准借閱的。架上還見到一冊舊平裝本的《中國娼妓史》，卡片上寫滿了借閱者的名字，顯現了極高的關注度。我隨手翻了翻，無非是源遠流長之種種，也就擱下了。

恍惚記得，就是在這部《中國娼妓史》中，提到「乾女兒」一詞，提到妓女之混生涯，常常以認權貴為「乾爹」、「義父」之名，先套近乎，後得實惠，邊套近乎，邊得實惠，而核心仍是皮肉買賣。

在《金瓶梅》所描寫的市井俗眾中，娼妓無疑是一類活躍的角色。小小一個清河縣，妓女的集聚區當在「勾欄」，因從業者眾

多，又分成「二條巷」、「後巷」等；且緊挨著鬧市區獅子街，又有「蝴蝶巷，裡邊有十數家」。這自然還不是全部。暗娼如王六兒之流，應也大有人在。這樣多的鶯鶯燕燕，「都是開坊子吃衣飯的」，競爭是免不了的。於是便要在權豪勢要那裡做足了工夫，要搞出一些吸引恩客的特色經營，要重點培育新一代接班人，要與重點客戶建立某種更親密的聯繫。認作乾女兒即其一也。又為遮人耳目，為走動方便，演變成拜恩客家中女眷做乾娘。第三十二回李桂姐認作吳月娘的乾女兒、四十二回吳銀兒認作李瓶兒的乾女兒，走的都是這個路數。至於桂姐曾被西門慶梳籠，而花子虛在世時與銀兒有染，假假真真，連愛較真的吳月娘都裝糊塗，又誰去認真呢？

西門大院已有了一個親女兒，通稱西門大姐，攜了個人小鬼大、一肚子花花腸子的丈夫，避禍來娘家，可她的親娘已經亡逝，只能與六位後媽相處了。此際又來了兩位乾女兒，一水兒出於青樓，一例裡與恩客有染，一樣的心懷攀附。然二人比較，又覺銀兒比桂姐要平正綿善許多，不像她總是那麼招搖討嫌，不像她總有那麼多惡毒心腸。

認作乾女兒的娼妓仍不失娼妓本色，在人家家中仍要侍唱陪酒，夜深時仍要抖擻精神唱曲兒，想離開時仍會遭到女主人的責難。那位清河名妓李桂姐，大約是收到傳呼，院中又有了重要客人，變著法兒想回家，而月娘就是不准。這時的二人，又哪裡能見出一點兒依戀和乾娘義女情分呢！倒是李瓶兒和吳銀兒的長宵對酌，傾訴衷腸，將難與他人言說之苦，吐露給這個乾女兒，總

算有了一種排解之道。

西門大院中女人很多，往來女眷亦多多，若要說找一個能吐露心曲之人，卻是件難上加難的事兒。

她們所說的便是白天的失金風波， 由此再到煽風點火的潘金蓮……

至於李嬌兒的丫頭夏花兒偷金被捉，一則為上回失金一節作收束，一則為後文李嬌兒乘亂偷元寶作鋪墊，一則再寫李桂姐的多是多非，小波瀾連著大波瀾也！《紅樓夢》第三十九回李紈、寶釵、探春有一段對話，談及主子與奴婢的性格相像及不可分性，大是精彩。在本書中，這種主婢的相像與不可分性，也得到了充分的描寫。細讀和比較各房中大丫鬟行止，約略都帶有主子性情做派之映象，不是嗎？

四五　官員入股與政府採購

伯爵幫黃四等出主意，買了酒禮，叫了一起吹打樂工，再次從西門慶處借了錢，做那官府的生意。而李桂姐院裡來了客人，急著趕回去，臨行前不忘勸老西留下夏花兒。只有吳銀兒未走，在席間彈唱受到伯爵等人誇讚，吳月娘也覺得喜歡，瓶兒更是給了許多東西和銀子。

月娘便說：「銀姐，你這等我才喜歡。你休學李桂兒那等喬張致，昨日和今早，只相臥不住虎子一般，留不住的，只要家去……」

若說這李桂姐與潘金蓮雖故有仇，性格形象卻有不少相像：都天生幾分姿色和才情，都習慣於吃醋拈酸，都有些陰暗心理和

害人手段，也都愛顯擺招搖和自作聰明。她來西門大院住了兩日，便鬧出一周圈兒的是是非非；設若被西門慶娶到家中，還不知會怎樣的作為？

說來也怪，吃過桂姐大虧的潘金蓮，從來不想著尋那小妓兒點碴兒。

桂姐兒著急歸院，自以為他人看不出，其實幾位幫閒早探知底細，吳月娘雖猜不出，也覺得有些奇怪。「投到黑還接好幾個漢子」，應伯爵以此打趣，以此為自己預留地步，亦以此為桂姐遮蓋也。而桂姐兒一句笑罵，算是領情了。娼妓與幫閒，相互間真可稱心領神會、呼吸相通也。且伏此一筆，欲說還休，亦書中煙雲模糊處，究竟如何，只有且聽下回分解了。

桂姐也與金蓮一般行為鬼祟：嚷著要走，又不就去，先是與保兒走到門外咕唧半天，又彎到後邊找老西為夏花兒說情。到底還是嫩啊，何事需要在人家中嘰嘰咕咕？沒想到早惱翻了剛拜不久的乾娘吳氏，連帶玳安罵了一頓。得，桂姐這個乾女兒算是白認了。

看得出吳月娘是真心要挽留桂姐兒等人的，又為何？想是仍在於一點兒虛榮和時尚。虛榮，是她晚間要回娘家，帶幾個當地名妓去，唱幾支曲兒，覺得面子上更好看些；時尚，是夜裡走百病隊伍裡，多幾個花枝招展之輩，以吸引更多豔羨者的目光。遙想笑笑生當年真一開放時代，不獨男子可以公開狎妓風流，連大家女眷也公然與妓女打混成一片，且引以為驕矜也。

兩個乾女兒，一個急急離去，一個來接也不走，只此一樁兒，

便見出做人的差別。李桂姐處處掐尖，心高氣傲，拜也要拜在上房，又惹得乾娘惱怒異常，真是精明到了犯傻的地界；而吳銀兒姿態放得很低，軟款隨和，處處以笑臉兒示人，又善解人意，是真聰明，亦得到大實惠也。

　　讀此一回，萬不可忽略西門大院放貸一節。若都是如此一堆瑣碎，又怎能立得住一部大書！商業，從來都是西門大院的發展主題。在應伯爵牽線和謀劃之下，李三、黃四又向西門慶借了五百兩銀子，頗類今天之「增資擴股」和「債轉股」也。以之與前數回有關文字相接續，一個完整的成功的政府項目運作，便呈現在讀者面前：拿到「政府採購」的批文，在民間籌集啟動資金，拉當地有權勢的官員入資，通過分紅將生意越做越大……，亦官亦商的西門慶顯然被套牢了。作為一個精明的商人，老西當然會想到李黃二人是否賴帳；而身任提刑所副千戶，他對此又沒有一絲絲擔心。是啊，又誰敢賴西門慶的債呢？

　　只有一條，老西沒有想到，借錢的黃四等人也沒有想到，那就是老西的暴卒……

四六　當鋪裡的皮襖

正月十六夜晚，吳月娘領玉樓、金蓮、瓶兒等人到娘家做客，西門慶在家吃酒，令人在大門首吹打和燃放煙花，春梅等四個大丫鬟也被賁四娘子請去玩耍。半夜裡下起雪來，月娘囑小廝家去取皮襖，獨金蓮沒有，心中又是不快。次日中午，月娘等在門首看見一個卜卦的老婆子，與玉樓、瓶兒各卜一卦，惟金蓮拒絕卜卦。

金蓮搖頭兒道：「我是不卜他。……想著前日道士打看，說我短命哩，怎的哩，說的人心裡影影的。隨他，明日街死街埋，路死路埋，倒在洋溝裡就是棺材！」

此夜已是正月十六，亦在元宵佳節中也。常嘆老祖宗創意之

精妙，看似平常一個「佳」字，細細咀嚼便覺有趣：本來是「正月十五鬧元宵」，則前加一日遊會賞燈，後加一日過橋走百病兒，便成了一個加長的節日，「佳」即「加」，加則更佳也。

同一佳節之夜，本回中偏分作三處描寫……

吳月娘與金、瓶、玉樓等一處也。她們花枝招展地離開西門大院，到吳大妗子家做客，由老吳家的女眷們陪著，也要飲酒作樂。去時是六頂轎子，四個排軍和家中小廝跟隨，回來因為要走路，便不用轎子，又是排軍護送，小廝跟從，一路燃放花炮，走回家來；

西門慶則留在家中，先與李智黃四及應伯爵、謝希大在一處，談定一樁生意，再邀集自家各商鋪的伙計、主管來飲酒，就在大門首擺開酒宴，啟動鑼鼓響器，兩邊是燈棚煙花，排軍守護，引來觀者無數；

春梅、迎春等四個大丫頭也「打扮的齊齊整整」，被賁四娘子請到了自己家，設下小宴，殷勤勸酒。這位娘子亦不容小覷，老少兼收，主僕咸宜，既得了實惠，又未曾走漏風聲，強過那宋惠蓮多矣。

三處場景，卻以玳安、琴童牽連為一處，則接人和取皮襖是也：因接眾女眷到得吳家，為諸女娘取皮襖返回自家，找衣櫃鑰匙再到賁四家，取出皮襖還要送到吳家。節日的小廝往往辛苦倍逾常日，以玳安為例，一個晚上竟去了吳家三趟，外帶月娘一頓屬言責罵。好在這位日後的西門安頗有神通，藉機與未去賁家的小玉一陣纏綿，「摟著哑舌親嘴」，還有臘鵝燒酒侍候，由是，又

多出一處良宵美境也。

　　三處場景，當以吳月娘一路墨痕最濃，見樂境而不見樂情也。此夜的月娘心情頗有幾分煩躁：認了個虛情假意的乾女兒，本想帶到娘家風光風光，可怎麼留都留不住，其一也；桂姐兒公然攬和家中事務，偏又得家主允准、小廝相助，其二也；走百病兒遇到雪雨，其三也；訓斥玳安幾句，竟然不停地詭辯，其四也；要小廝回家取皮襖半晌不回，其五也……

　　比起吳月娘更顯得沒情沒緒的，是那潘金蓮。自「失金」一節被西門慶叱罵推揉後，她的情緒便一直低落，找不到興奮點。相隨到了吳家，也不見了往常那個活躍的、快言快語的潘六兒。到了取皮襖之時，沒有皮襖、只有披襖的金蓮更為沮喪。玉樓還要掩飾，說是只取月娘皮襖，自家帶了披襖來，而月娘正是要在娘家人跟前擺一次闊。試想當此雨雪之夜不穿皮襖，又何時穿呢？下雪為月娘提了點精神，她當然知道金蓮沒有皮襖，也知道當鋪中有抵當的皮襖，便令取來給金蓮穿——在她仍是顯擺，又哪裡管金蓮是何感受呢？

　　取皮襖盡用細筆，尤其取那件抵當的皮襖，更費周折。終於取來了，蘭兒對月娘、玉樓、瓶兒三人只一句「俱是貂鼠皮襖」帶過，重點寫給金蓮的那一件：

　　　　吳大妗子燈下觀看，說道：「也好一件皮襖！五娘，你怎的說他不好，說是黃狗皮？那裡有恁黃狗皮，與我一件穿也罷了。」月娘道：「新新的皮襖兒，只是面前歇胸舊了些兒。到明日從新換

兩個遍地金歇胸，穿著就好了。」

　　真是越描越黑啊。不管怎樣說，別人都是貂鼠皮襖，自家則是一件當的皮襖，可家底兒素薄，小姐脾氣丫鬟命，金蓮只是咭唧了幾句，又能怎樣呢？

　　由雨雪天金蓮穿一件抵當的皮襖，自然引出抵押人。兩件當的皮襖，一件出於李智，另一件出於王招宣府。李智正在西門大院與老西喝酒，連皮襖都抵償給了別人，還要做大生意，也是個空手套白狼的主兒。而招宣府的少主人已在燈市露過一小臉兒，當時是滿街找人借錢，這件皮襖，大約也是他當的。

　　回末卜卦一段，再為西門大院眾娘子補寫運數，可與「吳神仙貴賤相人」接續讀之，而卦辭更為平民化，更見精彩。卜卦的核心是子嗣，卻處處說到性情，由性格再說到命運。有意思的是，只有月娘、玉樓、瓶兒三人打卦，潘金蓮則堅決不參加，一句「明日街死街埋，路死路埋，倒在洋溝裡就是棺材」，金蓮不須那卜卦的劉婆兒，亦準確地為自己預言了未來。

　　灰色，當是潘金蓮心情的主色調。她的話看似豁達，看似瀟灑，實則有一種深深的不自信，她的尖酸歹毒，或也可在這裡找到原因。

四七 「拿來」一樁弒主案

　　揚州巨富苗員外應表兄同，開封通判黃美之邀赴東京，雇了一艘賊船，早已銜恨的家人苗青與兩個艄子勾結，害死員外，分了財物，苗青到清河開店發賣。未想隨行的小廝落水不死，告官後捉了艄子，攀扯出苗青。苗青轉求王六兒，找到西門慶，將一千兩銀子送到他家，老西與夏提刑均分銀兩，放過苗青。黃通判得知，令人往山東察院報案。

　　飲酒中間，西門慶慢慢題起苗青的事來：「這廝昨日央及了個士夫，再三來對學生說，又饋送了些禮在此。學生不敢自專，今日請長官來，與長官計議。」於是把禮帖遞與夏提刑。夏提刑看了，便道：「任憑長官尊意裁處。」

上回結尾處潘六兒一句「街死街埋，路死路埋」，分明為自己的命運設讖，沒想到先引出來的卻是一樁血淋淋命案、一個奸僕謀害主人的故事。

這又是一個「拿來」的故事。

蘭陵笑笑生天生一個「拿來主義」者，正史野史、散文詩賦、小說戲曲、民歌謠諺，無不可以被他納入自己的作品中，許多學者注意到了《金瓶梅》的這一特點。哈佛大學的韓南教授最早對此作了系統研究，指出本回與下一回插入的這個故事來自《百家公案全傳·港口漁翁》，進行了有價值的比較。

對所有「拿來」的東西，笑笑生都是作為素材、原料來看待的，都要經過一番摶弄造作，使之成為全書水乳交融的一部分。本回亦如是。先是銜接之妙：前回末記吳月娘等卜卦算命，此案一開始便是算命；前回潘金蓮說「倒在洋溝裡就是棺材」，此案中苗天秀死於河中、裸埋在岸邊，相去不遠也。而前數回寫元宵間人情物態，多從繁盛浮華上入墨；此案則說明富貴之飄忽、人命之促短也。一面是因財喪身，一面仍要枉法貪財。人之貪婪，不管有多少格言、警句、〈四貪詞〉，都是無效的。

與書中大敘事銜接無痕之後，作者對原案作了徹底的改造……

將原書蔣員外、董僕，改為苗員外、僕人苗青，一則更與明代常見主僕關係相合，二則見平日對該僕之信重也；

將原書使女春香，改為曾做過妓女、後被苗天秀三百兩銀子買為側室的刁七兒，一改而渾然便是《金瓶梅》人物也；

　　將原書董僕與使女私下遊戲，改為苗青與主人小妾有私情，使苗青遭打更具有合理性，也使其恨意加深；

　　將原書表兄邀天秀遊賞京城，改為主要是「謀其前程」，以是苗天秀才會不顧命數之言，不聽妻子勸阻，執意出行；

　　就原來的一樁公案的重要情節，由破案昭雪，改為賄賂和貪枉；

　　將原書的包青天公平斷案，改為曾孝序問案，上疏彈劾通同貪賄的兩個提刑官，結果是害了自己……

　　就這樣，一個清官斷案的公案故事演變成了一個不折不扣的貪腐故事。

　　不管是宋代還是明代，既不缺少貪官污吏，也還殘存幾位清正耿直之士。宋代有包拯，明代有海瑞。嘉靖朝那位拖著棺材上疏的海瑞，鐵骨錚錚，就連皇帝老兒也怕落下惡名而不敢殺之，固一世之雄、千秋風範也！然則，即便有十個海青天，能止得住大明帝國的潰敗嗎？

　　這一回重點描述了王六兒的出場，她是整個腐敗枉法鏈條的第一個關鍵環節，也第一次嘗到貪腐的甜頭。王六兒的攪和，使貪腐交易又帶了點情色內容，也讓這個拿來的故事「本土化」、「《金瓶梅》化」。

四八　政治的太極境界

　　山東巡按御史曾孝序接到黃通判來書，看了案卷，提出艄子勘問實情，心中大怒，一面連夜派人往揚州提苗青，「一面寫本參劾提刑院兩員問官受贓賣法」。西門慶還在郊外祖墳祭掃，夏提刑得到消息慌了神兒，兩人商議，湊了五百兩銀子和禮物，急急派家人往東京找關係。翟管家收了禮物，答應把此事壓下，並說曾孝序已經任滿，新巡按就要上任了。

　　翟謙看了西門慶書信，說道：「……曾御史本到，等我對老爺說，交老爺閣中只批與他『該部知道』，我這裡差人再拿帖兒分付兵部余尚書，把他的本只不覆上來。交你老爹只顧放心，管情一些事兒沒有。」

以北宋末年為故事時代背景的《金瓶梅》，雖說主要筆墨在於市井生活，敘事中出現一些宋代歷史人物，應是再正常不過的了。這些人物進入正史，經過著者一番打磨和編排，離其本來面目已是多有偏差；而到了小說中，自然而然要經過一個文學化過程，再登場已遠離真身也。當年大詩人陸游「身後是非誰管得」之嘆，正由於此。有的研究者每以《金瓶梅》中一些人物與歷史記載不符譏議作者，認為是其讀書太少，亦拘儒之見也。

本回亦如是。其寫苗青弒主案輾轉到的東昌府察院，山東巡按御史曾孝序「極是個清廉正氣的官」，又兼與被害人表兄黃通判有交，便要提訊苗青，且寫本參劾夏提刑與西門慶。波瀾又起，作者偏於忙中添一筆，說這位正直的曾巡按，是都御史曾布之子。而經查核：二曾一出福建，一出江西；一入《宋史》「忠義傳」，另一則入了「奸臣傳」，哪裡有什麼父子關係？

作為歷史人物的曾孝序，的是錚錚鐵骨、一身正氣，在政壇幾上幾下，最後死於亂兵刀下。以此人出面揭揚司法黑暗，參劾奸惡，真是再恰當不過。至於曾布，為大名鼎鼎的宋代文學家曾鞏之弟，而當時威權聲勢都遠遠超過乃兄，宋徽宗時甚至一度有「獨當國」之恩寵。作者為什麼要贅此一筆？

細讀小說，就會發現其在為宦經歷和命運上的聯繫：歷史人物的二曾，都是權奸蔡京的對頭，曾孝序曾與蔡京辯論時政，並上疏論蔡京「結糴、俵糴」之失；曾布則與蔡京在朝廷長期爭鬥，並曾在御前吵嚷。二人也都受到蔡京加害，曾孝序被其「削籍竄嶺表」；曾布也被加以貪賄受賄的罪名，「逮捕其諸子，鍛煉

訊鞫」。

　　這種命運的近同到了小說家筆下，便會化為立意和結構的聯繫。政治黑暗，官場腐敗，世態炎涼，到處都是傾軋，到處都是背叛，在所有的關係中，也就只剩下父子關係還有些穩固了。以故宋代有蔡京父子，明代有嚴嵩父子。此書又寫到假子乾兒，則是一種血親之補充，明代中晚期的宮廷與廟堂，充滿著這種污濁的政治組合。聯想到第三十六回到清河縣打秋風的兩位新科進士，蔡蘊投在蔡京門下，做了假子；而本為安惇之兄的安忱，被倒置做其弟，也是因安惇曾為權臣故也。在這裡，也許找到了作者將二曾扭結為父子的理由，打虎親兄弟，上陣父子兵，與權相的廝拼，也須如此。

　　曾孝序身為山東巡按御史，主管糾察一省之大小官員，此案有原告，有屍身，有同案二人的供詞，只差一個環節，那就是從揚州提到苗青，問出行賄事實，曾御史也先已派人拘提，按說老西這次是在劫難逃了！然而，不，這樣明明白白一樁罪案，西門慶和夏提刑竟然是毫髮無損……

　　我們看來保等人晝夜兼程，只六天就趕到東京，直入蔡太師的宰相府，直接向大管家稟事通款；而曾御史的參本還未出省，先就到了夏提刑手中，等到老西的人辦妥後踏上歸程，在路上才看見巡按衙門的響鈴驛馬，還插著兩根表示緊急的雞毛。哈哈，在一個貪腐公行的時代，國家機器除了在貪腐方面是高效的，其他便都是這麼緩慢且虛張聲勢的了。聯想到往揚州提審苗青的那一路，直到曾御史離職也沒見提來，大約滿大街找尋「揚州瘦馬」

去咧。

似乎根本沒有用到蔡太師，僅一個翟管家就擺平了此案。翟大總管用的是太極手法，即批轉兵部，再令兵部把事情壓下，「隨他有撥天關本領，也無妨」，哦，四兩撥千斤，翟管家也是半個政治家了。

至於蔡太師，那可是真正的政治家，當然不會去直接應對此類具體案件，而是把心思用在議論國政大端，所謂上疏「七件事」，亦正亦邪，都各有一番道理，各見為君為民之真誠，初讀真不信出於奸臣之手。請再讀一遍本回回目：

曾御史參劾提刑官，蔡太師奏行七件事

哪兒哪兒啊？可看似兩不牽涉，實則隔空發力。這就是當時的朝政，這就是政治的太極境界。而兩相比較，曾御史頗有些直臣血性和言官風範，但心機手腕，比當朝太師可是嫩多了！

第四十九回
西門慶迎請宋巡按
永福寺餞行遇胡僧

四九　一夜風流，三萬鹽引

　　曾御史貶官去也，新任宋巡按與蔡狀元（新任巡鹽御史）同年進士，此次一同離京，來到東昌府。蔡御史約同宋巡按一起到西門大院做客，鄭重介紹，老西贈以厚禮。宋御史離去，蔡御史留宿，美姬侍奉，甚是感激，後來又託宋御史放回苗青，徹底了局。老西送走蔡御史，在郊外永福寺逗留，見一胡僧相貌古怪，聞說有滋補的藥，即請他到於家中，酒飯招待，胡僧以藥丸和藥膏相贈。

　　次日早辰，蔡御史與了董嬌兒一兩銀子，用紅紙大包封著。到於後邊，拿與西門慶瞧。西門慶笑說道：「文職的營生，他那裡有大錢與你，這個就是上上籤了。」

苗青一案，後來事涉朝廷和政治，形成一次大危機，也因此充滿了變數。

此時的西門慶又一次遇難呈祥。一樁被故意漏判的凶殺案件，一次整個省級司法機關的集體受賄，一場由巡按御史掀起的彈劾風暴，就這樣化為無形。「笑罵由你笑罵，好官吾自為之。」這裡的「好官」指的是肥缺，是有油水的職務，提刑掌一省之司法，殺罰決判，拿錢贖命，誠好官也。本回開篇有二提刑幾句對話，老夏感謝西門慶「這等大力量」，而西門慶則一笑置之，「料著你我沒曾過為」，說的是這本小事一樁，我們也沒有什麼過分的地方。

西門慶有他自己的邏輯：主犯已然抓到，部分資產已經追回，胡攀亂扯的躺子也已在嚴刑下改口，又怎麼樣呢？可提刑所上上下下都收了贓銀，謀殺主人的苗青仍逍遙法外，如此司法，還算「沒曾過為」嗎？

為官清正的曾孝序先調後貶，流竄嶺表去了。作為官場中人，他是顯得「過為」了，彈劾二提刑不成，便激切上疏，居然參了當朝太師一本，已然亂了心性，已屬官場瘋狗，豈能素放輕饒！當政者最不缺的就是願做官的人，這不，一巡去後二巡來也。繼任的山東巡按御史宋喬年碰巧是蔡狀元的同年，而蔡本人更是得了兩淮巡鹽御史的肥缺，兩艘御史官船聯袂而至，兩位御史又一起到西門大院赴宴，呵呵，周守備、荊都監都成了守門護院之輩，又誰還敢惹咱西門慶呢！

嘗慨嘆當今學科設置之妙，如「政治經濟學」，政治在先而經

濟其後也，經濟搭臺而政治唱戲也。在腐敗的官僚體系中，政治所包含的內容早又逸出其原來的範疇，權力即政治，利益、靠山、關係網，甚至送禮、接待，皆政治也。西門慶當是一位明代的政治經濟學專家：以錢買官，再以權謀私；在衙門搞政治，回家則發展經濟。即如次日之宴請，花費巨資接待宋御史，是講政治；而留下蔡御史再治小宴，唧唧私語，趁其狎妓時託請三千鹽引，便是要搞活經濟也。

　　大接待後還有小接待，送往之後便是迎來。送的是蔡御史，迎來的則出人意料——西域一胡僧也。古典小說中對僧人常有出奇料理，這位胡僧亦如是隆重出場：形象怪異，舉止乖張，鐵挂杖皮褡褳，葫蘆裡裝的卻是西門慶想要討的「滋補的藥兒」。老西對這位客人也是盡心招待，酒肉齊上，充足供應。遠來的和尚不念經，卻送來了西門慶最想要的東西，送來老西的一段「性福時光」。這類「滋補的藥兒」至今更滿布海內外，想是胡僧鐵杖芒鞋，遨遊天下，吃上一頓好飯便贈藥，早播下智慧種子咧。

　　記得 1996 年往挪威奧斯陸大學東亞系講學，該國漢學家艾皓德教授是吾好友，治我國先秦兩漢之學頗有功底，研究《紅樓夢》亦多成果，其時正為研究生講《金瓶梅》的這一回，對胡僧在西門大院的這一份食單頗為迷茫。幾位艾門女弟子將諸如「羊角蔥炒核桃肉」、「腰州精製的紅泥頭」一一查過字典，仍是不得要領。經本人提示從男子性具方面去解讀，於是恍然大悟，一通百通，師生亦相視而嘻嘻也。

　　當今頗有研究和推廣「《金瓶梅》宴」，不知可曾考量過這份

食譜？一笑。

胡僧的藥當然是春藥，是西門慶之流的靈丹妙藥，自打有了此藥，老西的性生活就更加恣縱狂放，漫無收束。他還要「求方兒」，說道：

請醫須請良，傳藥須傳方。吾師不傳於我方兒，倘或我久後用沒了，那裡尋師父去？

想的真是周到長遠啊！後來的情形是：胡僧藥用完，老西也直接玩完了。

五〇　和尚送來道家的藥

　　四月間李嬌兒上壽，王姑子引了薛姑子來，吳月娘甚是敬重，兩老尼在夜深人靜時將生子的靈藥和頭男衣胞付與，好一番叮囑，月娘每人與了二兩銀子答謝。這邊西門慶送了胡僧回來，王六兒也是那天生日，遣人來請，老西乘興前往，初試胡僧藥。

　　金兒就奉酒與琴童，唱道：「……在門前站到那更深兒夜晚，到晚來有那個問聲我那飽餓？煙花寨再住上五載三年來，奴活命的少來死命的多，不由人眼淚如梭……」

　　讀此一回，先應從吃藥上著眼。

　　魯迅先生曾撰《藥、酒與魏晉文人風度》，論述吃藥之風在彼時的盛行及其社會原因。而明代中葉以降尤其是嘉萬年間，由皇

帝和朝中大臣開始，凡有些身份和閒錢的，幾乎是人人吃藥也。萬曆朝良相張居正、名將戚繼光，傳說亦死於丹藥也。所吃，應是西門慶索要的這種「滋補藥」。本回以西門慶與那王六兒試用胡僧藥為主，寫其恣意胡為，毫不顧惜身體；而以吳月娘得薛姑子藥為輔，刻畫這位大娘子求子心切也。兩件事差不多同時發生，兩種藥亦在同一天進入西門大院，糾結描摹，色上著色，亦有趣也。

　　帶來藥的兩位都是佛門中人，其相貌也都有幾分異樣，有意思的是其藥都像是道家或方士所製。胡僧藥明白說是「形如雞卵，色似鵝黃。三次老君炮煉，王母親手傳方」；薛姑子的生子藥，先要頭胎衣胞，再是礬水打磨、鴛鴦瓦炮煉，亦通常術士造作之手段也。將世上流行之事寫入書中，譏刺諷喻，再將道家方士所作所為嫁接在佛家上頭，特特錯亂其所宗，或有作者之深意在焉。

　　當然，道教盛行，丹藥盛行，佛門中一些人便要仿效，也是有的。譬如上世紀五十年代中蘇友好，學俄語者甚多，後來一段時間兩國交惡，許多俄語專業人士便改了英語。雖也必然經歷一些轉換的痛苦，畢竟較常人方便多了。佛教的中華本土化，佛教中人在遭遇鉗制時轉行習道，也是常有的事。

　　話說回來，西門慶得藥後急於一試，若在往日，首選的一定是潘金蓮，眼下則改為王六兒也。這日恰好是王六兒生日，韓道國不知躲到哪裡去了，留下老婆與主子試驗藥效。不是說「無知者無畏」嗎？沒有良知者不僅無畏，還更能得到便宜，得到快樂。《金瓶梅》寫了市井上許多無恥之人，而這一對夫妻堪稱「最無

恥組合」。此夜星光燦爛，韓家三口兒在三處享受快樂人生：女兒在東京，住在宰相府陪侍翟大管家；老婆在家中，與老西在胡僧藥製造的神奇氛圍中胡天胡地；老公則在鋪子裡，一杯小酒，三五聽眾，說不盡一身恩寵和榮耀。真有點替韓道國遺憾，被王六兒暱稱為王八的他，畢竟不能把老婆的事兒說與眾人，那該是多麼令人駭敬的談資！

　　這一回還重點寫了玳安。他是西門慶最貼身的隨從，也是西門大院小廝的頭兒。戲耍侮弄書童兒，一則嫌那新來的小廝奪了自家寵信，二則也是為平安兒出頭，確立自己的領袖地位。玳安後來成為吳月娘指定的接班人，而此時正被月娘厭憎，處處呵斥，卻也不覺懼怕和慌亂，不吐露老西與王六兒的實情。其帶琴童往蝴蝶巷一節，寫出權豪之家的醜惡家風，寫出社會風習的淪落敗壞，更多的則是寫出了底層妓女的悲慘命運。讀了金兒所唱【山坡羊】，真讓人唏噓感嘆。

　　胡僧藥讓西門慶豪興勃發，一試後還要再試，回家後選中的是李瓶兒。他把自己的臨幸當作一種恩寵，把胡僧藥和自個兒當成一份禮物，當然要給最心愛的人，全不顧那天是李嬌兒的生日，全不管那約定俗成的規則，就是要到瓶兒房裡。蘭兒未寫李嬌兒的反應，卻帶了潘金蓮一筆，說她「是夜暗咬銀牙」，哦，金蓮亦可憐！雖說掌管了老西的「淫器包兒」，卻無法控制他的使用權，近水樓臺不得月，這是怎樣的嫉恨和寂寥。

　　胡僧藥帶給老西新一輪的性福生活，可悲的是：年僅三旬的他已不再「原生態」，而要靠藥來支撐維持了。

　　西門慶得到靈丹，吳月娘也得了妙藥。老西吃藥，月娘當然也要吃藥。月娘得藥之時，作者感慨「十日賣不得一擔針（真），一日倒賣了一擔甲（假）」；而在以後的敘述裡，偏又寫該藥之有大靈驗。假假真真，虛虛實實，才成一部大書之文學世界。

五一　京師又發來拘捕令

薛姑子來講唱佛經，金蓮對月娘說瓶兒在背後說她壞話，西門大姐又把這些告知瓶兒，後者只有暗自落淚。伯爵前來，還是要為黃四等說情借錢，順便說了東京批行到李桂姐家拿人之事。而桂姐隨後便來躲難，央告老西疏通關係。老西抹不開面子，只好又派來保去東京。

被月娘瞅了一眼，說道：「拔了蘿蔔地皮寬，交他去了，省的他在這裡跑兔子一般。原不是那聽佛法的人。」

撥弄是非之人寧有種乎？

從古至今，世上從不缺少調三惑四、說舌架謊之流，亦奇哉怪也！「誰人背後沒人說，誰人背後不說人？」很多人遭受是是

非非之苦，很多人深知是是非非之惡，很多人痛恨是是非非之人，很多人難免是是非非之惑，很多人都做是是非非之事。吳月娘豈不知潘金蓮的品性做派？而一旦扯到自個兒頭上，便不加分析地信以為真，不獨如此，自己還回憶出一連串的佐證材料，以為造謠者補充。

搬弄是非者亦可分為許多類型，如潘金蓮之憑空捏造，當屬比較惡劣的一種。自古造謠者多有一段聰明，這聰明又無正經地方可以發揮，便去造謠滋事，偏能將假話編捏得像真的一樣。本回一開始，金蓮對月娘編了一通李瓶兒的怨懟之語，無中生有，竟然讓月娘一聽便信。而結尾處，她又對瓶兒說了幾句吳月娘的壞話，身受其苦的瓶兒當然不會跟進，卻也不敢反駁。用市井上的簡單標準論之，背地裡搬弄是非是壞，而公然害人則是惡。潘金蓮壞且惡也，瓶兒生性軟弱，又要保護自己的兒子，只有念忍字訣，還得處處去討好她。

惟一與金蓮對過陣且大獲全勝的是李桂姐，這位小小年紀、已歷練得全掛子武藝的窯姐兒，這位既有美色又有心機還格外愛攪和爭競的清河名妓，終於折騰出一場天大的禍事──從京城直接下批文來拿她，只好躲到西門大院裡來。即便此際，也只見孟玉樓諷刺了幾句，曾敗在她手下的潘金蓮卻沒想到要報復。李桂姐亦小惡人也！「惡人自有惡人磨，見了惡人沒奈何」，有些事金蓮也是沒奈何啊。

這已經是東京第二次發出拘捕令，批行地方拿人。想那第一次拿人，拿的是花子虛，卻也把一塊鬼混的西門慶嚇得夠嗆。這

一次拿人，又與自己全無關聯，老西便從容多了，留下桂姐，即行差人去找知縣說項，知縣也很給面子。呵呵，畢竟現在的老西是政府官員了。

做了官的老西交遊廣了、視野寬了，似乎心胸也跟著寬了。還記得他在李家妓院打砸叫罵的行徑吧，是喝娼妓的醋，還是心痛自家的承包費，總之是怒不可遏。而這一次桂姐明擺著是因王三官惹禍，老西卻一些兒不見惱怒，讓她在家中避難，還讓來保專程跑到東京去為她解套。變化之大，讓找了一大堆假話、發了一連串毒誓的桂姐，真也有點羞愧和感動。

這又是為什麼？

做了高官、進入「王六兒階段」的西門慶，已然不太在意李桂姐了。

自宋、蔡二御史光降之後，西門大院便成了一個眾所矚目的地方，成了清河縣政治和經濟的一個舞臺。亂哄哄你方唱罷他登場，就中亦多趨利之徒也。此一回中，已在大院的除了幾位親戚外，有薛姑子、王姑子和兩個小尼，不光帶來了求子的藥，還演唱了一段《金剛科儀》；此輩走的是婦女路線，西門慶發現了，想攆都攆不出去。

官場上的應酬也驟然升溫：先是夏提刑派家人來送請束，邀西門慶家中小宴，以頂頭上司而請下屬，官場中當不常見，老夏亦明白人也；再是安主事送來禮單，又偕黃主事前來拜望，雖不若前次兩御史之威風，亦各有實權在手也；有意思的是宋巡按亦差派門子和快手來送禮，又是豬，又是酒，搞得正喝著酒的老夏

好不豔羨，老西好不得意——宋大巡送禮當不僅僅是還情，以後還有伏筆，可西門慶怕這個嗎？

官場的應酬需要花錢，而應酬本身又大大提供了賺錢的機會。西門慶經商起家，這會兒其經營也非復舊日。蔡御史友情批准了「三萬鹽引」，他拉上姻親喬大戶合伙來做；應伯爵又來說東平府的「兩萬香」，老西本不想應允，禁不住應花子死纏硬磨；吳大舅也腆著個臉子來借錢，而欠了自家銀子的徐四又想拖期……

發財的機會和用錢的事項一起湧來，西門慶竟也感到錢有些緊了。

從來都感到錢緊的則是潘金蓮，但她也有自己的辦法和手段，想法勒索李瓶兒這個冤大頭，再去贏西門大姐和陳經濟一個東道。此一回也，潘金蓮精神和物質上雙雙豐收，交好運的太陽又照過來了？

五二 藏不住的「春色」

應伯爵、謝希大來與老西飲酒說話，又聊起東京拿人的事，說到會中孫寡嘴、祝日念等被抓。桂姐陪唱，席間不斷被伯爵挖苦，宴後與老西在藏春塢淫媾，又被伯爵混鬧了一場。次日眾妻妾在花園遊玩，潘金蓮和陳經濟也乘機在藏春塢狎戲。

西門慶道：「王家那小廝，著甚大氣概，幾年兒了，腦子還未變全，養老婆，還不夠俺每那咱撒下的，羞死鬼罷了。」

此一回中牽涉亦多，細事多多，作者從容寫來，略無遺落。排列述之，則老西與潘六兒再試胡僧藥也，應、謝二人來同享宋大巡饋送之鮮豬也，小周兒為官哥兒剃頭也，黃四送鰣魚也，孫寡嘴、祝日念被緝拿往東京也，吳月娘詢問王子日也……，皆能

藉事寫人，因人繪事，千回百轉而不離主題。

然其精彩筆墨，則在「雪洞兒」。

想當初西門慶營建園林，於假山下構造一洞，雅名「藏春塢」，俗稱山子洞，雪洞兒之稱則在雅俗之間，其目的亦甚明矣。建成之後，又因就在自己家中，到處是大妻小妾、丫鬟小廝警覺好奇的目光，也未曾派上大用場。只在去年冬月與宋惠蓮幽會一次，冷氣矗然，一身的好本領難以施展，只好草草收兵。而惠蓮幾句議論，又被那跟蹤而至的潘金蓮悉數聽了去，鬧出好一場風波，也為惠蓮的死種下禍根。

李桂姐來了。這是倉惶之下前來避難的桂姐兒，是心事稍定、即刻便顯出萬種風情的小美人兒。她的那些兒假語村言，那最後一點兒矜持和自尊，唱曲時被應伯爵以插科打諢撕扯得粉碎，也讓她更清楚西門慶的地位和作用。於是見其一個眼色，便相隨到了雪洞兒。又能怎樣呢？一個要答謝救助之恩，一個欲施逞奇藥威力，加上一干女眷都在聽薛姑子講唱經文，便爾放手一搏……

有意思的是，次日的潘金蓮，在策劃了一次後花園小宴之後，待要與陳經濟鬼混，又被瓶兒撞上，情急下也想到了這個所在。這是一次蓄意已久、蓄勢已久的亂倫，已躲在裡面的陳經濟還要假說請小丈母看蘑菇。呵呵，還要再找什麼藉口，還要看啥子蘑菇？兩人心中情欲升騰，早如雨後的蘑菇般瘋生瘋長了……

古典小說戲曲中寫了許許多多後花園，西門大院也有這樣一個私家花園，有木香棚和臥雲亭，有芍藥欄和葡萄架，也有精心構建的雪洞兒。既然叫藏春塢，總會發生一些風花雪月的故事，

或者說是一些醜惡的事兒。諸如情和欲常常難解難分，風花雪月與醜陋噁心也時時打混成一片。此一回也，先是西門慶與乾女兒一場淫縱，再是潘金蓮與小女婿未能得逞的濫事，都有一點亂倫意味，一件比一件更醜陋，接連上演於山子洞之中，敘事中諷刺與抨擊自在焉。

這樣的一個洞子，就是一個淫窟，哪裡會有什麼春色？

古往今來，愛情和淫亂都可稱不擇地而生，不擇時而作。良辰美景能夠催發傾慕和愛戀，則飄風凍雨時節亦能；藏春塢會發生奸情與不倫，高堂廣廈中豈不也同樣發生？儘管如此，作者還是一次又一次選擇了雪洞兒，又有著充分的敘事依據：

一、從設計和建造開始，藏春塢就帶上了淫亂的標誌或曰暗示，老西心中有數，吳月娘等人、家中大小奴僕丫鬟也個個有數；

二、這個後花園中的幽會場所看似僻靜，實則越是眾所周知的僻靜地方，越缺少應有的私密性；

三、西門慶能來，潘金蓮和陳經濟能來，也沒有足夠的理由去禁絕他人到來。

於是這裡的春色就是淫縱，於是這裡指定要發生點兒見不得人的故事，於是藏春塢的歡會總有幾分冒險，幾分緊張，幾分匆促，幾分變數。藏春塢從來都藏不住春色，藏不住私密！或也正因為如此，其也給幽會者帶來更多刺激。像應伯爵那樣的騷擾搗亂，像潘與陳的蜂頭花嘴兒，必然令當事人記憶深刻，亦令閱者難以忘懷。

五三　把小丈母揪住親嘴

官哥兒生來膽小多病，月娘照看得多了些，金蓮便與玉樓議論，且譏笑她自家養不出。月娘聽後惱怒，想起薛姑子生子藥，吃了下去，晚夕正是壬子日，與西門慶睡了一覺。這邊官哥兒又發病，老西求神問卜，親自祭拜，才得好轉。

看他口邊涎唾，卷進卷出，一個頭得上得下，好似磕頭蟲一般，笑得那些婦人做了一堆。

把小丈母便揪住了親嘴，是那小丈母潘金蓮本人責備女婿陳經濟的話。

金蓮當然不是真心責備，且與女婿親嘴也不是第一遭了；她的這句話，說在「親了十來個嘴」之後：

你這少死的賊短命，沒些槽道的，把小丈母便揪住了親嘴，不怕人來聽見嗎？

哪裡是斥責，分明一種鼓勵或曰表彰了。有意思的是，這段話可能並非出自蘭兄手筆，而是續作者所寫。

不少優秀的中國古典小說戲曲作品都有一個版本問題，有一個原作、續作和補綴的問題，給原來就撲朔迷離的作者研究帶來更多的歧義，也帶給一些「猜謎痴」極大的發揮聰明才智的空間。《紅樓夢》是如此，《金瓶梅》亦如此。

根據今天所能知道的文獻記載，一部《金瓶梅》的傳播史，最早是在一個文人圈子、一個精英圈子中開始的。如袁宏道、袁中道兄弟，如王世貞、董其昌、謝肇淛、湯顯祖、王稚登，皆文壇之鉅子或一時之翹楚也。他們是《金瓶梅》熱心的讀者，也是早期收藏者。正是由於他們的筆記函札，我們才約略可知該書的輾轉傳抄的情況，可知其對尋找全本的渴望和努力。然就在「詞話本」刊刻之時，還有一些章節沒有找到，沈德符《萬曆野獲編》明確記錄：自此一回開始至第五十七回，是由他人補作的。

閱讀通常是愉悅的。但這指的是閱讀名著，閱讀原著，而非補綴之作。此一回中，我們看其情節，無論月娘的求子、瓶兒的酬願，還是安、黃二主事的宴席，李、黃二經紀的借貸，都在於盡量與前後文對接。可畢竟文思拘謹、筆力纖柔，寫著寫著便見出大差異：

——吳月娘作為掌家政之正頭娘子，一向性格執拗、言語直

捷，連對西門慶都不太容讓，馭下（包括諸妾和眾奴婢）更是嚴
苛明快，不假辭色。而此一回中，月娘先對著奶子如意兒說了一
通知心話，聽見潘孟二人的背後議論也不敢叫破，自己躺倒床上
哭泣哀怨，白日昏睡，晚間昏睡，都與其本來性格和習慣大不
相同。

——西門慶赴劉太監莊酒宴一節，是上一回留下的線索，寫
來亦覺草草。安忱一故人也，與黃主事職位雖不若巡按御史顯赫，
是亦各有實權之肥缺也。以西門慶之世事練達，敬重惟恐不周，
豈有大咧咧坐了首席的道理！且劉太監前此往老西院中做客，話
語雖不多，但鬚眉生動，架子也端得實足，今番在他的莊子上設
宴，居然本主的影子也沒見到，於情於理都說不通。

——幫閒為本書中一大景觀，人才濟濟，各有神通，而應伯
爵穩居首席，深得老西倚重，自有道理也。此一回中，應花子前
來為商人李三、黃四說項，要借五百兩銀子，亦是前文中留筆，
然則語無機趣，勢若逼債，亦非舊日情狀也。

——其寫為官哥兒酬願祛病，先是施灼龜，再是劉婆子，最
後是錢痰火，運用手段有灼龜板、摸灶門、收驚、看水碗、謝
土……，人物駁雜，手段繁多，亂哄哄你方唱罷我登場，雖可證
西門慶與李瓶兒之急切，而補作者思維之淺陋，描寫之潦草匆促，
亦可證也。

所差強人意者，是其對潘金蓮與陳經濟鬼混一節的摹繪，那
種焦灼猴急，那種不管不顧的交合，那種欲火燃燒的扭結在一起
的軀體，都覺逼肖真實。尤以被打散後潘六兒在床上回思，西門

慶恰好進來，幾句對話和一番戲弄，最稱與原作精神筆法相合。

是以敗筆不少，「勝筆」也並非沒有。

第五十四回
應伯爵郊園會諸友
任醫官豪家看病症

五四 「白嚼人」請客

　　應伯爵約定在郊外請會中兄弟，西門慶送了些肉食，令小廝幫著張羅侍候，一幫人吃酒狎妓，正熱鬧著，忽見書童來報信，說是李瓶兒有了急病。老西匆忙趕回，瓶兒正躺在床上叫疼，急請任醫官來診治，又連夜取藥煎服，這才減緩。

　　那時應伯爵已是醉醺醺的，兩個妓女又不是耐靜的，只管調唇弄舌，一句來，一句去，歪廝纏，倒吃得冷淡了。

　　《金瓶梅》中人名多有寓意，應伯爵者，應該白嚼，亦即白吃白喝，又有幾分理所當然的意味也。第十二回西門慶一干人在李家行院喝酒取樂，李桂姐講了個老虎請客，「從來不曉得請人，只會白嚼人」的笑話兒，「白嚼人」即指伯爵也。幫閒妓女者流正

因為一身輕賤，常又表現得更要臉面，這個笑話深深刺痛了眾幫閒，於是應伯爵振臂一呼，群「閒」皆應，紛紛掏出隨身值錢或能換酒之物，立馬就請了一客。

那是一個團體的宴請，有點兒像現在的 AA 制；那也是一段精彩筆墨，尤以寫群閒之吃相最讓人難忘。平日是白嚼人家的，還要拿捏著點兒，而今吃的是自家的，當然要放手一搏，吃它個酣暢淋漓。寫吃的一段韻文，真真精彩之極。最妙是宴席結束，「臨出門來，孫寡嘴把李家明間內供養的鍍金銅佛，塞在褲腰裡；應伯爵推逗桂姐親嘴，把頭上金啄針兒戲了；謝希大把西門慶川扇兒藏了；祝日念走到桂卿房裡照臉，溜了他一面水銀鏡子；常時節借的西門慶一錢八成銀子，竟是寫在嫖帳上了。」呵呵，平時豈沒有這些順手牽羊的手段，只因吃了人家的，不好意思啊！

那是一次難得的幫閒之宴，是補綴之作所難以企及的喜劇場面，謔浪調笑之間，又哪一人、哪一處不寫得到？

此一回中，應伯爵卻真的要請客，而且實實在在地請了一次客。雖說不太符合應花子個性，然寫其遍邀會中諸友，飲酒作樂，又有兩個妓女侍唱勸觴，插科打諢，場面亦熱鬧。補作者大約將劉太監莊子當成了郊遊的絕佳處所，上一回剛讓老西來與二主事歡飲，此回又安排兩條小船，載酒載肉，將一眾閒人搖到劉太監莊上。由此也可推想當年刊印也急，留給這位老兄配補的時間也不多，未能細細梳理原作之端緒、把握體味人物之情性，匆忙連接，便覺行文局促，覺格局不夠也。

更為欠缺的則是筆力。讀笑笑生原作，但覺筆意恣縱、筆力

深邃，若不經意間，而敘事自然曉暢，無所不至也。而配補之筆則到處留痕，扭造單調之跡宛然：劉太監一處大莊園，不僅兩番不見主人，連家人也未見一個，任從一幫閒人胡行亂走，搬弄器物，嬉鬧撒尿，真真奇哉怪也！

至於任醫官為瓶兒看病一節，寫來亦覺平平，了無意趣。然李瓶兒母子的纖弱多病，老西的關心體貼，任醫官的庸醫嘴臉，尚都能約略寫出，不離大譜。

五五　突兀一人「苗員外」

蔡太師生辰臨近，西門慶專程到東京祝壽，呈上許多禮物，經翟管家推助，認蔡太師做了乾爺。恰故人苗員外也來上壽，相敘甚歡，苗員外要把自家兩個歌童送給老西，見他已回山東，便修書一封，令二人來清河，老西覺得很有面子。

潘金蓮在人叢裡雙眼直射那兩個歌童，口裡暗暗低言道：「這兩個小伙子，不但唱的好，就他容貌也標致的緊。」

前兩回多在清理線索、對應餘緒，照著葫蘆畫瓢，雖覺平庸，亦可湊合著讀去；此一回則不得不再創新關目，便安排老西去了一趟東京，拜了一個義父，見了一位「故交」，由是也生出許多枝節來。

　　作為一個偏遠小縣的豪紳、一個劣跡斑斑的市井流氓，西門慶能成為提刑副千戶，再成為掌刑千戶，全在於其與東京蔡太師府上的關係，自不待言。若細究起來，書中所涉及的大大小小官員，又哪一個沒有靠山，沒有背景，沒有自己的關係網？全書一百回中，清河與東京之間的聯繫亦可謂密切：知縣派武松給朱太尉送禮，夏提刑託情找林真人謀官，至於西門慶更是把東京當成了自己的福地，大事小事都會派人跑一趟。去的時候車載馬馱，歸來則禍事全無、喜氣沖沖也。清河如此，又哪一個州縣不是如此？它是一個縮影，一個「旁州例」，寫一清河而天下郡縣盡之也。

　　西門慶家僕來保成了往東京辦事的專業戶，不獨為主子領來官帽，連帶自家和吳典恩也都沾了光。蘭陵笑笑生當然也要為西門慶設計一次東京之行，那是在後面的第七十回，寫其赴京朝會和參見衛主等事，用了兩回多的篇幅，藉一個靠賄賂發身的外地官員之眼，將京堂之威勢、官場之腐敗演繹得極為傳神。由此我們可以猜想，蘭兄必是一個見過大世面、熟知朝廷和官場的人，否則寫不出。

　　此一回也，敘說西門慶往東京給蔡太師送生辰綱：其起意也匆促，是忽然想起，「連夜收拾行李進發」；其拜蔡京為義父一節略有可讀，但舉手投足、言語應對之間，亦覺潦草。文中詳細解說之相府景象和拜壽禮物，還要抬上當堂，一一拿給太師目驗，大約也類乎三家村學究想像猜度之宮廷生活，堆金砌玉，終不過鄉間土財主的放大樣。原作者之熟知廟堂，補作者之揣測虛構，

皆於此可證。

　　最不可解者，是文中又出現一位苗員外。前第四十七回，寫揚州苗員外赴京途中被艄公和家人苗青所害，西門慶納賄枉法，放了苗青，由是也引起一場軒然大波，幾乎丟官。而此時在東京遇到的苗員外，「現做個散官之職，向來結交在蔡太師門下」，既不像是苗青，也不可能是苗員外起死復生，真奇哉怪也！兩人相見執手，你儂我儂，故交情深，竟演出一場千里送歌童的佳話，神龍見尾不見首，讓評者無話可說。

五六　借來的喜悅

常時節被催繳房租，老婆也來罵他無能，萬般無奈，求了應伯爵來找西門慶借錢。老西在花園中與妻妾玩耍，家中正張羅著做衣裳，聽了老常窘狀，給了他十二兩銀子。常家夫婦喜出望外。這邊伯爵陪老西繼續喝酒，西門慶要找一個坐館先生處理往來文書，伯爵推薦水秀才，念了他作的詩文，老西覺得不妥。

那常二只是不開口，任老婆罵的完了，輕輕把袖裡銀子摸將出來，放在桌兒上，打開瞧著，道：「孔方兄，孔方兄，我瞧你光閃閃響當當的無價之寶，滿身通麻了，恨沒一口水咽你下去。你早些來時，不受淫婦兒幾場合氣了。」

讀至此回，又覺得有幾分訝異。補綴之作，竟也會有似此之

生花妙筆？則補作之人，又應不是所謂「陋儒」也。或沈德符所稱不盡準確，或補作出於多人之手，或此五回中亦有原作之片斷，皆未可知。

此一回先寫「周濟常時節」，再說「舉薦水秀才」，而以一應伯爵貫穿之，顯得圓轉無痕。常時節者，常時借也。借，是他的標誌性行為，舉凡其「大型活動」或「隆重出場」，多與告借求助相關。如第十二回眾幫閒為李桂姐所激，各出碎銀物件湊成一席，只有這位常兄「無以為敬，向西門慶借了一錢成色銀子」，不動聲色間突出了一個「借」字。

雖說如此，在西門慶會中兄弟裡，常時節尚屬人品較為綿善平正的一個，未見大惡；與西門慶的關係雖不如應伯爵、謝希大，也算密切。幫閒中很少有富人，但如常時節之窮窘，連房子都沒有一間，也算特例。此人既無資本，又無特長，也沒有應伯爵那些機巧和摟錢的手段，每日價同一幫老混混攪和在一起，只好常時借、時時借了。

古往今來，借錢都不會是一件容易和愉悅的事情。俗諺「上山打虎易，開口求人難」，當是無數屈辱和苦澀的濃縮。常時借，則常時遭受心靈折磨也。此一回寫其被房主日夜催促，寫其往西門大院空跑無數，寫其為老婆埋怨叱責，寫其還要買酒央求他人……，一路皆寫實筆墨，畫出其生活艱辛，亦畫出其窘迫無奈。「老兒不發狠，婆兒沒布裙。」應伯爵這句嚇詐賁四成功後的得意之語，正是常時節的現實寫照。而突然間抓住了西門慶，突然間借到了「一包碎銀」，則是他的一番奇遇。對於西門慶來說，這

十二兩銀子是他往太師府封賞下人剩下的,當也算不得什麼,每個與他有染的妓女、外寵所得都不在此數以下;但對於常時節便是天上掉下來的大大餡餅,又因為期待太久、渴求太久,竟然覺得有點兒不太現實了。

對於常時節的渾家,更是來得突然。也許是經歷了太多的失望,她早已是不抱希望了,那些潑剌剌而出的罵人話,也許已是無數次響起了。貧賤夫妻百事哀啊!而作者偏寫其一次偶然的歡樂,寫十二兩銀子在這個家庭的降臨,交好運的太陽照耀在兩人身上,「黑眼珠兒見了白花花銀子」,那種巨大的心理反差,那種從內心湧出的喜悅,那種久違了的夫妻恩愛,也隨之降臨。我們看常時節的「孔方兄」之嘆,看他與妻子的一番對話,看他買米買肉的歡勢勁兒,都不覺啞然失笑,而一股濃重的悲情緊接著漸漸泛起。此一節筆墨之妙,妙在敘事寫情,更妙在摹寫心靈,摹寫那在俗世中變幻著悲歡的可憐生靈。

借,對常時節和他的渾家來說,都只是一個乞討的藉口,一次賴帳的開端。一個時期以來,他們心心念念都是借債,大約從未想到要還錢。回目中用「周濟」二字,的是恰切。書中寫常時節只一會兒工夫,就把這宗來之不易的銀子花去大半,便可推知其絕沒有打算再還西門慶,可推知其以後還要「借」也。

至於水秀才,則是斯文一脈,是讀書人中的老混混也。記述文字雖短,而「自成一傳」,全鬚全尾,置之《儒林外史》中亦不遜色也。「一封書」和後面的「一詩一文」,都是上乘的喜劇筆墨,加上應伯爵的精彩串講解說,更增情趣。與全書之風格,亦相吻合。

五七　該撒漫時撒漫

　　永福寺長老來西門大院募捐，一席話兒打動了老西，遂慷慨解囊，捐了五百兩，還承諾幫忙化緣。接著又是兩個姑子來到，薛姑子說《陀羅經》中有護諸童子經咒，西門慶聽到「易長易養，災去福來」，便入心內，索要九兩訂金，一下子就給了三十兩。

　　當年行徑是窠兒，和尚闍黎鋪。中間打扮年彌陀，開口兒就說西方路。尺布裹頭顱，身穿直裰，繫個黃絛，早晚挨門傍戶……

　　若說西門慶，從來都不是摳門的人，在補綴者筆下，尤為顯得大方豪爽。不是有句話叫作「該撒漫時撒漫」嗎，我們看到的是，像薛姑子這樣明顯的蒙騙，他也撒漫了。

　　此回之大關目，在於永福寺。

本書寫到之寺觀中，永福寺當是很值得關注的一個。它是兵備周秀家的香火院，也與西門大院關係密切，而《金瓶梅》的許多重要情節都與這裡相關聯：第四十九回西門慶在該寺為蔡御史餞行，又遇到那位葫蘆裡裝滿第一代「偉哥」的胡僧，也因此年紀輕輕上了西天；至於潘金蓮死後，被春梅令人收葬在後院的白楊樹下，亦令人感慨萬千。

由補綴者所寫之永福寺，又覺與作者筆下的那座寺院大不相同。開篇便扯出一個萬迴老祖的故事，其敘述也如小萬迴給從軍遼東的哥哥送信般離題萬里也。至於那位出身西印度、到西門大院化緣的道長老，頗有幾分贈藥胡僧的樣兒，卻是既無法術寶物，又乏個性光彩，滿口誑語，俗言滔滔，遠不似《金瓶梅》中人物也。倒是一篇募化疏簿，從佛教東漸開始，寫到萬迴祖師開山立寺，寫到寺院的鼎盛和衰敗凋敝，寫到一代代徒子徒孫的種種不肖：

朱紅欞槅，拾來煨酒煨茶；合抱梁檻，拿去換鹽換米。風吹羅漢金消盡，雨打彌陀化作塵。

直是一部寺院敗落史。這樣的寺院和這般的敗落，在我國歷史上真無可計數，在明代嘉靖年間當也不少，而以文字簡述出來的倒不算多。

托鉢化緣，是所謂為了傳揚佛法的高尚目標，與今日的「拉廣告」，再與今日昨日都有的「告地狀」固有原則區別，其等而下

者，也就模糊難辨了。茲三者也，所謀都在於錢財，也多要大談目的之純正，理想之遠大，多要以悲情動人。翟管家為何讓蔡、安二進士找西門慶打秋風？宋御史為何選西門大院迎送上司和貴賓？道長老為何選中西門慶募緣？無他，皆因「他家資巨萬，富比王侯」也。而化緣說的雖是「軟道理」，卻往往立意高遠，往往最能從施主心中癢癢處抓撓。試想，對於西門慶，對於每一個如西門慶的成功人士，還有什麼比「求福得福，求壽有壽」更具有誘惑力呢？至於「主得桂子蘭孫，端嚴美貌，日後早登甲科，蔭子封妻之報」，真也句句說到老西心坎上。留給讀者的則是：用這樣的錢修的寺院，又會有怎樣的靈驗呢？

道長老之來頗覺無端，而薛姑子一段更是荒唐。補綴者寫乘道長老成功募化之餘緒，薛姑子也來湊熱鬧，竟也勸捨了三十兩足色松紋銀子。呵呵，這還是那個被老西脫褲子打過屁股、見了他就躲的薛姑子嗎！「人的名兒，樹的影兒」，只怕此處以後，西門大院門首化緣的要擠不動咧。

本回文字為人引用最多的地方，是西門慶對吳月娘說的幾句話，那是幾句玩笑話，又是得意至極時吐露的心曲——「咱只消盡這家私廣為善事，就使強奸了嫦娥，和奸了織女，拐了許飛瓊，盜了西王母的女兒，也不減我潑天富貴。」這是捐修佛寺後帶給他的自信嗎？

這還是蘭陵笑笑生所塑造的西門慶嗎？

五八　一腳狗屎

韓道國在杭州置辦緞絹貨船到來,西門慶又讓伯爵尋找賣手,家中設宴,招待兩個太監和一應客人,聘請的坐館先生溫必古也來了,賓客紛紛。那日叫了四個歌妓,鄭愛月兒先是要到王皇親家,被強拉來到。老西在瓶兒屋裡過夜。金蓮心情不好,加上踩了一腳狗屎,便將秋菊又打又罵,驚嚇的官哥兒大哭不止,瓶兒暗自流淚。

這潘金蓮坐著,半日不言語,一面把那狗打了一回,開了門放出去了,又尋起秋菊的不是來,看著那鞋,左也惱,右也惱。

謝天謝地,終於又回到蘭兄筆下。筆者真覺得自家也成了那疑神疑鬼的人,讀前此之五回,處處見出錯訛,時時存在疑竇,

或吹求太過也。而此回一開篇，讀來便覺順暢，那種久違了的筆墨文法，那些自然鮮活的人物，那一個個噓彈如生的故事場景，都讓人感到親切，感到熟悉。

此一回也，入筆即寫西門慶醉後進入孫雪娥房中，簡簡數行，便畫出這位小妾所處的清冷景況：婢作夫人的雪娥在西門大院中明顯受到歧視，每日裡在後廚忙碌，甚至節日也不得休息，似乎都與不得夫君寵愛相關。而就在生日的前夜，西門慶來了，誰說他不是特意前來的呢！

此夜的西門慶被點明「吃的酩酊大醉」，然凡喜愛杯中物的男士都知道，醉中之人往往有一種格外的清醒──是他選定了雪娥這裡。

作者就這樣拉開了西門慶生日的序幕。

這是他生命中的最後一個生日。

據朱一玄先生所編《金瓶梅詞話故事編年》，歡場得意、商場得意、官場更得意的西門慶，在本書中僅僅經歷七個年頭，剛剛三十三歲便遽然辭世。這也是作者唯一一個詳加摹繪的生日；前第十二回也寫到西門慶生日，但匆匆帶過，大約是要將精彩留待此處。我們說蘭陵笑笑生擅用犯筆，實則生活中相犯之事也多，即如生日，年年都有此日，不犯也難，但能師法造化，源於生活，追摩神韻，又何犯之有呢！

西門慶當然不知道此日是他在人世間最後的生日，萬丈紅塵仍舊遮蔽著他的雙眼，酒色才氣仍舊浸潤著他的身心，他仍是那樣精力充沛，仍是那樣熱衷於尋花問柳，仍是那樣的開心和恣縱，

他的事業（無論是做官還是經商）都正在蒸蒸日上：

——我們有理由說西門慶較早實行了股份制經營，並建立了
管理層激勵機制。生日這天的第一件事，便是韓道國派胡秀來報
信，置辦的一萬兩銀子緞絹由杭州運抵臨清鈔關，老西聞訊大喜，
又是給鈔關錢主事修書送禮，又是尋找賣貨的伙計，又是整修鋪
面、庫房，忙得不亦樂乎，成了整個生日的核心內容。這個緞鋪
由西門慶和喬大戶兩人投資，正式簽訂了合同，除兩家按股份分
利外，一應採購、發賣人員也有一定比例報酬。今天所謂「管理
層激勵機制」，彼時已然運用純熟也。

——我們有理由稱西門慶比較尊重知識，「崇尚斯文」。出席
其生日宴會的除一些熟面孔外，兩個新人值得注意，倪秀才與溫
秀才是也。老西做官以後應酬日多，深感需要一位坐館先生，料
理一應文案，便託夏提刑宅上的倪秀才引薦了這位溫秀才。我們
看西門慶彬彬有禮，滿口寒溫，不僅月薪從優，還收拾好住房，
連眷屬都為之考慮周到，亦難得也。

——我們有理由說西門慶憐香惜玉，善於發現人才。其生日
家宴上奉唱的四個歌妓，皆一時之選，尤以出道未久的鄭愛月兒，
早為老西所注意。此番先是呼喚不來，後強制喚來，淺責兩句，
也就罷了。日後往鄭家行院，春風數度，也算有始有終。論者通
常多指斥西門慶的殘忍暴虐，殊不知其對漂亮女子多會網開一面：
潘金蓮之勾搭小廝，打幾下也就放開也；李瓶兒之另嫁他人，罵
一頓也就放開也；李桂姐之再接恩客，鬧一場也就放開也⋯⋯，
他心底偶爾也有一種特別的溫厚，偶爾也有。

　　就在西門慶的這個生日，孫雪娥對幾個妓兒自稱是「四娘」，引起了好一陣議論。主要評議人是潘金蓮和孟玉樓，兩個人一唱一和，對雪娥不該自稱四娘，不該呼張喚李，不該討要丫鬟，進行了系列批判，核心則是她這個向來沒時沒運的人與「漢子在屋裡睡了一夜兒」。難道孫雪娥不是四娘？難道她沒有權利得到「一夜兒」？正因為是孫雪娥，一向以乖覺示人的孟玉樓也無保留地發表了看法。這使我們聯想到以往的大小風波，聯想到潘金蓮的滋是生非，又哪一次沒有她在背後搖旗喝號？

　　議論的地點是在李瓶兒房中，官哥兒仍在病中，瓶兒照例也不會在這樣的批判會上發言。但她萬萬想不到隔了一天之後，潘金蓮那張利口，那滔滔不絕的污言穢語便潑向自家。這也是《金瓶梅詞話》最精彩的場景之一，尤其是潘金蓮黑影中踩的那一腳狗屎，真堪稱神來之筆也！接下來就是打狗，隔壁來說怕驚了官哥兒；打丫鬟，瓶兒又派繡春來說；再到狂打秋菊，罵街，罵自家老娘……，醉後的潘金蓮由氣惱到瘋狂，其心理軌跡歷歷可尋，其心結則仍是前一天西門慶「在李瓶兒房裡歇了一夜」。

　　畢竟是蘭陵笑笑生，其在敘述中帶筆便為老西作了幾條「夜記」（稱「日記」亦妙）：生日前夜，宿孫雪娥處；生日當夜，宿吳月娘處；此夜，宿李瓶兒處；再一夜，宿孟玉樓處。對月娘，潘六兒雖也議論，但還不至於明目張膽；對玉樓這個唯一的同盟者，她雖有腹誹，倒也不便張揚。這不，第二天兩人攜著手兒，在西門大姐處共說瓶兒之短，由於說得暢快，心情轉好，竟對著磨鏡匠兒大發慈悲，送這送那的。這在金蓮可不是常有的事兒。

五九　雪獅子嚇死西門官哥

西門慶家的一切都似乎蒸蒸日上，南方販來大宗暢銷貨物，門首擴建店鋪和倉庫，妓院裡看上新的粉頭……，就在這時，他唯一的兒子死了。潘金蓮訓練的雪獅子貓嚇死了官哥兒，老西將貓摔死，卻也無法挽回兒子的生命，更無法排解李瓶兒的痛殤。

那孩子在他娘懷裡，把嘴一口口搐氣兒。西門慶不忍看他，走到明間椅子上坐著，只長吁短嘆。那消半盞茶時，官哥兒嗚呼哀哉，斷氣身亡。時八月二十三日中時也，只活了一年零兩個月。

西門大院的繼承人、清河縣的明日之星——官哥兒，就這麼死了！

在一部百回大書中，官哥兒形象的跨度為三十回，生存的時

間僅僅一年多一點兒。自從出生，他就是這個家族的希望，是這個大院的重中之重，是西門慶的心肝寶貝、李瓶兒的精神寄託，當然也是其他妻妾嫉妒的對象，是潘金蓮從暗中使壞到狠下殺手的鎖定目標。他的小名或曰暱稱是官哥兒，在廟裡的寄名叫吳應元，可到死都還沒為他選定一個名字，唉，倒霉孩子！

卷首〈金瓶梅序〉中，弄珠客講了一段至為精警的話：「讀《金瓶梅》而生憐憫心者，菩薩也；生畏懼心者，君子也；生歡喜心者，小人也；生效法心者，乃禽獸耳。」這段話常被引用，今人亦頗多駁議。讀此一回中金蓮之害人勾當，震驚之餘，心中不免戰栗畏懼，人心之陰毒殘忍，竟至於如此乎！

在封建宗法制度下，在那種陰謀叢生、危機四伏的環境中，幼小生命的存活真可稱難上加難。先秦有「趙氏孤兒」的故事，寫一批義士以犧牲個人生命和尊嚴的代價，來護佑一個遺孤；而明代的弘治皇帝，本身就是這個故事的翻版，被藏匿於宮中至六歲，長大後連母親的來歷都弄不清。弘治的兒子，那位胡天胡地折騰的正德皇帝，宮中后妃和民間外寵無可計數，死時竟沒留下一點兒血胤，也乾淨得讓人生疑。至於以外藩入繼大統的嘉靖皇帝，為子嗣也是大費周章，好不容易求神問藥地得到，又稀裡糊塗地失去，最後抱定一個「二龍不相見」的奇怪信條，才算保住了兒孫。後來的清朝皇帝把兒子寄養在所信重的大臣家，正是出於對紫禁城的整體的不信任。

朝廷尚且如此，多妻妾的豪門鉅室常更甚之。若說《金瓶梅》的主題是「情色」，則其副題當是「子嗣」；若說西門慶愛的是色

欲，則其更愛的是兒子也。其沉迷於色欲多是受本能和習慣驅動，而溺愛兒子卻是出於至性至誠，出於一種無私父愛。我們看西門慶到處尋花問柳、用情不專，但他對官哥兒的愛則始終深摯專注。比他更為深摯更為專注的是李瓶兒，自打兒子出世，她就換了一種活法，「每日價吊膽提心，費煞了我心」。可是又怎麼樣呢？官哥兒在人世的一年零兩個月，家中求神問卜、寄名還願、祭土地、拜城隍、捨錢印經……，什麼法兒都想到了，就是忽略了潘金蓮馴養的雪獅子貓。

常慨嘆作者創意之精妙、筆法之靈動。以西門慶的膽大妄為，竟生了一個如此膽小怯懦的兒子：聽到鑼鼓聲害怕，聽到鞭炮聲害怕，聽到吵嚷哭鬧聲也害怕，見到一隻貓兒更是怕得要命。這哪裡有一點兒西門慶的影子？若說是蔣竹山的兒子，倒還有幾分相像。官哥兒短暫的一生，七病八災，大約與喬家長姐兒的相嬉是唯一的開心時刻，兩小無猜，「你打我一下，我打你一下」，竟導引了一次起哄胡鬧式的結親，也最大地激發了潘金蓮的嫉忌與仇恨。當是在那之後，潘六兒開始了她對雪獅子的加緊馴教和演練。

官哥兒終於死了。這是一次突發性夭折，是一次出於家庭內部的蓄意謀殺！西門慶已做了那麼久的提刑官，豈能一點兒也想不到這其中的蹊蹺？但他的舉措也只限於摔死那隻雪獅子貓。畢竟是一隻貓的偶然一撲，畢竟官哥兒的膽小和病症都由來已久，畢竟沒人能抓住潘金蓮的把柄，畢竟潘六兒也是自己寵愛的小妾……，西門慶也就不願意再作深究了。

官哥兒終於死了。

「合家大小放聲號哭」，這哭聲當然是複雜的，有發自內心的痛殤，也有壓抑住一腔歡暢的假哭，更多的當是陪著、裝著、假扮著的哀傷。這是一曲市井眾生的大合唱，是一場比拼表演才藝的秀。潘金蓮再一次發揮了其演藝才華。試想，強顏作悲比那通常的強顏作歡，其難又超過多少倍？

官哥兒終於死了。真正悲痛、長久悲痛的惟有瓶兒。書中以三支【山坡羊】演繹李瓶兒的苦痛，一曲曲語出痛腸，一字字催人淚下，也為她的死埋下伏筆。兒子化煙化灰而去，她那顆懸著的心隨之落下，對生活的興趣也飄散而去。

潘金蓮呢？那位既不會憐憫也不知畏懼的潘金蓮呢？她的害人伎倆又一次得逞，整個兒人處於亢奮之中，然其人生之路還有多遠呢？諸位且從容看來。

六○　一個姐兒十六七

官哥兒死後，李瓶兒痛苦萬分，加上生氣，病情加重。而西門慶忙於緞鋪開張，又是卸貨，又是雇人經營，又是大宴賓客。宴席上被一眾幫閒捧著，聽曲猜謎，好不開心，忘了兒子的死，卻還記得常時節之事，與他五十兩銀子做小買賣。

那潘金蓮見孩子沒了，李瓶兒死了生兒，每日抖擻精神，百般的稱快，指著丫頭罵道：「賊淫婦，我只說你日頭常晌午，卻怎的今日也有錯了的時節？……」

如潘金蓮者真可稱悍惡也！害死了人家的兒子，竟然敢於公開表露自己的快意，每日價「抖擻精神」，指桑罵槐；不僅沒有一絲絲愧疚和悲憫，而且毫不掩飾地幸災樂禍。這是由於她的簡單

或曰單純嗎？不，她是在繼續實施蓄意的謀殺！以雪獅子貓撲殺官哥兒，再以一張利口和滾滾而出的惡言穢語殺死瓶兒。她早已不愛西門慶了，卻仍要為自己鋪設一條奪回寵愛的路，要鏟除這條路上的每一個障礙。

如李瓶兒者真可稱懦弱也。心愛的兒子給人家害死，竟然不敢公開表露自己的憤怒，每日忍氣吞聲，以淚洗面；不僅不去揭發和追究造惡者的罪行，而且毫無反抗地接受其新的精神蹂躪。這是由於她的簡單或曰單純嗎？不，她是在靜靜地作別人世！「哀莫大於心死。」李瓶兒死意已決，正在用那最後時光反思自己的一生，以愧悔之情來梳理那曾經的恩愛，也洗滌那些個風流孽債。至於那個猶自窮追猛打、喋喋不休的潘金蓮，她已經顧不上了。

如西門慶者真可稱健忘也。兒子剛死，屍骨未寒，他便在西門大院中熱熱鬧鬧地慶祝綢緞鋪的開業，「鼓樂喧天，雜耍撮弄」，猜拳行令，好開心也。獻唱的小優兒中又多了鄭愛月兒的弟弟鄭春──這些小優兒的隱顯常代表著妓家與西門大院的遠近親疏，也準確地透漏出老西的欲望走向。別人猶可，應伯爵最能心領神會，一句「哥，你又恭喜，又抬了小舅子了」，既撓了老西癢癢，也點明了一種市井慣例。蘭兄賦事狀物，總這般細緻入微，又哪裡沒照應到？

《金瓶梅》中的詞曲，包括那看似隨意拈選的俚曲小調，大都也是有所寄寓，不可泛泛讀之。此處鄭春所唱【清江引】「一個姐兒十六七」，正所謂年方二八，正所謂春花般嬌豔，此處則作為老西新寵愛月兒的寫照。

西門慶對官哥兒之死能無悲痛嗎？不，他是在盡量去忘卻失子之痛。畢竟本人還年輕，官運蒸蒸日上，財源滾滾而來，美酒、佳人、馬屁精一樣都不缺，不樂又待如何？

此一回雖短，文字間亦頗有可觀，尤以行令飲酒一節最妙：名色既多，令語亦趣，更兼起令者身份情趣均在其所吟誦中。「摟抱紅娘親個嘴，拋閃鶯鶯獨自嗟」，這是西門慶的令語。我們看一幫醜陋之輩的醜陋之舉，又常常要提到花嬌月媚的《西廂記》，要把其中人物拿來說事，拿來輕褻，真也無可奈何。卻不知此時老西心目中的鶯鶯是誰？紅娘又是哪個？

六一　他漢子是個明王八

九月初六，韓搗鬼夫婦商議，請恩公兼恩客西門慶來家做客，接下來自然便是搗鬼躲出，二人淫混，卻又被小廝胡秀偷偷看去。初八之夜，合家在後花園聚景堂飲酒，「慶賞重陽佳節」，李瓶兒病體難支，回到房中頭暈跌倒，看看病入膏肓。

婦人道：「你拿這個話兒來哄我！誰不知他漢子是個明王八，又放羊，又拾柴，一徑把老婆丟與你，圖你家買賣做，要撰你的錢使。你這傻行貨子，是好四十里聽銃響罷了。」

一部《金瓶梅》寫了許多紅男綠女，然完整讀來，最後的和最強烈的感受，則是「色空」。初入西門大院的申二姐，唱的第一套曲子，便叫「四夢八空」。

　　此一回文字頗多，涉及人物也多……

　　先寫韓道國與王六兒，這是一對夫妻，亦兩個狗男女也。夜半私語，商議的卻是請主子來「釋悶」，甚至連丈夫如何躲出去，叫誰來唱曲兒比較方便，西門慶要來事時怎樣迴避，無不議到。咦！亦有心人也。明代戲曲中多寫忠臣義僕，卻不見韓氏夫婦這樣的典範，卻不見他們這樣的獻身精神，《金瓶梅》誠補其缺失也。

　　再推出一位演藝界新人，則申二姐是也。由此可知蘭陵笑笑生的時代，真是個娛樂的時代、狂歡的時代。其所描繪的也正是明代中晚期社會現實。朝廷廟堂、公廨豪門、舞榭歌臺，到處是絲竹盈耳；而小家庭院、郊遊結會、雅集狎聚，亦常見歌妓侑酒。社會風氣決定著現實需求，現實需求又催生了特殊人才的大批量出現。小小清河縣中有多少歌妓和小優兒？僅僅一個西門大院中出入過多少此類人等？她們和他們之間又存在著怎樣的競爭？作者若不經意，一一寫出，讀者卻不要輕易放過。如這位申二姐，「年紀小小的，打扮又風流，又會唱時興的小曲兒」，經外寵王六兒一力舉薦，也進入西門大院的常用娛樂隊伍中來。她的故事才剛剛開始。

　　奸情之於西門慶，誠家常便飯也。然有此一對夫妻協商、婦唱夫隨，便覺新鮮：修寫請柬，置辦酒菜，叫上歌妓，請主子到家中與妻子私會，韓道國不僅能做到，且做得心甘情願、自然妥帖。而此次私會的名目亦堂皇，曰「請老爹散悶坐坐」，為的是撫慰西門慶的失子之痛，多麼讓人感動啊！

　　然則奸情畢竟是奸情，不管其打著怎樣的名目。韓道國躲出去了，申二姐也出去了，西門慶與王六兒進入正題，卻不想讓那後生胡秀過足了偷窺的癮。胡秀者，胡嗅也，不光飽看了一回，也將二人的淫詞穢語外帶下一步的「工作思路」聽了個不亦樂乎。呵呵，這真是言傳身教啊。我們看西門大院中的小廝丫鬟，說話做事多帶幾分淫邪氣，毫不見少男少女應有的純淨，當是「得益於」這種偷窺，得益於主子的言傳身教。像秋菊那樣的偷窺後去打小報告的，在西門大院中也算絕無僅有了。

　　不知道這件事在老西妻妾中能蒙蔽幾人？而追究嘲罵者僅潘金蓮而已。作為一個曾經的外寵、當今的妾室，作為過去和現在都慣於偷情的女子，潘金蓮對此類事體有著一種天然敏銳。憶當初西門慶與李瓶兒的「隔牆酬韻」、與宋惠蓮的雪洞私合，都是由她最先發現馬腳，揪住小辮子。說來也怪，西門慶又最不怕被潘金蓮識破，常時還要向她吐露些消息，尋求些幫助。這不，與王六兒這段故事，也算招認了，招認之時竟像有幾分愉悅。是啊，對於一個熱衷於偷情的人，若能夠把那偷情之樂講與人聽，豈非一種翻倍的享受？

　　本回筆墨最濃重處，仍在於李瓶兒，在於寫沉浸於悲傷中的瓶兒；而前此所有這些描寫，都是為了鋪墊，為了蓄勢，為了寫籠罩於悲情中的瓶兒。官哥兒死了不到一個月，又還有幾人能記得那個曾經的少主人呢？紅塵中人多是健忘的，市井的主旋律通常是歡樂的。大得主子恩寵的韓搗鬼和老婆是歡樂的，攀上了新的有錢主顧的申二姐是歡樂的，喝得小醉後肆行偷窺的胡秀是歡

樂的，剛剛買了房兒、開了店兒的常時節是歡樂的，滿院子中那些大婦小妾、丫鬟小廝無不是歡樂的。菊花酒，螃蟹宴，重陽節的西門大院一派喜氣洋洋，只有一人、只有一個剛剛殤子的年輕母親，抹不去那椎心泣血之痛！

以樂境寫悲情，亦古人筆法之一種。「曉來誰染霜林醉，總是離人淚」，滿山紅葉之美景，在崔鶯鶯眼中化為感傷離別的血淚。「良辰美景奈何天，賞心樂事誰家院」，杜麗娘由傷春竟爾懨懨病終，又誰能理解她內心與生活環境的巨大反差！西門慶在席間讓申二姐唱了一曲【羅江怨】，俗稱「四夢八空」，真可稱當時李瓶兒心境之寫照。是啊，「虧心也是空，痴心也是空」，「得便宜也是空，失便宜也是空」，愛子已去，病體難癒，瓶兒已是四大皆空了。她無法拒絕重陽節的來臨，無力限制他人的歡樂，甚至試圖去敷衍這種場合，卻在心底固守著自己的悲傷，也享受著這份獨有的悲傷。

六二　天殺了我西門慶了

　　李瓶兒懨懨病終，西門慶還在求神問卜，瓶兒已知死期臨近，
一一安排後事，與身邊親家之人作別，各有餽贈，然後撒手人寰。
西門慶極為悲傷愧疚。

　　李瓶兒點點頭兒，便道：「也罷。你休要信著人，使那憨錢，
將就使十來兩銀子，買副熟料材兒，把我埋在先頭大娘墳旁，只
休把我燒化了，就是夫妻之情。早晚我就搶些漿水，也方便些。
你偌多人口，往後還要過日子哩。」

　　《金瓶梅詞話》記事式的回目，缺少一番文法料理，卻也能
較直捷地傳遞出寫作之要點。即以本回為例，「西門慶大哭李瓶
兒」，似乎有欠雅馴。然則細細讀去，深入讀去，又覺非「大哭」

二字不可，亦覺此二字所攜帶的情感力道、情緒內涵真無可替代，一個「大哭」，將人性的無限錯雜賦予了西門慶。

此回之先，似乎未見老西哭過。這位市井混混出身的提刑千戶，也可稱一條硬漢子了。其生涯以權豪勢要為本色，以狎酒攜妓為常態，以行凶打人為笑樂，獨不知什麼是痛苦，如何會痛哭？武二郎要為兄報仇，他心中恐懼，事過後則飲酒如常也；自己被列入朝廷要案的黑名單，他心中恐懼，也只是蜷伏家中而已；心愛的兒子看看要斷氣，他心中慘痛，卻也只是「不忍看他，走到明間椅子上坐著，只長吁短嘆」。而今日為著李瓶兒，卻再也忍不住，由不得淚出衷腸，大放悲聲……

西門慶之哭，是因為整個兒身心都包裹在巨大的痛傷之中：看到瓶兒「胳膊兒瘦的銀條兒相似」，他心中不忍，連衙門都是隔天一趟，守在她房中流淚；瓶兒自知難起，告別的話兒先對西門慶說，道不盡萬般留戀，囑咐在自己死後喪事從簡，一句「你偌多人口，往後還要過日子哩」，感動得西門慶又哭起來；解禳祭燈般般無效，西門慶與伯爵對坐無語，「不覺眼淚出」；最後的訣別之夜，西門慶不顧道士的告誡，仍然進入瓶兒房中，與之相擁而泣；而在瓶兒死後，西門慶摟抱著屍首又親又說，如痴如狂，「離地跳的有三尺高，大放聲號哭」……

西門慶之哭，是為李瓶兒的青春早殤，也包括對其數年間種種委屈，對官哥兒夭亡帶給她的打擊，對西門大院妻妾爭鬥的理解與同情。他深知李瓶兒是其妻妾中、是其所有女人中最愛自己的，也是唯一一個傾情奉獻的。她帶來了無數家產，帶給他一個

兒子，可如今又隨著兒子離去了。悲傷至極的西門慶邊哭邊喊，「有仁義好性兒的姐姐」，「你在我家三年光景，一日好日子沒過，都是我坑陷了你了」……，他是在自責自省嗎？誠然。這也是一場戀愛，是西門慶在瓶兒即將離去時迸發的排山倒海般的愛，是他一生中不多的一次良知發現和精神愧悔。

「人間萬般哀苦事，總在生離與死別。」

死別之際的李瓶兒是格外清醒的。平日「不出語」的瓶兒不僅叮囑了西門慶，對吳月娘，對同在妾班的其他人都有幾句臨別贈言：她說西門慶「孤身無靠」，勸他少衝動，少在外吃酒，善待月娘，早得個「根絆兒」；她囑月娘生孩子後「好生看養著」，「休要似奴心粗，吃人暗算了」。沒有一個字說到潘金蓮，而又句句不離金蓮，句句點明是金蓮害死了官哥兒。至於她對潘、孟諸人都各個說了些什麼，作者以「都留了幾句姊妹仁義之言」帶過，確乎是「不必細記」了。

所細記者，是瓶兒對身邊的老僕、小丫鬟的饋贈和安排，宅心之仁厚，思慮之周詳，不獨引來受贈者感激痛哭，讀者評者亦不免唏噓感嘆。張竹坡曰：「其囑老馮一語，真九回腸，一聲〈河滿子〉也！」嘆坊間讀《金瓶梅》者，多愛去揀讀情色描寫，實則作者在那些地方多不甚用心，常也從其他書中抄撮一些段落了事。而該書最勝處是此類場景，一句「我死了就見出樣兒來了」，包蘊著世相世情，包蘊著無盡的悲涼。角門雖然掩上，近在咫尺的潘金蓮能聽不到這邊的哭聲嗎？西門慶與她又會說些什麼？

瓶兒死後，自然是全家大哭，「……合家大小，丫鬟，養娘，

都抬起房子來也一般，哀聲動地哭起來」，潘金蓮、孟玉樓自然也在其中。這是哭給老西聽的。金聖嘆評點《水滸傳》有一段妙文，專論哭的性別差異，曰：

> 夫哭，亦有雄有雌。情發乎中，不能自裁，放聲一號，馨無不盡，此雄哭也；若夫展袂掩面，聲如蚊蚋，借淚罵人，此名雌哭，徒聒人耳。

或只有西門慶之哭發自內心，是所謂「雄哭」也。雖出於兒女之私，然有聲有淚，聲是心聲，淚是痛淚，亦感人也。「手拘著胸膛……哭了又哭，把聲都呼啞了」的西門慶，還是那個魚肉鄉里的惡霸嗎？當然是。眼淚或許能弱化我們對他的厭惡，或許能豐富我們對他的認知，卻無法改變這一形象的基本特徵。

就像西門慶本人，其在瓶兒叮囑時會滿心感動，含著熱淚應允，但不會改悔，不會有一點點兒改變。我們且拭目以待。

六三　一個人的祭奠和悲傷

　　瓶兒死後，西門慶隆重治喪，為她畫像傳神，為她搭建靈堂、題寫銘旌、做水陸道場、誦讀祝文，各衙門中相知和各親朋好友都來祭奠。西門大院擺開宴席接待一應弔客，夜晚搬演《兩世姻緣》，西門慶想到與瓶兒也是天人兩隔，潸然淚下。

　　潘金蓮接過來道：「那個是他的兒女，畫下影，傳下神來，好替他磕頭禮拜？到明日六個老婆死了，畫下六個影才好！」

　　此一回為西門大院治喪之始，弔客漸多，親朋齊集，而肯綮則在為李瓶兒畫像一節，即所謂「留個影像兒」。

　　影，影像兒，又作「影神」、「傳神」、「傳個神子兒」，即今所謂遺像也，又有「大影」（全身遺像）和半身之別。其起始或與圖

畫佛像相關，而流行於民間大約在宋代。近代大學者羅振玉《俗說》：

> 司馬光《書儀》：「世俗皆畫影，置於魂帛之後。」按：近世
> 謂死後畫像曰影，始此。

如此說來，西門慶請畫師為李瓶兒留影，出於愛心，也堪稱一種傳衍已久的歷史文化了。

司馬光記畫影為世俗所重，卻未曾說明何人可以在死後畫像。一般說來，主家的男子當然是有資格的，問題在於女子，在於為人側室且無子嗣的女子，其能傳神留影嗎？我們看玳安將畫稿拿到女眷處徵詢意見，先一個吳月娘便表達了不滿，跟著的自然是潘六兒，說道：「到明日六個老婆死了，畫下六個影才好！」但一家之主要畫，其他人又能如何？且一畫就是兩幅，本來是揭白（即揭開蒙在死者臉上的白布，照著遺容畫）的，韓畫師憶起曾在廟裡見過一面，再經眾人指點描述，加意點染，「玉貌幽花秀麗，肌膚嫩玉生香」，粲粲然一幅美人圖了。

這樣的年輕美貌的影像兒，又該叫作「真容」或「春容」的。有意思的是，當日喪宴上西門慶所點的戲碼，名叫「韋皋玉簫女兩世姻緣」《玉環記》，其中正有「寄真容」情節，演思念成疾的玉簫臨死前自畫形象，寄給意中人的情事。「臨書哽咽淚痕封，和淚和愁寄便鴻。去約燕來重再會，如今花謝不相逢。」情辭哀婉，看得剛剛有些平復的老西，又不覺流下淚來。

　　《金瓶梅》作者顯然有著深厚的詞曲修養，對元明間戲曲名篇名段多隨手拈來，運用存乎一心，敘事中亦常作戲劇化處置。即如此回，小說中的李瓶兒與戲曲中的玉簫年齡、身份、經歷、性格都有不同，相同之處亦多多：都有一種溫柔美貌；都淹纏於病中，淒慘辭世；都摯愛著且至死不變；都留下了讓人憐愛的真容。戲內戲外真打混成一片也！一邊是西門慶囑畫師留下瓶兒影像兒，一邊是玉簫自畫春容；李瓶兒之言耳邊猶在，眼前又出現玉簫的身影……，恍兮惚兮，西門慶似乎也沾了點兩世姻緣了。

　　情之所至，原是不計較其他生活元素的。李瓶兒做過小妾，多次嫁人，及到最後的日子，說話做事無不令人感動，幾成為純情的化身。劇中的玉簫身處青樓，以接客為謀生手段，而一旦愛上情人則死生以之。蘭陵笑笑生以痴情的玉簫映照瓶兒，再以寫實筆墨為清河的妓女畫像——西門大院的弔唁人群中來了吳銀兒、李桂姐、鄭愛月兒，也會哭泣拜奠，也要裝模作樣，說不盡惋惜後悔（作為乾女兒的吳銀兒更如此），然心底並不見半點兒悲傷，互相之間仍在鉤心鬥角，不一會兒便「笑嘻嘻」，便與幫閒打情罵俏起來。

　　至於西門慶那些活著的妻妾，那些不久前還與瓶兒姐妹相稱的「比肩」，此時不獨沒有悲傷，還有些憤憤不平：為什麼要給瓶兒這麼好的棺材？為什麼要為她留下影像？為什麼因為她不吃不喝？為什麼為著她看戲落淚……，最覺得不忿，也最敢於流露不滿的是潘金蓮，其次則是吳月娘，這位主家娘子不是剛剛與瓶兒真誠作別嗎？此際卻與金蓮一唱一和，唉，人啊人啊！

為李瓶兒辦的喪事是極其隆重的。參與治喪、為此忙乎的人很多,前來弔唁祭拜、表達哀思的人很多很多,但說到底,這又只是老西一個人的祭奠,是他一個人的悲傷。真正悲傷、深度悲傷的人,除了老西以外,又有誰呢?

六四 每一樁私密都有價值

瓶兒死後，玉簫與書童趁亂私會，不巧被金蓮當場抓住，書童懼怕，偷了一些財物潛逃，玉簫則被脅迫做了眼線。兩個太監前來弔唁，次日又是當地一應武官會同致祭，極其隆重。

金蓮道：「一件，你娘房裡但凡大小事兒，就來告我說，你不說，我打聽出定不饒你；第二件，我但問你要什麼，你就稍出來與我；第三件，你娘向來沒有身孕，如今他怎生便有了？」

李瓶兒之死，西門慶有一種發自內心的悲悼痛傷，自不待言。但是為什麼？

本回開始，看看已近天亮，鋪子裡傅伙計與小廝玳安躺在炕上閒聊，玳安有一番議論，說的正是這件事，「為甚俺爹心裡疼？

不是疼人，是疼錢」。的是怪論，亦的是妙語。

疼錢者，通常是說心疼花錢。而我們看到的分明是西門慶不在乎花錢，甚至想盡辦法多花錢。那麼玳安這個貼心小廝為何又發此言？評者認為，他是說李瓶兒為西門慶帶來了巨大財富，是說瓶兒的陪嫁為老西帶來了「跨越式發展」，是說瓶兒的死引發了老西的內心震撼，是說他心中有一種痛切的愧悔。還記得他那「天殺了我西門慶了」的嘶喊嗎？也許就在瓶兒亡化的那一刻，他有了一種無助的悲涼，認識到權和錢最終的無意義。

這能算是「疼錢」嗎？

這是對錢的另一種疼法。

在最近的一段時日裡，老西幾乎改變了自己的生活方式，較少去衙門上班，不再去花街柳巷，不再與王六兒之流私會，不嗜酒爛飲，不掛心生意；而一門心思只在瓶兒身上，與她廝守絮話，為她尋醫覓藥，為她求神問卜，為她打棺材、畫真容、立銘旌、做法會……，件件樁樁，無不傾盡心力，也算有情有義了。

本書多寫喪事，藉喪事寫人情世故也。此一回瓶兒大喪中，亦是風生水起，故事多多。先是寫玉簫與書童一場情事：兩人已相戀（嘲戲上了）多日，而此類丫鬟與童僕的愛情，在西門大院乃至任何大院中只能是隱密的，於是便有了第三十一回的藏壺事件；又只能是直奔主題的，看多了主人的花前月下，也看多了主子的淫亂和縱欲，於是便有了這次乘亂聚合。這一對小情侶亦有心機，選擇了早晨這樣一個時間，又選擇了書房這樣一個一般人不到的地方，「在床上正幹得好哩」，卻不料煞星潘金蓮恰恰兒來

到。驚懼之下，書童兒匆匆逃離，把孤獨和麻煩留給玉簫，也算是個無情子。而對於這場小遭遇，金蓮破例沒有嚷嚷得滿世界都知道，她保守了祕密，卻在上房裡安下了一個密探。

世間有無以枚數的私密，對有心人，尤其是像潘金蓮這種惡毒婦來說，每一個私密都有價值，都可以用來作交易。

此一回妙處，還在寫兩個太監。內宦之亂，內宦之弊，中國歷代無朝無之。大明帝國開國之君朱元璋深知此患，立下嚴詔峻法，而後來仍是不可收拾。嘉靖皇帝剛由藩王入繼大統時，對此輩多加貶抑，至晚歲，則也是信任有加。無他，以其身任近侍而善於揣摩帝意也。《金瓶梅詞話》寫太監亦多，活躍在清河的這兩位，儘管離權力中心頗遠，威風也不算小，凡所聚集，各官都會敬讓幾分。

太監當然也是人，卻是閹人，是身體殘缺之人。對於大多數太監來說，身體的殘缺也造成了其在心理和精神上的變態，造成了他們特殊的貪欲。既然在清河地盤上，劉、薛二人也要與當地權豪勢要打交道，與西門慶之流結交，在其生子時來致賀、喪妻時來致祭，卻又在言詞間透著幾分優越感。畢竟是當今聖上身邊的人，管著皇家產業，不是嗎？

世人又誰不知道太監是閹人？常人見了太監，一種優越感便難以抑止。我們看溫秀才大掉書袋，是以聖人之言凌之也；應伯爵滔滔賣弄，是以市井雜學凌之也；吳大舅自稱「俺們外官」，是以職銜顯擺也。此三人通常未見如此，獨獨對老薛抖起了機靈。西門慶雖禮敬有加，滿口寒溫，骨子裡更是瞧不起。演戲一節，

老西要聽南戲，太監則只喜歡漁鼓道情，被應伯爵論為「搗刺小子，胡歌野調」。

太監也是各有等色。以二人論之，薛有些年輕氣盛，劉則老辣圓熟。然既為太監，都會有一種特別的敏感，對相陪諸人辭色間潛在的失敬也有不滿，便甩開諸人，管自聊起來，所議自然是軍國要事：皇宮和太廟的災變，金國的逼凌要挾，軍事上的變動，科道言官的彈劾……，話語不多，信息量極大。蘭兄寫活了一個小小縣城的喪事場面，寫活了喪事中的各色人等，竟也能自然寫到國家大事——以兩個不得煙抽的太監，帶寫出帝國正在走向混亂和巨大災難。

六五　喪儀中的歡情

　　為李瓶兒治喪過程中，道士、和尚、喇嘛，以及各類鑼鼓雜戲都來輪番施為，送至西門家祖塋安葬。而宋御史又領山東一省官員，借西門大院筵請六黃太尉。雖說兩件事擠在一起，西門慶仍處理的妥妥帖帖，宋御史很滿意。

　　伯爵道：「若是第二家擺這席酒也成不的，也沒咱家恁大地方，也沒府上這些人手。今日少說也有上千人進來，都要管待出去。哥就賠了幾兩銀子，咱山東一省也響出名去了！」

　　作者以一回的篇幅寫李瓶兒之死，繼以數回寫瓶兒之喪。這是本書寫得最為隆重的一次喪事，描繪了整個治喪活動的全過程，也留給我們一幅豐富多彩的民間喪俗畫卷。

然則在整個的喪儀中，我們能看到鬧熱，看到忙碌，看到虛情假意，卻很少能看到真正的發自內心的悲傷。

《禮記·檀弓上》：「鄰有喪，舂不相。里有殯，不巷歌。」說的是古人對喪事之敬慎，連鄰里都為之肅穆哀傷，生怕弄出什麼響動，驚擾了亡靈和遺屬；至於歌樂歡愉之事，更是盡量戒免。歷代皇家禮典中對帝王后妃大喪也極其鄭重，禁屠宰，禁音樂，禁宴集、賭博、狎妓，甚至禁絕性生活……，禁條繁雜且嚴厲，好像常也能抓住幾個犯禁的倒霉蛋兒。

但越是到了後世，人們就越是有辦法做到「悲欣交集」，有辦法在禁中求樂。於是喪事常常是鼓樂齊鳴，而豪門出喪更與游街炫富無異；於是弔唁便成了交遊，致祭者如二太監還要帶上幾個歌郎；於是哭喪不再是悲傷情緒的宣洩，而更強調音韻之美，甚至可加入【山坡羊】之類流行音樂；於是清明節的祭掃便與踏春合一，竟也能給富家遺孀帶來新的婚姻……，李瓶兒長已矣，這個生時喜歡安靜的女子，被動地留下一段喧鬧，各色人物緣此登場，久久不能止息。

這是一次各式法事的大比拼大展示：首七是「報恩寺十六眾上僧，黃僧官為首座，引領做水陸道場」；二七是「玉皇廟吳道官受齋，請了十六個道眾，在家中揚幡修建請法救苦二七齋壇」；三七是「永福寺道堅長老，領十六眾上堂僧來念經」；四七則是「寶慶寺趙喇嘛，亦十六眾，來念番經」。及到出殯那天，更是各路角色雲集，加上帥府裡全副武裝的軍士、提刑所排軍、張團練的部伍，加上一眾女眷的轎子和妓院中鶯鶯燕燕的小轎，真可稱：「鑼

鼓咚咚靄路塵，花攢錦簇萬人瞻」。

這是一次各類劇藝的大競爭大會演：鑼鼓細樂吹打，地吊高蹺，漁鼓道情，隊舞，紙紮，煙火，小優兒、小妓兒的清唱，海鹽子弟的全本演出……，從裝殮演到出殯，從大院演到大街上，再演到墓地。

這又是一次各路官員的大聚會大聯絡：本府胡府尹來了，薛劉二太監來了，周守備、荊都監、張團練、夏提刑等武職來了，本縣知縣以下眾官乃至鄰縣知縣都來了。朝廷派駐機構的黃主事也來弔問，蔡太師府中翟管家「寄書致賻」。西門慶的人脈和官脈，藉此得到完整呈現，有這樣的關係網，老西還有什麼事情擺不平呢？

蘭兄偏又於此處插入一筆，寫宋御史借西門大院宴請六黃太尉，於是山東一省之大員「一擁而入」，忙上加忙，亂裡添亂，「雙頭火杖都擠在一處」，卻也辦得平穩妥帖。老西的接待能力，當是整體實力的體現。只因來的首長級別太高，地方官員也要受點委屈了——八府府尹只能在廳外棚內落座，那些個知縣大人連院門也進不得了。不過官場之人最是知趣，似乎沒有任何人不滿。

這樣的場景，還算是辦喪事嗎？

作者妙筆一轉，偏又將山東一省官員迎接六黃太尉與祭悼活動嫁接為一體，請這位六黃太尉為「領行法事」，如此一來，瓶兒的追悼平添了幾分皇家氣象，這場盛大公宴似乎也成了喪禮的一部分。咦！倡議的應花子真是高明。

六六 六黃太尉「走穴」

西門慶藉六黃太尉在山東之機會，請其為李瓶兒主持法會，設壇追薦。東京翟管家亦派人送來賻儀，並在信中透漏了他將會升官的消息。

> 「昨日神運、都功兩次工上，生已對老爺說了，安上親家名字。工完題奏，必有恩典，親家必有掌刑之喜。……」

古今中外的小說家，寫作時大都牽連著兩種映象：一是記憶和生活中那些熟悉的人物事件，二是為小說整體框架、為情節需要而設計的人和事。反映到作品中，前者是自然的，鮮活的，妥帖的；後者則往往會有些扭造生硬，有些蒼白和概念化，有些顧此失彼。此種情形，雖大師或不能免。本書中的六黃太尉，當在

第一種和第二種之間，讀來更覺得好玩。

　　這個家伙最早出現在第五十一回，說他是王三官兒娘子的伯伯或叔叔，既有錢又有權，曾讓朱太尉批行府縣拿人，為侄女出氣，孫寡嘴等人被捉去，李桂姐嚇得躲在西門大院。說是東京六黃太尉，敘述間卻一句一個「老公公」。一些辭書便稱之為太監，當然是內廷大太監，否則怎能以家庭瑣事，輕易使動赫赫朱太尉？

　　六黃太尉，究竟為何方神聖？以我大中華姓氏之多，似乎未見有以「六黃」為姓者。且其名銜稱謂頗為雜亂：欽差殿前六黃太尉、六黃老公公、黃太尉、黃太監、黃真人，讓人眼花撩亂。有時有「六」，又常常無「六」，又為何？查《大宋宣和遺事》已出現此人，戲份雖不多，卻是朝廷貴官。宋朝官制體系繁複，虛虛實實，太尉為武官官階的最高一級，但僅以顯示榮寵和尊貴，本身並不表示任何職務。宋徽宗「疏斥正士，狎近奸諛」，蔡京、童貫、高俅之輩皆封太尉。於是小說家言再作一番料理，添加增飾，進而以順序稱之，戲謂此人為殿前第六個太尉？有道是「金風玉露一相逢，便勝卻人間無數」，這兒則是姓氏與排名相連接，便生成一段機趣、生成一種調侃戲謔文字。

　　不管是第幾，能混到殿前太尉這個份上，已是位極人臣。背後譏諷則可，當面則大是恭謹。且以內宦而兼太尉，既「日近清光」，又手握兵權，更是了得！可人事之妙，正在於其差異性。同是太監，有的為帝王腹心，更多的則是終生服賤役；而同是太尉，同是以太監身任太尉，也大有等差，官場中人最能分得清斤兩。上一回山東一省大員在老西家設宴，恭迎六黃太尉，但看那份敬

慎，看那種排場，便是給足了面子；而匆匆一宴，宴會又設在私人院落，形式大於內容，禮貌多於親近，則可想見地方官的敷衍心態。宋御史不是說「必須率三司官員要接他一接」嗎，接過了，也就是了。

到了本回，六黃太尉到西門大院主持法事，打出的銜號又有一變，成為「清微弘道體玄養素崇教高士、領太乙宮提點、皇壇知罄兼管天下道教事」，前面還有長長一串兒「大夫」、「筆判」之類花裡胡哨的名色。這套玩意兒在宋代和明代都有，而以明世宗之時為甚，其所寵信的邵元節封為「清微妙濟守靜修真凝玄衍範志默秉誠致一真人」，元節徒兒陳善道封為「清微闡教崇真衛道高士」，與本書所寫相近。由是可知黃太尉是虛，黃真人為實，本回中領行法事才是他的專業，而本職當為「全國道教協會會長」，職稱則是「教授級」高功，大號黃元白也。

多麼有意思！昨天還是一省大員的隆重接待，今日便成了利用公務之機的走穴。

地方官府那些鬧哄哄的迎送場面一去，黃元白在小廟裡一住、經壇上一站，宗教意識和專業精神立馬顯現。在差不多一晝夜的時間內，這位太尉真人恪盡職守，有始有終，圓滿完成了老西交辦的任務。呵呵，正因為過於認真，才見出不過爾爾，他那幾把刷子，吳道官也能掄圓了塗抹。黃真人最後說「尊夫人已駕景朝元矣」，意謂李瓶兒腳踏祥雲，前往朝拜元聖真仙云云，大約西門慶也不太相信。他的謝儀是兩匹緞子、十兩白銀，我們知道，這也就是老西平日裡打發一個妓女的花費。

　　穿插於法事之隙，是東京蔡太師府大管家的一封書信。信中透漏了西門慶即將升任提刑所正千戶的信息，讓他大喜過望。這是大喪中的大喜事，也是其仕宦生涯的第一次升遷。官場中熙來攘往、你爭我搶，謀一官誠難之又難矣！而老西的初任與升遷，皆於不經意間得之，從未刻意謀求也。有道是「錢到公事辦，火到豬頭爛」，蔡太師這豬頭，偏又有偌多的人情味，也是難得。

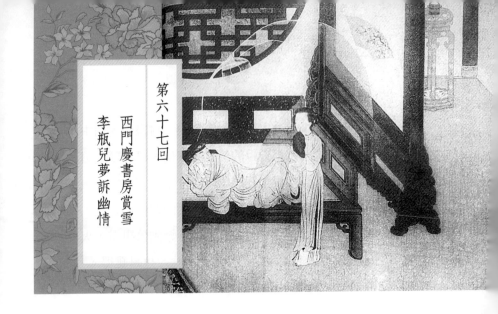

六七　辛苦的人

西門慶七事八事，辛苦勞碌，加上無度的放縱，身體漸漸虧虛，還要叮囑溫秀才代擬了給翟管家的回函，又是黃四懇求為丈人舅子開脫罪名，還在瓶兒屋裡「和奶子老婆睡了一夜」，很是疲累。次日中午，在書房睡去，瓶兒夢中來會，述說在地獄之苦⋯⋯

西門慶從睡夢中直哭醒來，看見簾影射入書齋，正當卓午。追思起，由不的心中痛切。正是：花落土埋香不見，鏡空鸞影夢初醒。

從回目上看，此一回頗有點雅意，又是賞雪，又是夢中幽會，實則寫西門慶之操心和勞碌，故開篇便說：

　　西門慶歸後邊，辛苦的人，直睡至次日日色高還未起來。

以「辛苦的人」稱西門慶，初讀頗覺得不通，細思則極是恰切。
自瓶兒死後，老西哪一日不辛苦？從棺木到影像，從裝殮到出殯，
從一七到出七，哪一件不在心上？中間還穿插著不斷溜的接來送
往，穿插著一省官員借地兒迎接六黃太尉，穿插著請六黃太尉主
持煉度薦拔醮儀……，能不辛苦！

　　本回開始，便是一連串兒的事務，舊的辛苦未去，新的辛苦
又來：尚未睡醒，就有人來問拆棚的事；醒轉之後，腦子裡七事
八事，一齊湧來……

　　首先是要與東京翟管家寫回書，此事並不複雜，而老西極為
重視，關係到自己的前程也。以故修書之事雖託付於溫秀才，而
一應禮品卻要自家揀選，對下書人也要親自接見和打點。

　　其次是生意上的事。西門慶的發家原因多多，而經商為最主
要的部分也。經商為他帶來了豐厚財富，其財富不獨使他橫行鄉
里，也將他帶入官場，更使他在官場混得風生水起。經商是老西
的本業，即使在李瓶兒大喪期間也無耽擱。

　　再次是人情往還。瓶兒之喪，弔問致賻的官員甚多，「你不上
門謝謝孝，禮上也過不去」。這是西門慶的心裡話，更是其經驗之
談。古往今來成功人士，大都是人情練達，知曉在官場中人脈的
重要性。應酬便是資源，便是人脈，便是升遷的根基。老西的發
達，也得了交際應酬之力，自是不敢懈怠。

　　人生世上，各有一段辛苦，有勞力者，有勞心者，總之是辛

苦的人多，不辛苦者少。宋御史豈不辛苦？政務勞心，吏事勞神，要迎請六黃太尉，又不想花太多銀子，還要尋摸一個合適的主兒接下這場宴席；六黃太尉豈不辛苦？既要侍奉皇上，又得應付地方官府，乘便也不忘走一場穴兒，掙幾個小錢，扎了個御前太尉的架勢，整了個清微真人的排場，幹了些跳大神的事體……，相逢皆說休官去，林下何曾見一人？官場中人的辛苦，常常伴隨著一個樂意，也就不覺得辛苦了。

惟下層人的辛苦，才是真辛苦。即如本回中，應伯爵雞叫才回家，早晨又被喚來，頭戴破氈帽，身穿綠絨襖，大雪中一天兩趟往西門大院跑，嬉皮笑臉，裝傻哭窮，為的是討要一點點恩賜，算不算辛苦呢？而小周兒又是梳頭取耳，又是按摩導引，又是拿木滾子在老西身上滾動，寒冬臘月忙得一頭大汗，也夠辛苦了。還有那大雪中跌跌撞撞來送茶食的小優兒鄭春，那「親手揀」泡螺和「親口嗑」瓜仁兒的愛月兒，也都有些辛苦啊……，這些活生生的人兒，這些如蟲如蟻的可憐生靈，這些甘心為奴做僕的自由民，以自家的巴結換取豪門的歡心，怕又不僅僅辛苦，命也夠苦的了！

賞雪一節，亦不得輕閒，全被黃四攪亂：雖說來還了一千兩銀子，接下來的命案則讓西門慶費心，又是小舅子又是老丈人，打死了人，卻不想蹲監償命，於是便來求情。黃四去後，韓道國又來說往松江販布一項，順帶求肯老西設法注銷王府中差事。好不容易端起酒杯，行起酒令，唱起南曲，有了一點兒賞雪的樣子，與應花子鬥了幾句嘴，作陪的溫秀才先沒了精神。這才使我們想

起其來時的「峨冠博帶」。《金瓶梅》寫人常從服飾入筆，由表及裡，以形寓實。峨冠博帶的溫老先兒，是想去哪裡呢？

辛苦歸辛苦，老西身上的欲望仍在時時燃燒，新近收用的如意兒正是稱心如意，院裡的愛月兒也以一把瓜仁兒勾去他的一片魂，睡夢裡的西門慶還要與瓶兒共話淒涼，而無時不關注著他的潘金蓮更不會素放輕饒。「李瓶兒是心上的，奶子是心下的，俺每是心外的人。」金蓮的話儘管並不準確，儘管充滿醋意，卻極是精彩。

西門慶的這顆心，還要想更多的女人，那些連潘金蓮也想不到的女人；要想更多的事情，那些官場、商場、市井、江湖之事，真真是太辛苦了！

第六十八回
鄭月兒賣俏透密意
玳安殷勤尋文嫂

六八　招宣府「只送外賣」

　　西門慶在家接待了安郎中，又到鄭家妓院，鄭愛月兒悄悄告知他王三官的母親林太太招嫖情形，並說牽頭就是文嫂，老西大是興奮，急派玳安去找文嫂。

　　「他兒子鎮日在院裡，他專在家，只送外賣，假托在個姑姑庵兒打齋，但去就在說媒的文嫂兒家落腳。文嫂兒單管與他做牽兒，只說好風月。」

　　潘金蓮是個快言快語的人，說話雖惡毒刻薄，雖大多數不準確，然常見精彩。

　　說金蓮的話精彩，是這西門慶熱衷於玩弄女性，常一時並舉，又分為三等九格，於是心上心下、心裡心外，都有女人；說此話

並不準確，是老西「快轉換」女人，剛才還是心上人，沒多久便成了心下的，再一變即是心外的人。潘金蓮不曾是心上人嗎？一遇上孟玉樓便成了心下的；孟玉樓不曾是心下的人嗎？一見到李瓶兒便成了心外的；李瓶兒不曾是心上人嗎？而今則成了夢中的。曾幾何時，妓女李桂姐在他心中愛寵無加，要潘六兒頭髮都給剪了一絡子來，而今早在八竿子以外了；還有那位「性明敏，善機變，會妝飾」、能以一根柴火燒爛豬頭的宋惠蓮，想當初也是要一奉十，而今老西怕是連一念兒也沒有了。

眼下又誰是老西的心上人呢？

是如意兒嗎？不是。是王六兒嗎？也不是。這兩塊貨色，姿色平平，才藝全無，更談不上什麼情調，能耐惟在床第之上，又最愛在鬼混時要東要西，能當個「心下的」已是大大造化咧。

此際老西的心上人，當是鄭愛月兒。

讀《金瓶梅》，我們能發現西門慶是很容易被吸引的。潘金蓮以簾下一笑吸引了他，李瓶兒以細彎彎兩道眉兒吸引了他，宋惠蓮以高髻和水鬢吸引了他……，而這位愛月兒，則是以妖嬈身段和不出語兒的神情吸引了他。

在小小的清河縣城，勾欄內行院密集，勾欄外散戶遊娼亦所在多多，競爭是激烈的。妓女更是如雨後剪韭，一茬接著一茬，光靠年輕已經不行了，還要有姿色，擅樂舞；還要有心計，擅籠絡，懂一點兒嫖客心理學；還要眼觀六路，耳聽八方，消息靈通且善於歸納整理，善於傳播也善於封鎖……，李桂姐曾是清河第一名妓，是綜合各種能力於一身的名妓，而現在似乎輪該鄭家的

愛月兒了。

妓女與嫖客，自然是赤裸裸的金錢和肉體關係，可常也會產生感情。我國古典戲曲小說有許多這樣的例子，如杜十娘、李香君，故事均足以動人。然在生活中，在更接近生活的文學描寫中，那又不叫愛情，而稱「陷溺」。西門慶梳籠李桂姐之初，陷溺頗深，以至於發現桂姐瞞著他接客後大是激憤，又打又砸。後來又看上了愛月兒，雖然談不上陷溺，卻也在一段時間內放在心上，十分珍愛。當年梳籠桂姐一次性給了五十兩銀子，而給愛月兒每月便是三十兩。不比不知道啊。

不管你給多少銀子，要妓女專一侍奉，不接其他恩客，似乎很難做到。李桂姐最愛當面賭咒發誓，背地裡則從來也不閒著。「你若不來，我接下別的，一家兒指望他為活計。」李三媽的話真稱理直氣壯。鄭愛月兒也是如此，雖也知瞞騙，卻從不賭誓，散談時還要說說原來恩客的其他豔遇，讓老西聽得既開心又相信。

在清河的當紅妓女中，惟李桂姐和愛月兒與西門慶相交最深，兩人亦有一比：李桂姐處處掐尖要強，爭寵專房，竟至於連老西姬妾的醋都吃，以此也吃了不少暗虧；愛月兒則行事低調，懂得容讓，善於投老西之所好。本回頭緒頗多，寫薛、王兩個尼姑為斷七經鬧翻，寫安忱拜望時講到花石綱之害（因宋徽宗酷愛奇石，北宋末年興起向朝廷運送花木奇石的船隊，以十船為一綱，官吏多藉機貪汙擾民。），寫玳安尋找文嫂兒，而重點則在愛月兒。這個當眾不太愛說話的小妓兒，無人處便見話語稠密，先從揀泡螺和嗑瓜仁兒說起，話頭一轉，便扯到李桂姐身上；且欲言又止，

撩撥得老西心癢難搔，這才說出桂姐和王三官勾搭的事。若僅限於此，也還罷了。愛月兒又向西門慶吐露了一個祕密：王三官的母親、招宣府的林太太「生得好不喬樣」，「只說好風月」。接著又細說林太太與人奸宿的地兒和牽線人，附帶說王三官還有個日夜在家守活寡的標致娘子兒。咦，有這等事！諸位還記得王婆子的挨光計嗎？這小妓兒竟也精擅此道。

愛月兒透露了一個大祕密，引得老西極度亢奮。招宣府雖已沒落，然畢竟是堂堂招宣府啊！如今的女主人，大約也是老西當年仰慕的對象，竟爾「送外賣」了！這裡也慨嘆前人用語之妙，原以為「送外賣」是市場經濟時期飲食業用語，誰知五百年前便有此妙喻。

在公開場合不說話的人，絕非一定不愛說話、不會說話。這位「不出語兒」的愛月兒，此時不僅話頭兒不斷線，還一下子就抓住西門慶的注意力，讓他聽得興致勃勃，讓他想得心旌搖漾。

是鄭愛月愛上了老西？還是她恨上了李桂姐？怕都不一定。看來這小妓兒恨上了王三官，可又為什麼？是什麼仇恨讓她出此惡毒招數？

六九　能不過架兒

通過文嫂，西門慶很快與林太太勾搭上了，兩個都是老手，一見面就入港。林太太為兒子總在妓院混煩惱，老西便令手下打探清楚，放過李桂姐、孫寡嘴等人，拿了五個小幫閒，拷打誠諭後放了。五人到招宣府纏鬧，王三官只好到西門大院求情，老西又將他們捉來訓誡。

常言說得好：乖不過唱的，賊不過銀匠，能不過架兒。聶鉞兒一口就說道：「……此一定是西門官府和三官兒上氣，嗔請他表子，故拿俺每煞氣。正是：龍鬥虎傷，苦了小張。」

或曰：一部《金瓶梅》，寫盡市井，寫盡世情，亦寫盡偷情。就算有十部《金瓶梅》，也寫不盡市井，寫不盡世情，更寫不

盡偷情。

西門慶出現在本書中，以偷情開始，亦以偷情收束。其短短的三十三歲的一生，最稱得意的不是經商和暴富，不是得官和升遷，而是一次接著一次成功且愉悅的偷情。即便是在清河縣，經商有比他更富的，官位有比他更高的，只有偷情和獵豔，只有嫖娼和狎妓，老西自認為是當之無愧的第一。

可畢竟歲數不饒人，老西老了！三十二歲對於官場中人是年輕的，對於歡場中人就有些老了。官場上要謀劃，生意上要經營，年節時要張羅，平日裡也要應酬，而家中有那麼多的姬妾寵婢，外面有那麼多的明娼和私窠子，老西僅僅一己疲憊之軀，哦，不獨歲數、人數也不饒人啊！

老天到底是公平的，見西門慶享用了過多的不應有的美色和歡娛，便加速了他的老化，縮短了他的生命。是啊！老西錢多了，官大了，身子骨卻不行了。而更多的美色正不擇地而生，新的更年輕的市井豪傑和歡場豪客正在湧現，如張小二官，如王三官，都在悄悄地蠶食他的地盤，覬覦他曾經的女人。

似乎還沒有人敢公開與西門慶抗爭，卻也不斷有人讓他心裡不爽，尤其是王三官。還記得第五十二回西門慶的話嗎，「王家那小廝，著甚大氣概，幾年兒了？腦子還未變全，養老婆……羞死鬼罷了！」世上浪蕩子弟多矣，何以如此恨恨？蓋因這小子泡了他梳籠的李桂姐，而十兄弟中的孫寡嘴和祝日念，也轉而去追隨幫襯，啊呀呀，怎不令老西惱怒！

惱怒歸惱怒，三官兒畢竟是王招宣府少主人，世代簪纓，妻

子娘家又有六黃太尉這樣的大靠山，通常也奈何他不得。沒想到來了一個「教王三官打了嘴」的機會，沒想到愛月兒的門路兒如此之清，沒想到文嫂兒辦事神速效果奇佳，沒想到赫赫招宣府竟有專供偷情的後門和夾道，沒想到林太太那裡「一箭便上垛」……，「縱橫慣使風流陣」，兩個都是練家子，真不知是誰在發飆了。

這裡便不能不說幾句招宣府。《金瓶梅詞話》以小縣城為主要故事背景地，常也將京城景物移來，使相混同；而涉及朝廷典制，時事人物，則不獨捏合宋明兩代，更兼以己意剪裁造作。王招宣府即其一例，古代有招討使、宣撫使等，而「招宣」之官卻是作者所創擬。其在清河顯然是一個世家豪門。文嫂特特引領老西到節義堂落座，就是讓他瞻仰太原節度使邠陽郡王王景崇的畫像，見識一番王府氣象。別說，《新五代史》中還真有這麼一位王景崇，歷仕後唐、後晉和後漢，先後任引進閤門使、宣徽使、右衛大將軍兼鳳翔巡檢使、邠州留後，叛亂後勢蹙自焚。這位老兄生當亂世，有智謀武略，卻是既沒有封過郡王，也與大宋扯不上關係。而宋代王景，早先仕後梁、後晉、後周，開府列公，手握兵符，入宋封太原郡王（一說為汾陽郡王），四子皆為驍衛大將軍。蘭陵笑笑生大約將此二位調和一番，便成了本書中王三官的祖爺。

王三官如此不成器，今天我們才得知其家庭的影響，有一個這樣的母親，有一個這樣的環境，他還能有啥子出息呢！且他的老子王招宣注定也不是什麼好鳥。本書第一回就說潘金蓮「從九歲賣在王招宣府裡，習學彈唱」，可知這位招宣大人心性情趣之所

在。招宣府以馬上殺伐建立勛業，似乎又別有一種風流基因，《宋史‧王景傳》有這麼一段記述：王景叛梁奔晉，晉祖賞賜甚厚，並再三問他想要什麼，答曰當小卒時曾多次隨隊長去官妓侯小師家，很是傾慕，現在妻子被後梁殺了，願能得小師為妻。晉祖大笑賜之。老祖宗且如此，後輩當然要與時俱進，更上層樓了。

本書對招宣府一路草蛇灰線，至此方以實筆描繪，見其格局之堂皇，亦見其大不堪。這是一個比西門大院更為嚴重的污穢之地，女主人和兒子各有擅場；這還是一個仍然有著母子情分的家庭，母親自己已經如此，卻仍希望兒子能有出息。呵呵，母愛也有許多種啊！

偷情常也是需要理由的。

西門慶來到招宣府，有一個極為冠冕堂皇的理由，便是對府中少主人的教育和管束。文嫂兒給出的理由真稱妙極，老西和林太太也就順著竿兒爬，一個說「使小兒改過自新」，一個保證「戒諭令郎」，說出的話都極為懇切。於是一場偷情竟成了「關心下一代工程」，資深老嫖西門慶成了歡場新秀的「兼職家教」，無處不自然，又無處不新奇，幾人能把偷情寫到這份上？

不是說「能不過架兒」嗎？大約聶鉞兒想破他那狗頭，也想不到這一層。

一般說來，西門慶是有擔當重然諾的，對這件事更是雷厲風行。第二天就令節級查辦，當夜就抓了五個倒霉蛋兒，一通夾打，「皮開肉綻，鮮血迸流」，這幾塊料原也是認得西門大官人的，大官人這時卻認不得他們了。同是為了偷情，夾打眾混混與第三十

八回夾打二搗鬼有異曲同工之妙，又特犯不犯，二搗鬼只一頓便嚇破了膽，而混混兒還要到招宣府鬧嚷廝纏。王三官被逼無奈，央文嫂領著去拜求西門慶，小張閒等又為公人二次鎖拿，在西門大院被痛罵教訓，今後當是長了記性。

　　也許因為實在是心中得意，老西將此事對吳月娘講說一遍（當然略去了一些關鍵情節），堂堂皇皇，卻還是被奚落挖苦，「你也吃這井裡水，無所不為，清潔了些甚麼兒？」雖說不知老西的新勾當，月娘仍覺得古怪，說出的話仍是誅心之論！

七○　一個土鱉到京師

林千戶將升官邸報轉來，夏提刑升任京堂，西門慶升為掌刑正千戶。兩人受命進京，翟管家告知老夏背後運作，幾乎把西門慶的官弄沒了，使他大吃一驚。上面定了何太監侄兒何永壽接任副提刑，老太監對西門慶甚是熱情。

朱太尉身著大紅，在上面坐著，須臾叫到跟前，二人應諾升階，四拜一跪，聽發放。朱太尉道：「那兩員千戶，怎的又叫你家太監送禮來？」

此一回全寫京師。

《金瓶梅詞話》以一個僻遠小縣為主要故事發生地，以小縣城市井生活為主要社會場景，以活躍於市井的各色人等為主要描

寫對象，自不待言。但作者從來沒有忘記作為帝國首都的東京（實則藍本當為明代的北京），從來沒有忽視煌煌朝廷和赫赫廟堂，沒有完全撇開那一小撮兒身居高位、禍國殃民的當政者。這就是蘭陵笑笑生！其每每在行文中帶寫夾敘，或藉宦官之口，或引邸報文書，或與過訪官吏散談漫議，或人事上牽涉往還、年節間送禮致賀……，有時雖僅數筆點染，而能見出清河與北京千絲萬縷的聯繫，見出兩地間血脈之貫通、聲氣之應和、情形之混一也。

　　清河是特指的，更是泛指的；是典型的，更是普通的；是以宋朝寓寫明朝的，更是寫中國封建社會所有朝代的。「著此一家，罵盡諸色。」作者筆下的清河，是自己所處時代與社會的一個縮影、一個範本，又是大明帝國完整肌體的一個組成部分。

　　生活中無處不存在聯繫，亦無處不存在對比。有了黃四、李三的跑批文，有了胡知府的偶然往還，便見出清河與州府的聯繫；有了前任御史的參劾題奏，有了宋巡按兩次三番的光降，便見出清河與省城的聯繫；而說到與京城之關聯，更非老西一人，知縣是殿前太尉朱勔的親戚，夏提刑是崔中書親戚，薛、劉二太監出自內府，還有半真半假的王皇親、喬皇親，有莫名其妙的招宣府，在在都證明這只是一個作者精心設計的典型環境，而非一個真的完全寫實的北方小縣城。

　　我們已然看了太多西門慶的操縱官府，包攬訴訟，壟斷商市，欺壓良善，看了太多他在清河地界上的橫行不法；這一回卻要看他的謙卑與惶恐，看他的謹慎與順從，看他賠著笑臉處處討好、拎著東西隨時進貢，看他連住在哪兒都有些身不由己……

　　因為這兒是京城。

　　據後文可知，西門慶的是曾經到過京城的。第五十五回「西門慶東京慶壽旦」，先寫了其進京與蔡太師祝壽之行，大約因補綴之人不了解朝廷和京師，寫得極其浮薄，極其潦草。而此回則覺真切厚重，運筆自然。老西這位清河的地頭蛇，到了京師便成了一個不折不扣的土鱉，成了一個任人操弄的牽線木偶：夏提刑讓他一起下榻崔中書家，意在監視，他只好住下；翟管家對他講說任職過程中的風險，責備他辦事不謹密，他只有千恩萬謝；何太監一出場便頤指氣使，支得他團團轉，他只得跟著轉；而為了見衛主朱勔一面，他要從早晨一直等到午後，再從午後待到傍晚，朱勔總共說了兩句話，其中最關鍵的一句還是對何千戶說的，老西只有「四拜一跪」和聲喏的分兒。

　　正因為一切都在聯繫和對比中，才見出地位之懸殊，權勢之差異。西門慶也有衙門，老西在衙門裡夾打牛皮小巷小混混，夾打二搗鬼，夾打小張閒等五個幫閒，好不恣縱和快活！他的西門大院也曾接待過往來要員，迎請過六黃太尉，提溜審問過幾個新生代幫閒。但與朱太尉相比，便是小巫見大巫。我們從未見朱太尉捉人打人，從未見朱太尉動小心眼兒，從未見他為迎接上官欣喜、為籌辦宴席忙碌、為選用戲班和點演曲目費心；只看到等候參見的人「黑壓壓在門首等的鐵桶相似」，只看到國公、駙馬、尚書、侍郎輪番來賀，看到本衙六太尉一路的大陣仗和在朱府的恭謹。此時的老西在哪裡？讀者當能想像，在八竿子外的人鬧兒裡，老西或正在蹺腳延頸，看得個不亦樂乎。

　　吳曉玲先生曾注意到書中清河的一些坊巷與京師相同，認為《金瓶梅詞話》裡的清河即以嘉靖時期的北京為模型，雖不準確，對我們卻有一定啟發。是的，讀書中有關清河之文字，人們會說作者熟悉山東，熟悉小縣城生活，熟悉市井中各色人等；而讀此處對京師和朝廷的描寫，人們又會說作者熟悉北京，熟悉朝廷典制儀節，熟悉當朝大吏的行事格範。惟其熟悉，才能將鬧攘攘大場景寫得紛亂而有序，將黑壓壓眾官員寫得層次分明；才能以大紅蟒衣❹和三山帽❺寫大太監，以道子響（即喝道開路之聲，又作「長聲號子」）和飛馬頻報寫朱太尉，以列在「挨次進見」的大撥屬官之第五起寫老西和小何⋯⋯

　　這是怎樣的一個蘭陵笑笑生？

---

❹蟒衣，明代時皇帝會賞賜給親近宦官侍臣，以示恩寵之服飾。

❺三山帽，明代太監所戴的一種官帽，以漆紗製成，圓頂，帽後高出一片山牆，呈三山樣。

七一　端妃馬娘娘位下近侍

何太監在家中設宴演戲，盛情招待西門慶，又堅持讓他搬到自己家下榻。由老西牽引，夏提刑將清河的宅院賣給了何千戶。老西與何永壽一同進宮面聖，然後起身往清河，路上衝風冒雪，頗為艱辛。

何太監道：「大人只顧穿，怕怎的！昨日萬歲賜了我蟒衣，我也不穿他了，就送了大人遮衣服兒罷。」

上一回是晉見朱勔，此一節則寫上朝面聖。

朱勔是西門慶直接上司，決定著他的升遷與否，故書中所記以見朱為重，復以見朱為難，迤邐寫來，筆墨略細；而上朝僅一榮譽性程序耳，雖也進了東華門，朝賀了當今聖上，見識些皇家

氣象，也只是遙遙一望，虛應故事，用筆亦頗簡。見朱要精心備辦禮物，要等到腰酸背痛，還會有些緊張不安；上朝則魚貫而入，兩手空空，既不花費，心亦坦然。這裡也見出作者詳略有度，其度正在於人物描寫的需要。

本回要濃墨濡染的換作了何太監，即上回已出場亮相、公然在御街朗聲呼喊的內府匠作監何沂何公公。

一部《金瓶梅詞話》，所敘的多是小縣城市井生活，卻也頗寫了幾位太監：一類是清河籍的太監，如花太監、徐太監；一類是派駐清河的太監，如劉太監、薛太監；還有的則是朝中大太監，如統領禁軍的太尉童貫，如奉旨往泰山進香建醮的殿前太尉六黃。何沂名位在童貫和六黃之下，但執掌油水豐厚的匠作監，又恩蔭「弟姪一人為副千戶」，亦內宮中大太監了。內宦為宮中賤役，身體殘缺，身心大多亦不健康，加以人數眾多，能混出個頭地來，哪一個不是「全掛子的武藝」，又哪一個沒有一番特殊際遇？似這位何太監，便是「見在延寧第四宮端妃馬娘娘位下近侍」，至於如何一步步混到今天，想也是甜水一缸，苦水一缸，不倒也罷了。

端妃娘娘尚未查實，而何太監倒是史有其人，名字略不同，何訢是也。聖旨中所嘉獎恩賞的「延福五位宮」，也是虛虛實實，前兩位為虛，後三人則實。蓋延福宮為宋朝著名皇家園林，徽宗時由蔡京倡議修建，童貫等五太監分任其事，早於艮岳建成。《宋史紀事本末‧花石綱之役》：

政和四年八月，新作延福宮，宮在大內北拱辰門外。初，蔡

京欲以宮室媚帝，招內侍童貫、楊戩、賈祥、何訢、藍從熙五人，諷以內中逼窄之狀，五人乃請因延福宮舊名而新作之。五人分任工役，視力所致，爭以侈麗高廣相誇尚，各為制度，不務沿襲。及成，號「延福五位宮」。

呵呵，引入競爭，一招便靈，八百年前蔡京就有了「創新機制」的成功嘗試。曾與童貫等「同臺獻藝」，一爭高下，老何的背景和能力實也不可小覷。

就是這位何公公，主動與西門慶見面且示好了。他的見面和示好都充滿熱情，充滿爽快與豪氣，也底蘊著一種不可違拗的威嚴，散溢著帝王近侍所特有的尊貴。御街上明窗亮槅的直房，天漢橋東文華坊雙獅馬臺的外宅，豐潔的家宴和整齊的家樂，隨手贈與的飛魚綠絨氅衣，一說便妥的購買夏提刑房舍之舉，在在都顯現著大太監的範兒。老西當記得花太監的富有，記得李瓶兒從牆上搗騰來的財寶和婚後帶來的東西，花太監僅僅做過惜薪司掌廠和半年的廣南鎮守，比起老何的匠作監，那可是差得遠了！

有意思的是，太監也有很強的子嗣意識，大太監尤如此。自家無以生養，便從兄弟中過繼來，那份疼惜關愛亦讓人感動。何公公對西門慶表示的親近友善，當然只能是為了他的侄子何永壽，為的是讓他到任上諸事順遂。我們有理由相信：這位看似大咧咧的公公，早已把老西的心性做派，包括在京靠山和關係網，都摸清了底細。

太監擅權，歷朝歷代都不乏其人，成為封建王朝之痼疾。明

太祖立國初年曾鑄鐵牌立於宮門，曰：「內臣不得干預政事，預者斬。」而其後世若輩攬和政事者大有人在，至武宗正德間登峰造極。明世宗以外藩入主大內，初時治內宦極嚴，後來亦頗多倚信。「滕太監房，麥太監馬，高太監金銀如磚瓦。」這是明嘉靖間流傳京師的謠諺。書中所寫大大小小的太監，大都帶有這個時代的特徵。

　　寫太監，當是為了寫內廷，寫後宮，寫皇帝。畢竟最高統治者是大宋皇帝，畢竟是以宋朝寓寫大明帝國，此處對宋徽宗雖用簡筆，前文中則早已層層皴染也。作者以曾孝序參劾貪瀆反遭貶竄寫其法度不明，以信重蔡京、朱勔等人寫其忠奸不分，以喜好木石珍玩寫其怠惰國事，以沉溺道術、妄求長生寫其荒唐不經。而至此正式出場，寥寥數筆，便畫出一個「朝歡暮樂」、「愛色貪杯」的昏君形象。這的是宋徽宗形象，就中也不無明世宗的影子，其對權臣的信重，對道教及長生的熱衷，對朝政和軍國大事的嬉玩，均有幾分像那晚年的嘉靖皇帝。

　　有意思的是，作者將徽宗擬於陳後主、孟商王兩位亡國之君，再全文引錄一套有關大宋開國皇帝趙匡胤的詞曲，以為對比。這就是羅貫中《風雲會》雜劇的第三折，演唱至今的「雪夜訪普」。同後來的《紅樓夢》一樣，本書中徵引的詞曲，用法亦靈動。上回以《寶劍記》第五十齣一套【正宮·端正好】，直指朱勔的悲慘下場；這裡則以宋太祖的宵旰國事和禮敬賢臣，映襯宋徽宗的荒怠嬉戲。其中深意，怕是老西悟不到啊。

　　這樣的戲曲原不應演給西門慶來看。聽戲之時，老西外示閒

暇，腦子裡當是轉個不停。若說來京之先的老西心情輕鬆愉快，則經過翟管家一番說教，就變得謹慎緊張——原來這提刑官來得如此周折且充滿凶險，原來京師除了蔡乾爺之外還有這麼多大人物，原來貌似無能的夏提刑暗地裡一直在運作，原來何千戶還有這等大背景！「初入蘆葦，不知深淺」，真可說是西門慶的寫照，好在這廝福至心靈，能伸能屈，該做土鱉就甘心做土鱉，終於涉險登岸，取得了北京之行的巨大成功。

第七十二回
王三官拜西門為義父
應伯爵替李銘釋冤

七二　棒槌事件

西門慶去後，吳月娘嚴謹門戶，金蓮得不著和經濟淫亂，怪罪如意兒，藉棒槌一事將她打了一頓。老西歸來，先與月娘講述京中諸事，安排為何千戶接風，又同眾親朋飲酒，接著是周守備、安郎中拜訪，忙得不亦樂乎。王三官補請一席，還拜老西做了義父。家裡潘金蓮也纏定了老西。

這金蓮不聽便罷，聽了心頭火起，粉面通紅，走向前一把手把老婆頭髮扯住，只用手摳他腹。

沒有西門慶的西門大院，有些清寂，有些無趣。

看上去安寧清寂的大院，實則到處湧騰著欲望，流淌著俗念。老西在家時，大院裡有一個核心；老西有一段日子不在，這兒便

有了好幾個核心。吳月娘要主持家政，潘金蓮想隨心所欲，如意兒也有了頂窩做主的想法，鎖得了大門和儀門，可鎖得了欲念嗎？

本回的「棒槌事件」，本是一件家長裡短的小事，作者偏從遠處入筆，寫老西上一次去東京時潘金蓮與陳經濟的勾搭，寫如意兒的告狀和月娘的受過，寫吳氏的閉關措施和「盯人戰術」。蘭陵笑笑生筆下的潘金蓮真堪稱藝術典型，她渴望西門慶回家，又巴不得他能離家，而其複雜心態只有一個簡單原因，那就是她無時不在燃燒的欲望，尤其是肉欲。現在是老西在東京，而陳經濟卻被盯得死死的，怎不讓她焦灼、惱怒！

有了金蓮積聚已久的私恨，小小一根棒槌，便生出一場三幕劇：先是秋菊出場，受春梅差派來借棒槌，如意兒不讓給；再是春梅被金蓮鼓動，過來指責嚷嚷，如意兒作了解釋；最後是老潘親自出馬，見如意兒還不服氣，惱羞成怒地動起武來。小小一件事，寫得波瀾層迭，也寫活了幾個人物。我們看受氣包秋菊在外面也敢使性子，看春梅睥睨群婢的大腕兒做派，看迎春的忍讓和息事寧人，看如意兒得寵後那壓抑不住的主人翁意識，更要看潘金蓮的強霸和陰狠。畢竟是做過虧心事，畢竟天下事跨不過一個理去，老潘在與如意兒對口時絲毫沒占上風，便大打出手。金蓮嘴上功夫高強，通常是用不著動手的。這是她在本書中的第二次出手。第一次是毒害親夫，從哄騙喝藥到硬灌，到蒙上被子，騎在武大身上，獨自完成了謀殺的全過程。而這一次更是乾脆利落，先揪頭髮，再摳小肚子，直搗黃龍。若是如意兒肚子裡真有什麼「大型殺傷性武器」，這便是一次成功的「外科手術式打擊」。

老西回來了。

匆匆一趟東京，西門慶又回到「生我養我的地方」。雙腳一踏上清河的土地，那份兒踏實便從心底上湧，他也重新擁有了地頭蛇般的自信。應伯爵和溫老先來了，文嫂來了，周秀來了，安郎中來了，何千戶來了，訪客接著訪客，宴席連著宴席，冷清了十幾天的西門大院重又熱鬧起來。

老西回來了。回到清河的他首先對何千戶周到安排：陪同到提刑所衙門，看著一切妥帖後才回家；殺豬宰羊，送上一應生活用項；在家中盛陳酒宴，為何千戶接風。既盡了地主之誼，盡了上司和同僚之誼，又算答謝何太監在京之款待。

老西回來了。憋在肚子裡的話終於有了一個傾訴對象，那就是吳月娘，向她說回家途中的凶險和艱難，說何太監與何永壽，說夏提刑的背後運作，說這次升官的周折。老西是個存不住話的性格，這些話卻是只說與月娘一人，對應伯爵、潘金蓮都不會說。雖然最後不免被數落一通，但我們相信，以後的此類事，仍是只對月娘訴說。

老西回來了。潘金蓮的心思立馬回歸主位，再不想經濟小伙兒，一心只在爭寵、固寵。金蓮亦有大可憐處：惠蓮已矣，瓶兒已矣，桂姐兒遠矣，可她仍沒有絲毫安定感，仍然是焦灼緊張。院外的王六兒，院內的如意兒都讓她心煩意亂，都讓她不能不認真對付。性愛這事兒看似花樣無窮，其實也就是那幾招，潘六兒會的，王六兒也會，如意兒也會。怎麼辦呢？本回中金蓮祭出新招，即喝尿，而其果然有效！問題在於，能有多久的效用呢？

　　老西回來了。王三官要補上那推遲的感謝酒宴，他那還不算老的老娘林太太，要與老西重續前緣。蘭陵笑笑生擅於用對比筆法。我們看西門慶從正門走進招宣府，總不免憶起他夜色下閃進後門的身影；看林太太讓兒子拜義父的場景，總不免想起她與老西的私下勾當。書中的宴席常常連著淫亂，可這一次卻顯得一本正經。畢竟是招宣府啊，兒子謙恭而母親莊重，老西與老林的「好事」又被間隔，大頓挫後緊接一小頓挫，當也是一種能量的積聚吧。

　　閱讀和點評到這兒，心中竟有一種惕然惶然。作者有何等腕力，偏能於平靜中底蘊驚濤駭浪，於電閃雷鳴前摹畫萬里晴空，於丟命前寫升官，以小離別引出大割捨！

　　紅塵萬丈，深淵萬丈。看西門慶這個忙乎、這個折騰，可真是樂此不疲啊！他的死期正漸漸逼近、死神正忽閃著黑翅膀飛撲而來，他又何嘗有一絲一毫的警覺？

第七十三回

潘金蓮不憤憶吹簫

郁大姐夜唱鬧五更

七三　潘金蓮命中剋星

　　玉樓生日，薛姑子等前來，私下裡也給了潘金蓮生兒子的符藥。夜宴時，老西想起李瓶兒，點唱【憶吹簫】，金蓮不快，與他鬥嘴，卻也把西門慶引到自己屋裡，讓他先與春梅睡了一覺。半夜歸來，金蓮拿出新做的白綾帶，裝上胡僧藥，與老西淫縱無度。

　　孟玉樓在傍戲道：「姑奶奶你不知，我三四胎兒，只存了這個丫頭子。這丫頭子這般精靈兒古怪的，如今他大了，成了人了，就不依我管教了。」

　　正在金蓮盯住老西不放的時候，孟玉樓的生日又到了。

　　大約在人類出現之初，便有了對生日的重視。試想還有什麼能比一個新生命的誕生，更令人難忘和欣喜呢！《白虎通・姓名》：

「殷以生日名子何？殷家質，故直以生日名子也。」說的是商朝皇族給新生兒命名，大多直接用他的生日，太甲、小乙、武丁是也。而據封演《封氏聞見記》，至遲在唐代，就有了設宴過生日的習慣。本書紀事，常以某人生日作引，亦常在敘述中提及某人生日。看似略不經意，而藉時序輪替見證生命之匆迫，用人生聚散摹畫形象之虛無，寓大構思於日常瑣事之中矣。

作者似又偏愛於寫玉樓的生日。「金勒馬嘶芳草地，玉樓人醉杏花天。」籤子上詩句透漏出的春消息，與籤子主人所出生的冬月，恰相映照。春日的勃勃生機與浪漫情懷，隆冬的蕭索空寂與嚴整端肅，似乎都體現於孟玉樓一身。這便是作者精心搏弄的乖人形象，本書在金、瓶、梅之外又一鮮活複雜的女性形象。藉其生日入筆，似乎總要發生一點兒故事，由此攜帶出大院內外一眾人事，攜帶出妻妾間的分分合合、是是非非。

在玉樓生日時，在其他人生日時，潘金蓮大都不甘寂寞，努力扮演一個活躍的角色，而又常常成為一個失意人物。第二十一回記玉樓生日，酒宴後眾女眷送西門慶與玉樓歸房，只有金蓮話語中酸妒灼人，什麼「老娘好耐驚耐怕兒」，什麼「俺每是外四家兒的門兒的外頭的人家」，連老西都覺得惱火，說她「但管咬群兒」。而這一回更是過分，席上席下與西門慶鬥嘴，愣是把一個生日家宴攪得鬧鬧攘攘，惹得老西追打，自家逃避躲藏，就這麼一跑一追，也就把夫君引到自己房兒中。

在自己生日，在其他人生日時，孟玉樓大都退居次席，把表演的舞臺讓於別人，尤其是讓於潘金蓮。惟其是乖人，更能權衡

利弊，也更注重捍衛自身利益。若說她平日裡與金蓮顯著幾分近乎，則在骨子裡也絕不相讓。前年見其犯酸，玉樓當場反諷，幾句話頗有點兒硬氣；這兩年經歷了惠蓮夫婦的事件，經歷了官哥兒與李瓶兒的死亡，仍在謙抑退讓中保持著自尊與獨立，一句「單愛行鬼路兒」，直刺向金蓮之心理和品行，且令其無可反駁。

潘金蓮是信奉鬥爭哲學的。她的聰穎與伶俐，她的刻毒與陰損，她的愛行鬼路兒，她在上房安插的耳目，都給她的爭強好勝帶來了利便。而其對詞曲的熟諳，竟也成了一種武器。第二十一回由她點唱的 「佳期重會」，隱喻吳月娘有意設計了燒夜香的巧合，別人沒說，老西特特對玉樓指出；這一回西門慶點唱【憶吹簫】，作為對李瓶兒的一種憶念，別人不說，金蓮則心中憤憤，說個不停。當真其他人都不知曲嗎？而藉曲意揶揄諷刺、對曲詞作簡單比附，能算是顧曲周郎嗎？

強烈的鬥爭意識使潘金蓮永遠有敵人，孫雪娥、宋惠蓮、李桂姐、王六兒、如意兒……，都曾是她的敵人，連死去的李瓶兒她也從不放過。而這些人又怎能不反擊呢？種下荊棘，收穫的自然是血痕。金蓮當不會忘記「私僕受辱」，不會忘記頭頂被剪下的青絲，她永遠在鬥爭，時常要害人，也命裡注定有一些剋星。桂姐曾是她的剋星，月娘現在是她的剋星，連雪娥也將會成為她的剋星。金蓮的生活充滿著算計和得逞後的小小喜悅，更多的、常態的則是失意和怨毒，唉，這是過的什麼日子！

西門大院畢竟是屬於眾人的，不管潘金蓮感受如何，院中的一切都在按部就班地進行，每個人都沿著自己的生命軌跡，活得

有滋有味、有苦有樂。吳月娘仍然是領袖群雌，楊姑娘和吳大妗
子等仍要來湊熱鬧，薛王二姑子仍不忘講唱佛法，惟這一次的〈紅
蓮記〉更其曖昧；郁大姐彈唱的〈鬧五更〉，也帶給這個夜晚一些
新的騷動。玉樓是這場宴會的主角，卻顯得一派淡定。她既不做
金蓮的敵手，也不做她的剋星。玉樓會是金蓮的同盟嗎？從很多
現象看彷彿如此，其實不然。

　　玉樓注定也是金蓮，包括陳經濟的剋星。

　　至於那已經流放遠去的武松，當然會回來的，再來時便不僅
僅是剋星，準確地說，是一個煞星。

　　潘金蓮在大院中惟一的親厚者是春梅，是那個心高氣傲、性
格與她頗有幾分相像的春梅。她是大院中最不思安分的女子，又
常常自覺地扮演著風化警察。但老西與春梅廝混，她看到後竟會
躲開，初讀有些匪夷所思，而答案盡在後文中，閱過便知。

七四　整治一條白綾帶

　　宋御史和安郎中又在西門大院接待蔡九知府，饋贈甚厚，宋御史和來賓都很受用。家中眾女眷一起聽宣卷，而金蓮又跑到外面等著，把老西引到自己屋裡，月娘甚是氣惱。

　　月娘聽了，心內就有些惱，因向玉樓道：「……我說他今日進來往你房裡去，如何三不知又摸到他那屋裡去了？這兩日又浪風發起來，只在他前邊纏。」

　　偏偏就在孟玉樓生日的前後幾個夜晚，潘金蓮纏定了老西。她用一條白綾帶為誘惑，加以盯人戰術，一時間便將西門慶拿住，使其無力他顧。玉樓尚能隱忍，那邊廂卻惱翻了吳月娘。這位主家娘子原是有幾分霸氣、幾分刻薄的，一句「這兩日又浪風發起

來」，真是繪形繪影，把潘金蓮的輕狂、輕賤活活畫出，也將自己的惱恨稍作宣洩。孟玉樓豈不惱恨？她說的「隨他纏去」，「把這件事放在頭裡」，她說的不爭和由他，又哪一句不內蘊著濃濃的恨意，直指向金蓮？

若說吳月娘是潘金蓮剋星，倒也真有些吃力，常常剋不住她。然而其行為舉措得罪的是一個整體，一院之中有幾個沒吃過潘六兒的明虧暗虧，有幾個不對其恨之入骨呢？

潘金蓮險矣！

可她自己並沒有絲毫察覺，仍沉浸在無邊的勝利喜悅裡：李瓶兒已然亡化，如意兒已然服輸，昔日垂涎的皮襖兒已然歸了自個兒，滿院子中就一個吳月娘在先，自己原也沒怎麼放在眼裡。有了白綾帶，有了薛姑子的「種子靈丹」，有了老西再度回歸的寵幸，金蓮真有點兒信心滿滿，她還要生一個兒子，沒準兒還算計著那第一夫人的位子。

討要李瓶兒皮襖一段文字甚妙。繡像本評曰：「以金蓮之寵，索一物猶乘歡樂之際開口，可悲可嘆！」應該說是乘老西歡樂之際，一開口則老西歡樂便減弱也。討要之事看似簡單直捷，實則心理複雜，宛曲頗多。作者寫出了潘六兒的爭強好勝，也寫出了其洗滌難盡的輕賤和貪婪，寫出了她為達到目的的那種無所不為。本書中與西門慶有染的女人可謂多矣，在完事後能不討要東西者則少之又少。話說回來，不在此際索求，又哪有機會呢？妓女如李桂姐、愛月兒，僕婦如宋惠蓮、如意兒，姘頭如王六兒，妾班如孫雪娥，無不如此。討要時各逞其能，各有千秋。而像金蓮這

種霸王硬上弓、不給不休者，倒也不多。

　　細讀全書，在老西這裡討要和收取的又不光女人，男子也多有之。那如蠅逐臭的大小幫閒，那善於空手套白狼的李三黃四，那頂著千戶之名的窮乎乎的吳大舅，那冒稱妻舅的小人吳典恩，那打秋風成了癮的安進士還有黃進士，都千方百計從他這裡討要和撈取利益。至於東京的乾爹蔡太師和衛主朱太尉，則用不著張口，是老西千方百計討其歡心，能收取便是給面子了。此一回標目「宋御史索求八仙鼎」，又哪裡出一言索求？宋大巡只是誇獎幾句，略表喜愛，西門慶就心領神會唎。真正有權勢的人是用不著乞求的。像這次的貴客蔡九知府，來得拖拖拉拉，吃得漫不經心，伴伴幾句客套，老西還要派人「把桌席羊酒尺頭」送到下處。為何？皆因其是蔡太師第九個兒子。有意思的是《宋史》記蔡京僅有八子，《水滸傳》第三十七回為增出一子，「為官貪濫，作事驕奢」，本書中果然這副德行。

　　宋御史和蔡九知府都是不索而取的，這也是一種索取，是一種更強勢的索取。

　　從這裡我們看到了色與權的統一。妓女者流的討要，那些與妓女相去不遠的僕婦甚至小妾的討要，原是一種交換、一種交易、一種對色相和服務的價值認定；而權貴們的索取，那些依附寄生之輩如翟管家的索取，也是交換和交易，是對政治庇護和權力尋租的認定。呵呵，領導就是服務，而服務是有價值的，大宋和大明的官員早已明白了這一點。

　　正是在色與權的烘托之下，西門慶由成功走向成功。本書一

開始不就說老西「是個好浮浪子弟」嗎？幾年之間，我們看他從歡場混到商場，再從商場混到官場，已然提刑正千戶矣，也絕不減卻對女人的追逐，絕不放鬆對商務的關注。有人論其是一個新興商人，然不管是新興還是傳統，西門慶在骨子裡是個商人。該執著時執著，該鑽營時鑽營，該撒漫時撒漫，該送禮時就發狠猛送。他秉持的是交換原則，以經商的路數玩女人，也以這個路數玩政治。應該說玩得都還不錯，直到玩兒完。

七五 到底誰「浪的慌」

話說金蓮不聽宣卷，在角門截住剛回來的西門慶，而老西卻要去與奶子睡。春梅因申二姐怠慢，氣狠狠把她罵了一頓，月娘回來後剛說幾句，金蓮便與她對駁起來，兩人各存怨氣，一下子便吵翻了。月娘不讓老西到金蓮房裡，誤了壬子日，更是令其氣惱，藉機與月娘大吵大鬧，卻也沒占到一點便宜。

吳月娘乞他這兩句觸在心上，便紫漲了雙腮，說道：「這個是我浪了！隨你怎的說，我當初是女兒填房嫁他，不是趁來的老婆。那沒廉恥趁漢精便浪，俺每真材實料不浪！」

凡所積聚，大都會有宣洩或爆發。

前回寫潘金蓮「浪風發起來」，當也是久久積聚之後的宣洩。

很長一個時期以來，潘六兒的生命主色調是灰暗晦澀的：自家沒錢，也不管錢；沒有兒子，對手卻有錢也有兒子；自恃有一點色相和聰明，偏這世界漂亮和聰明女子歷來不缺，老西又最愛濫交……，而終於機會來了，能不緊緊抓住，寸步不讓，情急最急，又管它誰的生日呢！

春梅毀罵申二姐，當也是一種宣洩。與生俱來的才貌和個性，吳神仙那一通「早年必戴珠冠」的命詞，女主子的另眼相看，男主子不久前的臨幸，也都為她積聚著自信和霸氣，也積聚著熱望和焦灼。還記得李銘教彈琵琶時的輕輕一捻嗎？既是自己的音樂教師，又是李嬌兒親戚，尚被罵了個狗血淋頭，更何況一個申二姐！我們看春梅的勃然之怒，看她叱罵時的句句誅心，看她把王六兒一起罵的無畏精神，看她無視大妗子責勸、立逼著申二姐離開的決絕，其也不止於宣洩，而是爆發了。一點兒小不如意就爆發，就翻臉無情，的是春梅的性格特徵。然此時地位不濟，力道有限，再爆發也是一個丫鬟。

吳月娘也在積聚。潘金蓮種種不軌攪亂了秩序，也觸犯了她的權威。作為西門大院的女主人，月娘原也毋須太久的積聚，先是約束和抑制，很快便由宣洩走向爆發。我們看月娘所說：把攔漢子，凡事逞能，私下裡討要皮襖，與丫鬟貓鼠同眠──還在批評層面；而「沒廉恥的趁漢精」，「你害殺了一個，只少了我了」，「在這屋裡養下漢來」，便是譴責和聲討了。月娘的一把手意識極強，也自具一種稟賦和聲威，「口裡話紛紛發出來」，打得潘金蓮只有招架之功。對她來說，這一場爆發氣勢磅礴，順理成章，也

有著撥亂反正、重建秩序的積極意義。

　　由積聚走向宣洩的還有潘金蓮。月娘譴責金蓮「把攔漢子」，也有幾分冤枉，她應該了解自家的漢子，又誰能把攔得住？「不如意事常八九」，金蓮也有大煩惱：不顧一切攔截到老西，卻去了如意兒那裡，讓自己頂了瞎缸；巴巴地盼到王子日，興興頭頭邀約西門慶，又被月娘擋住。然不管是宣洩還是爆發，一旦到了躺在地上打滾的狀態，便只能是失敗，只能將自己置於可悲、可憐的境地。這種潑婦行徑是最典型的市井文化，有點兒醜惡，有點兒卑賤，有很強烈的娛樂色彩，更有當事人控制不住的訛詐和自虐心態。唉，讀過些書和自命知曲的金蓮，身上從沒有一點點兒典雅。

　　兩個同時情緒噴發的女人，都反覆提到了一個字兒──浪，列舉實例，相互指責。浪，即淫蕩，又遠遠超出淫蕩的內涵，也更為鮮活生動。潘金蓮誠一惡毒婦，本來就是自己欲念滾滾，偏要問「那個浪的慌了也怎的」，這次她遇上的不是有理也說不出的李瓶兒，而是習慣於後院第一把交椅的吳月娘，先說硬叫人，再說討皮襖，最後上升到理論和原則高度：那沒廉恥的趁漢精便浪。

　　至於孟玉樓，在隱忍的同時也在積聚，積聚那淒清與怨懟，添加些這病、那病。孟三兒向以不爭的面貌示人，可古往今來有幾個世俗中人能做得到？她對老西所說「俺每不是你老婆」、「今日日頭打西出來」、「心愛的扯落著你哩」，句句都是責怨，都是宣洩。性格使然，玉樓是從不爆發的，這是一個乖人所能把握的情緒底線，即使在後來面對陳經濟的無恥糾纏，她有報復，卻也沒

有爆發。

伴隨著積聚，催生那宣洩和爆發的，常常是學舌與傳言。大院之中，哪一刻沒有飛短流長，哪一個不會告密學舌？且學舌又有原版和加料、減料之別：玉簫學說月娘話語，大致為原話；春鴻轉述申二姐的話，便將「又有個大姑娘出來了」，說成「那裡又鑽出個大姑娘來了」，明顯加強了惡意；而大妗子在眾人前說此事便簡單，略後對月娘則詳加講說，還附帶有自己的不滿。

當然也有些人，或說是大多數人，有積聚卻難以宣洩，更不敢輕易爆發。院中之男僕、女僕早已習慣了忍受，本回中申二姐亦是也。這位年紀小小的盲歌女頗有幾分自信，也有點兒爭競，不幸遇到了春梅，算是大大觸了霉頭，然也只能自家總結經驗、汲取教訓了。還有力薦她來的王六兒，能不惱恨，也只有自我化解。後來與老西相聚，床第間又說到此事，算是一種宣洩吧。

大凡人總是需要宣洩的，而西門慶就不需要了。他在從東京回來之後，就沒有一日一夜閒著。除了要對付如狼似虎的潘金蓮，要撫慰環伺左右的大婦小妾，還有春梅和如意兒……「本等一個漢子」，月娘說出了實情，說出了緊缺，說出了合理分配的必要性，卻沒有想到事物的另一面。美色無邊而生命有限，西門慶是在宣洩和消解，也是在積聚。積聚虧虛，積聚病症，宣洩和消解他那尚屬年輕的生命。

七六　溫屁股兒

吳月娘與金蓮吵罵後，玉樓兩頭解勸，潘金蓮被迫磕頭賠罪，家中又歸於平靜。西門慶也是兩面安撫，又受宋御史之託，擺酒為侯巡撫送行，也趁機向宋御史請託了幾件親友的事兒。家中溫秀才事發，老西這才知道洩密的人原來是他。

月娘道：「還纏什麼溫葵軒、鳥葵軒哩！平白安扎恁樣行貨子，沒廉恥，傳出去教人家知道，把醜來出盡了。」

溫秀才的「屁股事件」，是本回快完了時的神來之筆，而蘭兒以大量篇幅，寫的仍是月娘與金蓮吵翻後的餘波。

有爆發，便將有平息。大院之中，妻妾之間，永遠會有飛短流長、爭鬥嚷鬧，永遠會有東風西風、此消彼長，會有嫌隙與嫉

恨、陰謀和傾害；然同處一院，共侍一夫，也會有尊卑與秩序，會有禮敬與謙讓、和諧與喜樂。若說矛盾爆發是生活中的特例，事態緩和直至平息，則是這種特例的必然結局。惟爆發是內心仇視的真正噴發，而平息則是生活需要的表面顯現。書中寫吳月娘和潘金蓮「姊妹們笑開」的場面，皆有幾分勉強，有幾分表演，實際上又誰解開了心結呢？

　　或曰：「解鈴還須繫鈴人。」此處看來未必未必。當矛盾激化，雙方都無臺階可下，都無回旋餘地，便需要其他人出面解勸。李嬌兒必不相勸，孫雪娥更是不會，這兩位平日裡不得煙兒抽的早已恨死了潘金蓮，今見了這個機會，能不因風吹火，樂還來不及呢！於是，孟三兒及時出場，秀了一把。我們看她順著竿兒與月娘賠話，先說一大通金蓮的毛病，再說西門慶的為難，然後便勸月娘大人大量，放手讓她過去；我們看她以「你我都在簷底下」撫慰金蓮，再與她一起譴責月娘，然後才是拉她過去賠情；我們看她引領金蓮至上房，假作家長，扮貓扮虎，引得眾人一笑，爭端也隨之平息。玉樓誠乖人矣！乖人當然要有乖覺、乖巧，但更要有謀劃、見識，要懂一點兒心理學，擅於搞好人與人之間的關係，也要有心胸，能涵容。若真的事事計較，玉樓最有理由看熱鬧，畢竟是金蓮在她的生日整事兒，不是嗎？

　　一場正面交鋒化為無形。正由於需要化解，才彰顯了雙方的存在價值。先前孫雪娥與潘金蓮衝突，被老西踢了幾腳便了事，又何曾要人化解？春梅當眾叱罵申二姐，給了一兩銀子算是安慰，又何須專門去化解？但話又說回來，雖然是兩邊勸解，仍會有差

異，分主次。吳月娘作為主家娘子，爭吵後眾人圍侍，夫主關心，為之請醫問藥，惟恐有一點兒差池；而潘金蓮就不同，冷清清躺在自家房中，再無一個人瞅睬。好不容易來了個孟玉樓，還是拉她去道歉賠罪的，而她又怎敢不去。「娘是個天，俺每是個地」，磕頭賠罪之際，金蓮才想起搞搞統一戰線，把別人扯落進來。

西門慶為平息這場後院紛爭更是大費心力。年輕的他心態有些老了！擱在過去，他會不聞不問，會偏袒一方，而今則是盡量化解，兩面撫慰。我們看老西首先想到上房和胎兒，看他接連幾天不去金蓮處，看他依著月娘指派到李嬌兒房中，幾乎都有點兒懼內了；再看他到得前院，聽金蓮一番哭訴，接下來又是春梅一番強詞奪理，也只是賠酒、賠話、賠情和勸慰。這還是西門慶嗎？是那個「慣打婦熬妻」的老西嗎？

進入官場、經過幾年宦程磨礪的西門慶，在日見圓通圓融的過程中，性格也有些弱化，也更多地講求和諧與穩定。他知道，這一事件中潘金蓮也有冤枉，至少如意兒那一晚不應記在她的帳上。他提出讓金蓮「管理使用銀錢」，也算是一種回報。當矛盾衝突激化之時，竟也會犧牲他人，具體說是出面說合之人的利益，老西的化解之道，亦奇哉怪也！一場風波以玉樓交出帳本，潘金蓮喜獲美差了結，而月娘居然沒有阻攔，亦是出奇料理。

當大院重歸於平靜，西門慶也放下心來，以更多精力接待和應酬。宋御史又來了，上次看上的八仙鼎已成把玩之物，其與老西的關係也熱絡得如同兄弟。為巡撫大人的送行盛宴匆匆一過，西門慶卻乘機為荊都監和吳大舅的升職說了話，老宋滿口答應。

咦！作者盡寫做官、升官之難，寫謀一臺階之艱難凶險，此處又細寫升官之易，寫笑談間而大功已基本告成。這便是宴會的後續性效益。越是貪腐政權，越是注重社會中的人脈力量，注重編織關係網，歷來如此。

嘗嘆市井社會亦高度發達之信息社會也，其傳播速度與堅定的趨利性相得益彰。人們很快發現，西門大院成了升官發財的終南捷徑，於是絡繹而至，請託漸多。連喬大戶也來求一個「義官」身份，而且是手到擒來。笙歌宴飲之中，眾官謝語如潮，老西還真有點兒樂此不疲了。

一波剛平，一波又起，溫必古的屁股案發。家人童僕之間沒有太多祕密，互相指稱的綽號也往往奇準。這位「溫屁股」虐待小廝事小，而吃裡扒外事大：西門慶這才解開洩密案的謎團，才知曉原來貌似顢頇的夏提刑，還在自家院子中安了一個眼線！溫秀才的故事結束了，得罪了待之不薄的東家，丟掉了上好的工作，以後便不知所蹤，更不知所終。按說《儒林外史》中應該有溫屁股一席之地，可能是讀書人中有個性的太多，好玩的也太多，吳敬梓還有些看不上他呢。

七七　漢子的心如沒籠頭的馬

年關臨近，西門大院客人不斷，安郎中等人來了又來，在這裡宴請新升大理寺丞的趙知府。老西忙裡偷閒，先到鄭家妓院，愛月兒幫他謀劃王三官娘子；而家中由玳安傳信，又把賁四娘子奸了。一來二去，早被他人瞧破，傳與金蓮知道。

粉頭道：「爹，你還不知三官娘子生的怎生標致，就是個燈人兒沒他那一段兒風流妖豔。今年十九歲兒，只在家中守寡，王三官兒通不著家。爹你肯用個工夫兒，不愁不是你的人。」

「一個漢子的心，如同沒籠頭的馬一般」。這是前一回吳月娘對眾女眷說的話。她當然說的是西門慶，同時也泛指大多數的男子，指那些有錢有勢的男人們。她的話有幾分人生感悟，更多的

則是一種深深的無奈。試想，有誰能比月娘更希望給老西戴上籠頭呢？

西門慶之妻妾以及與之有過「親密接觸」的女人可謂多矣！這些女子各有能為，各顯神通，無不想結其歡心，得其寵幸，然則誰最了解老西？

吳月娘是了解自家夫君的，她牢牢掌管著財物，也努力在大院裡維持著基本的秩序，對老西的風流韻事則眼睜、眼閉，不多干涉；孟玉樓滿懷愛意嫁來，卻也很快了解了這位夫君，她選擇了低調的生存方式，退一步海闊天空，退一步等待機會；死了的李瓶兒對老西的感情，應該用深愛來形容，從未見她索取，從未見她爭執嚷鬧，從未見她吃醋拈酸，她用全部的心思守護著官哥兒，也是想為西門家族留下一條根；至於潘金蓮，從一開始就了解老西的淫縱，從一開始就追求專寵，從一開始就使盡萬般牢籠計，到最後也沒給這匹馬拴上一根韁繩……，作為文學典型的西門慶是雜色的，而生活中的此類人物當更為複雜。可憐這一班兒妻妾也如盲人摸象，各見其一端，沒一個對老西有全面了解。

家中風波已然平息，西門慶便開始忙碌，開始折騰。忙碌的是接來送往：送走借皮箱氈衫進京會試的尚舉人，送走搬家進京的夏提刑兒子，接待襲了祖職的雲離守，接待曾幫過自己的何九，接待安郎中、雷兵備、汪參議……，竹兄解說汪伯彥為「汪不厭」，亦即「頻來不厭」，大有機趣。老西嘗到了「接待出效益」的甜頭兒，真真是頻來不厭了。

而其更不厭、終生不厭的是折騰，是宿花眠柳。打了一個幌

兒，又到了鄭家行院。經過林太太一樁巧宗兒，愛月兒在老西這裡便與其他妓女不同。可一曲聽完，調笑嬉戲之間，竟然發現王三官題詩的《愛月美人圖》。詞句之間，處處見出兩人關係之親暱。由此可聯想到愛月兒或對王三官產生過一段刻骨銘心的愛，見其移情別戀，尤其是纏上競爭對手李桂姐，便轉化成了刻骨銘心的恨，便出奇招以為報復。她為何在老西來時不摘下此軸呢？大約是以為老西不知王三官之號；又為何還懸掛此軸呢？或因她在心底仍懷有一線希望吧。哦——小小年紀的愛月兒，生活已給了她太多的折挫和惡毒！

西門慶老江湖了，豈能看不出愛月兒的遮掩和慌亂？豈能聯想不到二人間會有的糾葛和恩怨？可又怎麼樣呢？難道還會像在李家行院一通打砸？一愣神後，老西隨即釋然。連自家小妾有外遇都能原諒，他也不再要求妓女的守節，而是與之講說林太太淫事，商定勾引王三官娘子之計。「踏雪訪愛月」，已不單單是一次嫖娼行為，而帶有更多的密謀色彩。試想，將一個曾在歡場挑戰自己權威的宦門子弟王三官拿下，先睡了他的親娘，再逼他叫義父，如今又算計義子的媳婦兒，對於老西該有怎樣的刺激！而讓騙取了自己的初戀和初夜的負心人遭受報應，讓他飽受驚嚇，讓人先睡了他的親娘，再去睡他的娘子，他還要恭恭敬敬叫人義父，對於愛月兒該是怎樣的舒坦！愛月兒誠老西之紅顏知己也，不斷地為他這匹歡場奔馬設計著新的賽程。

老西畢竟是老西，會受愛月兒和她的妙計吸引，卻不會受其羈絆。趁著妻妾們外出弔孝，他又與賁四娘子風流一度。回目中

用「倚牖盼佳期」寫這位賁四嫂，其也有「四方納賢」之好，一經主子垂顧，立馬欣欣然倚門等待，盡力孝敬。真不知該如何評說，是西門慶拿下了賁四娘子？還是她拿下了主子？

這匹可憐的老馬，還在撒著歡兒狂奔。

這件事又傳到潘金蓮耳朵裡，可她似乎已將注意力轉移到管理職能上，每天與春梅興興頭頭稱銀子，罵小廝，好像把那檔子事丟在腦後。新的管理機制，僮僕們一時大不適應，西門大院的財務監管力度則空前提高。老西也算是知人善任了。

七八　老西的最後一個春節

重和元年春節，西門慶比往日更為忙碌，家裡家外應酬多多，私會了林太太，又讓月娘延請各路女眷，其中也有王三官娘子。屆時三官娘子未來，老西又看上了何千戶娘子藍氏，欲火升騰，順手就把路過的來爵媳婦奸訖一度。

婦人道：「指望問我要錢，我那裡討個錢兒與你？……今後你有轎子錢，便來他家來；沒轎子錢，別要來。料他家也沒少你這個窮親戚，休要傲打嘴的現世包，關王賣豆腐，人硬……」

春節又到了。春節之於我華夏民族可謂重矣！其是過去一年的收束，是新的一年的發端，更是一段走親訪友、送禮與吃喝的日子。宋代明代如此，今天仍然如此。對於西門慶，這是他在人

間度過的最後一個春節，當也是他生來最風光、最繁忙的一個春節。

　　送禮與收禮自然是少不了的。而書中寫開來，卻是送出去的多：察院中宋御史要送，又特特讓春鴻去送；應、謝等幾個會中兄弟要送，與主管各店鋪的伙計同一待遇，以示幫閒和幫忙同等重要也；行院的妓女要送，也有杭絹也有銀；和尚道士和姑子們也要打發，無非「香油米麵銀錢」……至於一眾家人和家生子，則各有賞賜。老西還常常代人送禮，為吳大舅任職準備「上下使用」的物事銀兩，為他和應伯爵準備赴何千戶家宴的贄見。若說到收禮，似乎只有宋御史回贈了一宗兒，其他如荊都監、雲指揮、喬大戶及各路人等，並未見有什麼大禮來。

　　禮者，本義為敬神，演而為行為準則、道德規範和莊嚴儀式，也早早就指稱禮物。世上之人又誰不愛收禮？市井中人喜歡收禮，官場中人喜歡收禮，高官如蔡太師喜歡收禮，老媼如楊姑娘也喜歡收禮。細讀全書，我們發現西門慶常常幫人，卻並不怎麼熱衷於收人家東西：救了黃四丈人舅子的命，卻只收下豬酒，其餘的一概退回；抹了何九兄弟的命案，也是堅持不要他的尺頭。此也正見出老西的行事風格，些許微物對他又算什麼？他要的是人情和人脈，要的是市井豪俠的範兒。

　　《禮記·表記》：「無禮，不相見也。」本回的兩段精彩文字，是寫吳大舅和潘姥姥不帶禮物的到來，皆緣一個「窮」字，卻是各有各的窮法，色澤意趣亦迥異。吳月娘的大哥世襲千戶，卻是有名無實的「一個窮衛官兒」。書中寫老西為吳大舅謀劃升職，謀

求見任管事，該求人求人，該花錢花錢，全程負責到底；而他得官之後，束著金帶、空著兩手來拜，仍是一路訴窮，吞吞吐吐，追問之下才說出「見一年也有百十兩銀子尋」。是伏筆，更是妙筆！這樣的一個貌似忠厚，實則自私無能的老舅，在老西死後又怎能託付遺屬、護佑其家？

應說西門慶還是比較講究親情的。孟玉樓前夫的姑媽，八竿子打不著的親戚，他也常時關照，死了給買棺材辦喪事；同樣的還有李瓶兒前夫的兄弟，當年爭過財產，後來也沒少走動。但有一個特例，那就是金蓮之母潘姥姥，還真沒見出老西對她有什麼照顧。又為什麼？寫潘姥姥是為了寫潘金蓮，寫其母窮窘正可發露其女之不孝。我們看潘姥姥一入門便為「六分銀子轎子錢」煩亂，金蓮不給，月娘讓她在帳上支出亦不同意，最後還是玉樓拿錢打發。而金蓮對親生母親那一通數落，真冷冽到骨，且連月娘和玉樓都罵在裡面，天下竟有這樣的女兒！嘗嘆蘭兄對潘金蓮之類女子有一股怨毒、一種刻薄，筆觸所至而眾惡歸焉。然春梅的話，從潘金蓮爭強好勝的性格解說其作為，雖未全通，要之亦一家之言，亦自有道理。

這就是作者的高明之處，看似講求極致，實則筆墨圓渾，從來都有分寸。似此一回寫老西御女多多，寫法亦大不同：吳月娘一筆帶過，賁四娘子、如意兒、潘金蓮和惠元略作摹寫，而重點則是林太太。尋花問柳到了招宣府女主人的層面，便不再僅僅是一個獵豔的問題，而是占有欲的極端顯現，其在老林身上燒的兩炷香即是證明。這之後，他還燒了如意兒三炷香。一個是貴夫人，

一個是家中奶媽，老西都興興頭頭地留下私有的印記，留下自己在人間的最後印記。

　　春節匆匆而過。對西門大院來說，年節間的熱鬧與祥和將成為一種追憶，而不祥的苗頭已然出現。回中寫盡榮華繁盛，寫盡酒宴笙歌，也不時插敘老西之倦態，寫他不斷訴說自己腰腿疼，寫他晚間讓孫雪娥「打腿捏身上」，寫他在席上「軥軥的打起睡來」。而何千戶娘子要離去，老西又霍然來了精神，三兩步走入夾道偷覷，情急之下竟把新來的惠元奸訖一度。西門慶真漢子也！惟這漢子的身子骨已病入膏肓，而漢子的心仍如脫韁之野馬，在黃泉路上發飆狂奔。

第七十九回

西門慶貪欲得病
吳月娘墓生產子

七九　典型性非正常死亡

　　西門慶連日淫縱，身體已嚴重虧虛，又被王六兒勾去徹夜宣淫。回來到了潘金蓮房裡，見其不行，竟把所剩三粒胡僧藥都給老西吃下，於是虛陽舉發，精盡血出，一下子病症爆發。吳月娘求醫問卜，終是挽不回病勢，老西對家事，尤其是家產一一交代，撒手塵寰。混亂中，李嬌兒偷了五錠元寶，而拿老西書信到宋御史處討批文的黃四等人，也起了貪昧之心。

　　見月娘不在跟前，一手拉著潘金蓮，心中捨不得他，滿眼落淚，說道：「我的冤家，我死後，你姐妹們好好守著我的靈，休要失散了。」那金蓮亦悲不自勝，說道：「我的哥哥，只怕人不肯容我。」

　　此回是西門慶在本書的最後一回，標目「西門慶貪欲得病」，
大不準確，實則是「貪欲亡命」。至於其得病，那可不是一天兩天
了。一部百回長篇，竟敢在不到八十回處就讓主人公死去，留下
二十多回的篇幅寫其餘緒，也算是藝高人膽大了。

　　西門慶死於淫縱，準確說來是死於淫縱後的併發症。任醫官
所說「脫陽之症」，胡鬼嘴說的「下部蘊毒」，何千戶所謂「便
毒」，都有幾分道理，要之以吳神仙所稱「酒色過度」最為直白，
也最貼切。酒色能死人嗎？風花雪月和倚紅偎翠竟與死亡相牽連
嗎？歷史上和生活中有無數這樣的例子，可酒色中人能悟者又有
幾人？

　　老西得的是一種典型性病症，又是一種典型性非正常死亡。
他的關係網正越結越大，他的官位正越做越高，他的生意正越來
越紅火，而他的生命卻戛然而止。是誰害死了西門慶？

　　是潘金蓮？是王六兒？是接連兩戰的林太太？是夾道裡速戰
速決的惠元？她們個個都是催命鬼使，這個行列中還應有如意兒、
賁四媳婦和鄭愛月兒；另一方面，潘金蓮精心製作的白綾帶兒，
王六兒用頭上青絲做的物件兒，隨身寶盒裡的胡僧藥，也應包括
李瓶兒的二十四解春意圖，包括銀托子、緬鈴、景東人事那一弄
玩意兒，件件都是送死鬼符。「冤殺旁人笑殺賊」，賊人和賊物均
多，又哪一個是冤枉的？

　　然真正的原因又只能在西門慶。「當時只恨歡娛少，今日翻為
疾病多。」身臥病榻的老西會有悔悟嗎？一定會有，而且是無限
痛悔！然作者沒寫，一個字也不去寫，生命不再給予他改過的機

會，悔又何益！

西門慶最後的淫縱仍屬於潘金蓮。然不是給予，而是索取；不是在做愛，而是在作孽作死；不再是一種人生享受，而是在遭受折磨和報應。或只有蘭陵笑笑生才能寫出這樣令人恐懼的性愛場面。「柳眉刀，星眼劍，絳唇槍」，這樣的文字有幾分調侃，可也有幾分當真。大家還記得「醉鬧葡萄架」那一場性施虐嗎？如今只是主導者換了個個兒，潘金蓮操弄著一切，老西則先是渾渾噩噩，後來便「昏迷過去」。他的死乍看是個突發事件，來得突然，實則早已給出了一個準備期，西門慶以他全部的胡作非為，以他的強橫霸蠻，準備著這場完全被動也一派自然的告別演出。

這難道不是一個市井惡棍的應有下場嗎？難道不是西門慶巧奪豪取、殺人越貨、貪贓枉法應得的果報嗎？是。但這裡的文字不令人歡暢，而讓人壓抑。「嗜欲深者，其天機淺。」這裡的「天機」，指的是靈性，是鮮活的生命。我們看西門慶強忍著疼痛的煎熬，看他在長夜中嚎叫，看他與潘金蓮、吳月娘的相對而泣，都會從心底產生一絲同情。是的，任何一個年輕生命的消失，都是悲劇的，都有令人悲憫之處。

臨終時的西門慶是清醒的。他對家庭的財產作了一個完整交代，也對未來作了一個整體布局，那就是收縮和苦熬：緞子鋪不要開了，絨線鋪和綢絨鋪不要開了，古器的批文也不做了，對門和獅子街的房子都賣了，只留下家門口的兩個鋪子。長期經商和做官的經歷使他清楚，一旦自己蹬腿，偌大家業只能成為眾人覬覦和瓜分的對象。他沒有向一位官場中朋友託付身後之事，大約

也是出於一種深刻了解和徹底的不信任。

　　臨終時的老西又是糊塗的。他仍然捨不得潘金蓮，指望其能老實在家，「好好守著我的靈」；他又對月娘說情，要她擔待金蓮，要她「一妻四妾攜帶著住」。說話時老西滿眼是淚，全是求懇，然而這可能嗎？西門慶看透了官場，看透了商場與歡場，卻看不透吳月娘和潘金蓮，看不透月娘的狹小格局，看不透他的潘六兒那於生與俱的冷酷與不忠。

八○　看誰更薄情寡義

西門慶死後，弔客了了，昔日那些官場朋友大多不見了蹤影。伯爵和一眾幫閒雖來，已生二心，第一個便是將李嬌兒推薦給張二官。而潘金蓮與陳經濟這時再無懼怕，得便黏在一起，全無一點兒悲痛。

「你又沒兒女，守甚麼？教你一場嚷亂，登開了吧。昨日應二哥來說，如今大街坊張二官府要破五百兩金銀娶你做二房娘子，當家理紀。……你我院中人家棄舊迎新為本，趨炎附勢為強，不可錯過了時光。」

西門大院失去了男主人，立馬便見出另一種光景。

回前詩所寫，便是總括這種巨大反差：「世情看冷暖，人面逐

高低」，說的是市井，是官場，也是整個社會。作者甚而把描述範圍擴展到自然界，「水淺魚難住，林疏鳥不棲」，魚鳥尚且如此，何況人乎！古往今來此類格言頗多，指出勢利澆薄之習的溢泛彌漫，也指出就中那一份合理，一種天然。這就是世情！不能說亙古不變，至少也沿襲千年的世情，一種俗世的通例或曰潛規則。

正如正史中多有長長的烈女傳，古典小說戲曲也不缺少忠臣義僕，不缺少諍諫與死節，不缺少「范張雞黍」式的朋友。但更多更普遍的則正相反，比比皆是冷漠與生疏，反叛和離棄，攘奪和傾害……，一死一生，乃見交情。湯顯祖稱一部《牡丹亭》，「肯綮在死生之際」。則《金瓶梅詞話》亦以「死生之際」挽結故事，摹畫物理人情。西門慶之死，引來官場、商場與歡場的一場新比拼，即看誰更薄情寡義也……

變化最大的是官場。老西一病不起，西門大院便門庭冷落，宋御史不來，安郎中和汪參議、雷兵備不來，州府和縣裡大員一個也不來，何千戶來了一次，又約會幾位武職和兩個太監「合著上了一壇祭」，算是給了點兒面子。最妙是誤撞來一位蔡御史，來到才知主人新死，靈前拜了，又還回五十兩銀子，雖說只是當初借貸之半，已足令月娘感慨萬端。

反應最快的是商場。搗騰政府採購的李三、黃四黏上西門慶，籌足啟動經費，又從宋御史處拿到批文，而一聽說老西死了，途中便定下詭計，買通參與者，要拿著批文轉投張二官府。至於後來的一系列變化，件件令人瞠目扼腕，亦椿椿不出商場之常態和通例。

　　尚留一絲溫情的竟是歡場。老西病重，鶯鶯燕燕爭先前來，探視侍奉，或可解說為日後鋪墊也；而其卒後，吳銀兒、愛月兒等仍來弔唁，算是「以全始終之交」了。老西的外寵王六兒也來上祭，遭到好一陣羞辱；林太太壓根兒沒有出現，畢竟是招宣府女主人，比王母豬家的人聰明一些，卻不知會怎樣寄託自己的哀思；而那些曾沾濡主子雨露的丫鬟婆子，倒也簡便，只需在眾人哭祭時多流些眼淚，放幾個高腔，也就夠意思了。

　　一眾幫閒則沒這些顧慮，十兄弟現今剩得七人，在應伯爵統率下全伙兒到此，送大哥一程。老應的「動員令」先從交誼和死者恩惠說開來，不幾句便算上了小帳，算出個只賺不賠，算得妙不可言；更妙的則是水秀才一篇祭文，既寫老西，又寫眾幫閒，總不離臍下三寸，而畫形繪神，謔極趣極。老水之文采，超越老溫多矣！

　　西門慶「長伸著腳子去了」，西門大院新一輪次的折騰則剛剛開始。《三國演義》卷首詞曰「聚散本無憑」，實則不然，人世間一聚一散，皆有道理。老西在時諸般來聚，此時便出現消解散落。首當其衝的是李瓶兒一房，老西的棺材還沒出門，吳月娘就急不可耐地取消了這一編制，該燒的燒，該搬的搬，該分散的分散。想老西最後遺言「休要失散了」，雖未明說，當是包括瓶兒的。「月色不知人事改」，詩句中真滿涵悲涼。

　　其實改得最快的是潘金蓮。「君前日日說恩情，君死又隨人去了。」後兩百年的《紅樓夢》中一曲〈好了歌〉，恰可為此寫照。而金蓮所隨之人又是自家女婿，溜眼調笑之地又是靈床子前、喪

帳子後，所亂之時又在熱孝中，咦，不亦甚乎！

　　桂姐和桂卿也一趟趟趕來，然弔唁是虛，勸說李嬌兒改嫁他門，幫助她轉移財產是實。李嬌兒又豈需多勸？已瞧了偷元寶時的快捷身手，再瞧她這一家子齊來幫忙藏掖偷轉的團隊精神，瞧她很快敲定張二官府的決斷能力，瞧她藉事大鬧、尋死覓活的潑辣，真讓人刮目相看。明明是自己鬧嫁，卻落了個「打發歸院」，愣是把那夙稱慳吝的月娘嚇住，滿載一房之物而去。

　　至於與老西交情最深，也受其關照最多的應伯爵，又何止於一個「改」字！他毫不猶豫地走向出賣，出賣信息、出賣關係、也出賣智慧和謀略。對急於瞞昧跳槽的李三、黃四，他拉住吳大舅，成功化解了月娘的追究；對已經歸院待嫁的李嬌兒，他安排了嫁前的「試婚」；對那最以風月著稱的潘金蓮，他更是看成一樁大買賣，極盡鼓吹。「一雞死而一雞鳴」，西門大官人化煙化灰去也，張二官兒繼起於清河，第一幫閒應花子也趕在第一時間，把自己連骨頭帶肉賣給了這位清河新貴。

　　世上已無西門慶……

　　李瓶兒死後，西門慶有一種出自深心的痛殤，有著久久的摯切懷念。而今老西死了，滿院之中，大院之外，又誰有這種痛殤和思念？

八一　兩個刁奴

卻說來保與韓道國自揚州置辦貨物回還，老韓在臨清碼頭聽見西門慶已死，便做主發賣了一千兩銀子，先趕回家，與妻子王六兒商議，連夜躲往東京女兒那裡。來保後來聽說，也私藏了八百兩貨物，漸漸離開西門家，開起店來。而翟管家聽韓道國的話，來信索要老西家樂，月娘只得將玉簫和迎春送去。

韓道國說：「爭奈我受大官人好處，怎好變心的，沒天理了。」老婆道：「自古有天理倒沒飯吃哩！他占用著老娘，使他這幾兩兒銀子不差什麼⋯⋯」

此一回寫家奴之欺瞞叛離，核心則在一個「商」字。

讀三代之書，常思後世所謂「商人」或來自殷商王朝的崩潰，

那些散離各地的王室勛舊失去了尊榮貴寵，失去了祖業家產和經濟來源，只好做些小買賣謀生。於是早先被稱為頑民的他們就有了新稱號，而社會分工中也有了一個新行當——商人。假若如此，則這基因中帶來的影響，使得歷代經商者都有一種對權力的親近，也有一種對權力的恐懼。

西門慶在紅塵中僅歷三十三載，幻相則多多：官場上是貪贓枉法的提刑千戶，歡場上是一擲數銀的嫖客恩公，市井中是一呼百應、心狠手辣的黑社會老大，惟商場上還沒有見出太多惡形惡狀。經商是老西的主業，商鋪為老西的買官晉職、請客送禮、尋花問柳提供了充足的銀兩，商人也是老西最重要最實質性的身份。他從一個生藥鋪開始，不數年時光，便有了五七個鋪子，有了潑天哄財富。有人稱西門慶是一個新興的商人，本人倒覺得其更像一個成功的傳統商人。

他的成功首先在於有官府背景。未做官時結交官府，從小官小吏開始巴結，什麼縣衙的書吏，驗屍的仵作，都攬得熱絡，而機緣湊合，竟然夠到了宰相府總管，巴結上當朝太師。那時的西門慶一介布衣，卻被稱作西門大官人，傳達的正是其使動和操弄官府的能量。做官之後名正言順，更是廣泛交往，遍結善緣，而西門大院的幾次盛大宴會，也給他帶來巨大官場資源。正是在其做官以後，他的經營範圍和總資產得到極大擴展。

其次是用人和待人。凡有經營本領者，不管自身有什麼缺陷，老西一概任用，給以充分尊重和高待遇，平日讓其參加宴席，年節一家子都有禮物，地位與鐵哥們應伯爵、謝希大略同。在西門

慶一眾商業伙計中，湯來保和韓道國都是能幹的角兒。來保精明強幹，曾多次被派往東京，或押送生辰擔，或找門子鑽事，不獨能不辱使命，且還會有意外收穫，故很被主子信重；而韓道國本性虛飄，最愛搖擺逞能，大話炎炎，派到外地採辦貨物，亦有語言和場面上的優勢。他二人前往江南，雖有吃酒狎妓之劣跡，卻也很快把貨物置完，若主子健在，穩不不又是一樁賺錢的大買賣。

問題是，西門慶死了！

韓道國先聽到這個訊息。平日裡話語滔滔的他竟然能一絲兒不露，將貨物先賣了一千兩銀子，騙過來保，取旱路回到家中。有人說他的名字諧「寒到骨」，狀其冷酷無情，實際上還是「韓搗鬼」貼切，現有弟弟「二搗鬼」為證。比他更擅於搗鬼的是王六兒。韓道國還要裝裝樣子，真真假假地扯幾句良心不安的話；王六兒則理直氣壯，聲言「自古有天理倒沒飯吃」，「不如一狠二狠」，連夜安頓好一切，舉家逃往東京。

輪該來保登場表演了：我們看他把陳經濟玩於股掌之上，看他不動聲色地下了手，看他「一口把事情都推在韓道國身上」，看他幾句話便讓月娘不再提往東京追債之事。雖說韓氏一家子搗鬼有術，可比起來保，應說還差得遠。韓道國充其量是個商鋪伙計，先是個戴綠帽子的明王八，再是個拐帶財物逃跑的明騙子。而來保做事則多在暗中：暗中與王母豬家結親，暗中轉移了八百兩貨物，暗中買了一所房子，暗中開了間雜貨鋪兒；東京翟府來書討要西門慶家樂，又是他藉引送之機，去時暗中奸耍了兩個丫鬟，回來暗中貪占了一錠元寶。來保後來成了一個商人，卻只會是個

地地道道的奸商。

　　寫胡秀一段亦妙。這小伙兒與韓道國那一通對罵，擺事實，講道理，句句誅心，氣勢如虹，與六十一回偷窺一節遙相呼應，原來卻是酒後撒瘋，醒轉後一點兒也不記得。「酒硬」之輩大都是傻瓜懦夫。這之後搗鬼騙錢，來保盜物，與他全無一些關聯，而他本人也就此不知蹤跡。一書中寫小人物無數，有的僅三兩筆塗抹，即躍躍然紙墨間，胡秀其一也。

　　回末處引書會留文，曰「勢敗奴欺主，時衰鬼弄人」，出自唐人杜荀鶴，原詩為「世亂奴欺主，年衰鬼弄人」。看似幾字之改，卻提出了一個「勢」和「時」的問題，極為深刻。《梁高僧傳》記述道安論傳教之難，曰：「不依國主，則法事難立。」而經商之道，不依官府，也是難以發達，發達了亦難以保全。翻揀西門慶的發跡史，從官商勾結到官商合一，亦官亦商、互相推長，應說皆是時勢使然。時勢造英雄，時勢也造高官、造巨賈。而老西一死，西門大院則敗相叢生，往日之老奴忠僕亦紛紛現出原形。「莫道身亡人弄鬼，由來勢敗僕忘恩。」鬼弄人也好，人弄鬼也罷，總因他時也命也，大勢去也！

八二　荼蘼架下的亂倫

潘金蓮與陳經濟打得火熱，這日又傳遞信物，約他在荼蘼架下相會，後來在後樓交合，恰被春梅撞見，便爾拉上春梅，三人一起淫亂，無所不為。也因經濟袖中藏有孟玉樓的簪子，鬧了一場誤會。

婦人道：「你若肯遮蓋俺們，趁你姐夫在這裡，你也過來和你姐夫睡一睡，我方信你。你若不肯，只是不可憐見俺每了。」

西門大院的後花園真乃淫亂之地：前面有一葡萄架，寫西門慶與潘金蓮的白晝宣淫；此處又寫一荼蘼架，讓陳經濟與潘金蓮月下私會。每一個場景都渲染了淫縱，也都攜帶著無盡的貪欲。

一部《金瓶梅詞話》，卷首先有〈四貪詞〉，即所謂「酒、色、

財、氣」也。作為主人公的西門慶正是「貪」的化身，其在短短數年中四處張揚著貪欲的大旗，一直到那年輕生命的戛然而止。

「人苦不知足，貪欲浩無窮。」（陸游〈對食〉）貪念一起，痴即隨之。從來讀者多見西門慶之貪，不見西門慶之痴。見他貪財貪色，以貪欲亡身；不見他花痴情痴，痴迷一生。見他奸巧頗多，時常騙人，尤其是騙女人；不見他憨痴仍在，總是被騙，又總是被女人騙。李桂姐不曾騙他乎？假作專一而偷偷接客也；王六兒不曾騙他乎？與二搗鬼早有一腿而按下不表也；愛月兒不曾騙他乎？記恨前任情郎王三官而藉以洩憤也；林太太不曾騙他乎？滿口答應與兒媳一同赴宴而獨自前來也……

欺騙老西最多的應說還是潘金蓮，大事如與琴童偷情要騙，小事如討要件兒東西、給他人上點兒眼藥也要騙，真真假假，假假真真，就這樣在大院過了幾年。她與陳經濟的勾搭成奸由來久矣，或也自知行為不端，怕為老西得知後決撒了，一直小打小鬧，不敢過分也不能暢情。而今終於用不著怕，也用不著欺騙了！西門慶撒手塵寰，潘金蓮與陳經濟便沒了太多顧忌，靈前溜眼，靈棚掐捏，在花園中更是放膽忘情，撒歡兒地造。

最後時刻的老西，說起話來常常眼淚汪汪，已成為名副其實的「西門含淚」。而這個時候的潘金蓮，又哪裡還記得老西的含淚叮囑呢！

前文中曾有「一雞死了一雞鳴」之說，頗為精彩，也頗有局限，怎麼可能如此一一相銜接呢？老西一死，群雞爭鳴，清河的雄雞都盯著西門大院的秀色，而大院之中，陳經濟這隻小公雞早

已急不可耐地飛撲蹦躂了。「財」與「色」都是最有流動性的。前回寫財，寫西門大院之財如何為家奴弄去；本回寫色，寫大院中美色又如何流向他人。惟其流動又有一種天性的自覺。我們看潘金蓮又開始造作信物，她在窗下燈前做那香袋兒時或也充滿柔情；我們看荼蘼架下又出現男女身影，金蓮施展那全掛子武藝時必也滿懷蜜意。金蓮的信物中有一縷頭髮，是從頭頂剪下的青絲，這青絲曾被老西剪過，如今要獻給別個了。女子多情，多愛以這種方式表達感情，身體髮膚，受之父母，有什麼更甚於一縷頭髮呢？可諸位當不會忘記王六兒用頭髮做的物件兒，不會忘記她對老西的曲意奉承，後來又怎樣呢？

　　作者之筆橫肆奇絕，又無不自然妥帖，無不刻畫入微。其寫金蓮與經濟之亂倫，寫春梅的撞見和接下來的群奸，寫得滿紙色情，一派淫穢。忽又插入潘姥姥病故，插敘弔祭與發喪。潘金蓮絕非一個孝女，其拒付一錢銀子轎子錢且叱罵老母的情形歷歷在目，前往祭悼也未見悲傷，歸來照樣與經濟嬉戲鬼混。而在一夜淫縱之後，拿出銀子託付經濟發送老娘，聽說母親入土「落下淚來」，也證明她還有一點孝心。作者於此處了結潘姥姥，也為金蓮補寫一筆，這才是潘金蓮。

　　經濟辦妥了潘姥姥喪事，也與小丈母「日親日近」，偏又生出波瀾，以孟玉樓的簪子出現於他袖中，被金蓮發現也。這是一段插敘，更是一個伏筆，此時起了一陣小小喧嘩，正伏日後一場大風波也。喧嘩也好，風波也罷，總不離一個「貪」字。陳經濟雖然在綜合素質上遠不如老丈人，玩女人的本領倒也不輸太多，也

是個貪痴之輩，在情天欲海中銷蝕著年輕的生命。

　　解說至此，評者也頗有一點恍惚，即以此一回的荼蘼架論之，究竟是陳經濟玩小丈母呢？還是潘金蓮玩小女婿？抑或是兩人再加上春梅互玩？

　　貪與痴似乎是難解難分的。佛教所言「貪痴」，是說貪即是痴，貪欲即痴愚也。陷溺於「酒、色、財、氣」中的人當然以男子為眾，卻也不是男人的專有領域，歷來也不乏女子涉足者。潘金蓮不貪嗎？「酒、色、財、氣」不樣樣全占嗎？嘗嘆世間每有一類大而化之的批評家，偏愛從性別的角度論人物，以男女分是非善惡，而不去閱讀體悟小說的全部文字，不去認知生活所具有的駁雜、厚重與豐富。

八三　偷情最苦

秋菊在一個雨夜看見陳經濟從金蓮房中出去，告訴上房丫鬟小玉，傳到春梅耳中，挨了一頓打。中秋之夜二人長睡遲起，秋菊再去告狀，吳月娘趕來查看，經濟藏在錦被下躲過。月娘令嚴謹門戶，金蓮與經濟被隔阻，春梅代傳情辭，三人夜裡群奸，又被秋菊瞧見，告知月娘，卻被斥罵。

到天明雞叫時分，秋菊起來溺尿，忽聽那邊房裡開的門響，朦朧月色，雨尚未止，打窗眼看見一人，披著紅臥單從房中出去了……

此一回純寫偷情，準確講是亂倫和偷奸。

我國古代小說戲曲，凡寫到愛情，大多由偷情開始，尤以王

實甫《西廂記》最稱經典。蘭陵笑笑生對《西廂記》的喜愛與熟悉，讓他在寫作時忍不住要引錄借鑑，此兩回更甚：「隔牆花影動，疑是玉人來」，原劇中那純淨、純情的意境，竟被拿來做為亂倫寫照，咦！唐突前賢，真莫此為甚也。然則張生與鶯鶯的熱戀，金蓮與經濟的鬼混，說來又都是偷情；普救寺的月夜，西門大院的月夜，也都是戀愛或偷情者的幸福時光。偷情的人種種色色，偷情的故事和過程亦千差萬別，而「性」，都是其靈與肉的必然指向，是其魂牽夢繞的一刻。張生如此，這個很不堪的陳經濟亦如此。

「偷情」一詞，不知最早出於何典？偷情之事則由來古遠矣。「窈窕淑女，君子好逑。」《詩經》中那些美好的歡愛場景，大約都牽連著偷情。偷人、偷光、偷香、偷期、偷嘴吃，一個「偷」字，原也與「愉」字相差不遠，帶引出無盡風月。若一定要在字詞間加以區分，謂張生為偷香竊玉，經濟為偷雞摸狗，不亦陋乎？

西門慶在世之日，潘金蓮就不老實，如今死了，能不放膽一偷！然限於身份，限於大院中還有月娘、西門大姐等人，限於小院中會有一個秋菊，潘金蓮與陳經濟還只能是偷情。惟偷情日久，便會露出馬腳：打著腔兒小院來尋而月娘在焉，樓上觀音菩薩前淫戲而春梅來也，雨夜裡披著紅臥單離去而秋菊瞧見也……，最懸的一次是中秋之夜，兩人加上春梅先是賞月飲酒，再下棋兒玩耍，從容就寢，「至茶時前後還未起來」──想是偷情多便警覺少，真夫妻一般睡開來。不想丫鬟秋菊到上房舉報，小玉朦朧說五娘來請，吳月娘驀然前來，匆忙之下，只好「藏經濟在床身子

裡」，用一條錦被蓋住。好險好險！若是月娘有備而來，若是進院時不被春梅看見，若是潘金蓮沒有一個足以藏下漢子的大床，若是陳經濟忍不住打一噴嚏或放個響屁，後果真不敢設想也！

　　偷情最樂，偷情亦最苦。陳經濟月下偷期、胡天胡地，黑甜一覺，盡享與小丈母歪偷之樂；而此際處錦被之下，聽月娘與金蓮絮話，大氣兒不敢喘，身子兒不敢動，不能起床，又不能睡著，真受盡偷情之苦。偷情的大關節在於蒙騙遮掩，臥單也好，錦被也罷，遮掩得住便生意趣，遮掩不住則是麻煩。從來偷情者多聰明人，而偷情又往往集中很多人生智慧，似此際金蓮驚慌有措，也算是急中生智，算是遮掩得法咧。

　　自來有歡會便會有間阻，歡會是偷情的花朝，間阻當是其雨夕也。吳月娘終是對潘與陳不放心，採取了一系列針對性措施，雖然晚了點兒，而亡羊補牢，使兩人頓覺咫尺千里，睹面難逢。「世間好事多間阻，就裡風光不久長。」這樣的偷情能稱好事嗎？對偷情人當然是的。而有間阻便會有思念，有焦灼和饑渴，就會設法突破。《西廂記》中張生與鶯鶯被老夫人間阻，紅娘挺身而為傳情送柬也。春梅便是西門大院中的紅娘。我們看她幾句話寬慰金蓮，先說出不合則去的話頭；看她出謀劃策，擬好了私會的路徑；看她灌醉了秋菊，倒扣了廚房，拿著筐兒出門；看她抓尋著經濟，交換了柬帖兒，敲定了約會。春梅真紅娘也！又不像紅娘那樣傻氣，與經濟摟抱一處，先抽了個頭兒。呵呵，當年老西光降小院，春梅就是這般行事的耶。

　　是啊，西門慶活著時最愛偷情，最擅偷情，一旦選定目標，

即咬住不放，必欲得手而後快。市井謠諺有：「妻不如妾，妾不如婢，婢不如偷，偷得著不如偷不著。」亦莊亦諧，妙極趣極！總算沒有提到亂倫，沒有提到後媽與兒子、公公與兒媳、丈母與女婿。老西的獵豔尚未見有什麼亂倫行徑，只桂姐兒乃李嬌兒侄女，梳籠時沒有一絲兒猶疑，大約是行院之俗吧。如此看來，陳經濟勝過令岳多矣。

作者又擅長用飛筆，先遙遙設一著，若不經意，再藉石揚波，細加摹畫，得其往復接續之妙。第七十六回寫西門慶衙門中回來，對眾妻妾講宋得一案，一椿女婿與小丈母的奸情，也是為婢女舉報，敗露後兩人都是死罪。老西死後，潘金蓮則演出一幕又一幕亂倫活劇也。還記得她提出要把壞事丫鬟打得爛爛的嗎？此時的秋菊不獨常常遭打，還不時被灌得醉醉的。可他們的奸情還是很快就敗露，世上又哪裡有不敗的奸情呢？

八四 方丈雪洞兒竟有暗道

西門慶雖死，吳月娘還是要往泰山還願，吳大舅陪同，玳安、來安等隨從，到岱岳廟進香。未想廟祝和尚與知州的小舅子殷天錫勾結，險被奸污，只有連夜逃離。路過雪澗洞，併許孝哥兒十五年後給普靜禪師做徒弟。而在清風山，又被擄往山寨，幾乎做了王英的壓寨夫人，幸得宋江救助，才被放歸。

也是合當有事，月娘方才床上歪著，忽聽裡面響亮了一聲，床背後紙門內跳出一個人來，淡紅面貌，三柳髭鬚，約三十年紀，頭戴滲青巾，身穿紫錦褲衫，雙腳抱住月娘……

正敘說一家之喪亂，忽然插入一筆，寫月娘的泰山之旅，恍然又是《水滸》境界。

　　初謂本書是由《水滸傳》分出武松家事之一枝，再生成森森巨木也，至此則覺不然。蘭陵笑笑生熟稔「水滸故事」，敘事間隨時取用，如自家之庫藏也。而一旦拈選，不論大段小節、人物情景，入於《金瓶梅詞話》中大多妥帖，亦是說部中一件異事。要之，所有這些，皆經過作者之調製摶作也。

　　此一回寫吳月娘往泰山進香，寫其一路歷險，倉惶驚懼，卻是以《水滸傳》五個片段連綴編捏而成，惟經過一番編捏，便是蘭兄自家文字也：

　　——岱岳廟一篇韻文，是由《水滸傳》第七十四回迻錄而來，原為燕青和李逵到泰山打擂所見，正是寫這岱廟景貌，雖不免加減數字，倒也基本相同。燕青教訓擎天柱也有大段精彩，因別生枝節，便略而不提了。

　　——在岱頂碧霞宮「瞻禮娘娘金身」，借用了《水滸傳》第四十二回寫九天玄女形象的文字，畢竟都是有大神通的道家女仙，朦朧也就罷了。惟九天玄女一力護佑宋江，法術廣大，而泰山娘娘承受人間香火，不問人間善惡，甚至連自家門戶都成了藏污納垢之地，不著一詞而褒貶自見也。

　　——至於那領著一伙棍徒、於兩宮之間翻飛上下的殷天錫，則來自原書第五十二回，本是高俅堂弟高廉的小舅子，因欲奪占花園毆打氣殺柴皇城，又要喝打那柴大官人，極其囂張頑惡；而為他誘騙良家婦女的廟祝道士則出於新創，石伯才者，「實不才」也，與應伯爵恰可成一對，添此一人，場景便由高唐挪移到泰安，出《水滸》而入《金瓶》也。

——月娘在方丈中被困一節，是由原書第七回改寫，林沖妻子到岳廟進香還願，被高衙內攔住調戲，後來又被騙到陸謙家中，喊的都是「清平世界」，自稱都是「良人妻室」，也都將門窗戶壁打砸一通以出氣。所不同者，本書將「殷直閣」改為「殷太歲」，而高衙內則稱「花花太歲」也。

——清風山的故事在原書第三十二回，本來劫持的是清風寨劉知寨之妻，此處卻演為清風寨強人劫擄了西門慶遺孀，改變之跡宛然，肯綮則在一個「寨」字，暗示了官軍和土匪的一致，也為月娘在喪亂時投奔雲離守的靈壁寨，為靈壁寨可能發生的那一椿血案，先透露一線消息。

以上描寫雖已成蘭兄文字，卻也盡量保留了原作的本來色澤：宋公明仍是救人厄難的及時雨，矮腳虎王英仍是急色、好色的溜骨髓，殷天錫仍是倚勢欺人的惡少，江湖上仍是淒風苦雨、處處不太平。與殷天錫之類相比，西門慶應說收斂多了，其在世時也曾尋花問柳，卻未敢白晝行搶；也曾呼朋引類，卻未有這麼大陣仗。實則「二三十閒漢」，在《水滸傳》中是個幹點兒壞事的基本陣容，魯智深剛到大相國寺出家，找他晦氣的也是「二三十個潑皮」，後來便成了他的跟班；高衙內的那一伙「拿著彈弓、吹筒、粘竿」的鳥人，大約也是這麼個數兒。蘭兄對原著真可謂運用純熟，其選用亦是一種重寫。重寫過程中當然也有潦草之痕：如月娘之登泰山是也，以小腳女子不到一晝夜而先上後下，雖有歹人在後追趕，大約也難做到；而偌大一座清風山，來時不見，歸途中突然出現，也覺有些勉強。

　　《金瓶梅詞話》筆墨所至，無處不是市井，無處不見世情。月娘兩次叫喊「清平世界」，是可證這世界已然不太平了。泰山之上有誘騙良家婦女的主持，兩宮之間有呼嘯來去的棍徒，大道旁有劫財、劫色的強人。泰山巖巖，為「累朝祀典、歷代封禪」之地，卻被幾個淫道盤踞，真一派末世景象也。本回先寫月娘一念至誠、歷盡險厄往泰山進香，進而以所有描寫映照此行之荒唐：

　　月娘口口聲聲自稱是「良人妻室」，西門慶能算是良人嗎？

　　像老西這種一生淫縱又死於淫縱之輩，竟然也是登頂進香的理由嗎？

　　月娘許願是「兒夫好了，要往泰安州頂上與娘娘進香」，而今老西一命歸西，還要出遠門還願嗎？

　　這樣荒淫的寺廟，這般下作的道士，進香掛袍也會有靈驗嗎？

　　外面的世界很精彩。方丈的雪洞兒亦頗像西門大院的藏春塢也。西門慶在世時如來泰山一遊，必如魚得水，大叫快活。由是觀之，到這兒來緬懷先夫，告慰亡靈，又最是適宜之地。只不過選錯了還願的人。真正該來進香的應說是潘金蓮，最好由陳經濟一路保定，便是好一篇狂蜂浪蝶之文字也。大風大浪都經歷過，小小一個殷太歲能如何？矮腳虎又能如何？就算在那碧霞宮春風一度，就算做他一任壓寨夫人，嘿嘿，又有何不可！

八五　家生哨兒

金蓮懷了孕，經濟找胡鬼嘴兒討來「紅花一掃光」，打下一個胎兒，於是他人皆知金蓮養了女婿。月娘回來，秋菊又來舉報，終於抓了一個現行。月娘當場責斥，攆出春梅，託薛嫂領出發賣。春梅昂首而去，「一點眼淚也沒有」。

小玉道：「你看誰人保得常無事，蛤蟆促織兒都是一鍬土上人。兔死狐悲，物傷其類。」

秋菊，也是《金瓶梅詞話》創作的一個藝術典型。

曾讀《紅樓夢》，初讀滿眼都是聰慧靈秀小丫鬟，「巧笑倩兮，美目盼兮」，真女兒之百花園也；而再讀三讀至反覆閱讀，便見出其稟賦不同、性情各異，見出世故、自私、機心和傾軋，見出巴

高望上，見出賈母所說的「兩隻富貴眼，一顆勢利心」。曹雪芹筆下的賈府，有兩層主子和三等奴才一說，極是精彩！所有的豐富和複雜，都在這並不完全準確的分類中。蘭兄遠矣，他的西門大院固無寧榮二府之規模，內部機制或也相去不遠。孫雪娥即第二層主子也，地位卻遠不如做奴才的春梅，而秋菊則毫無疑問是第三等奴才，永遠在那最受欺侮和迫害的社會底層。

　　秋菊是大院中挨打挨罵最多的丫鬟。這個不知從哪裡買來的苦孩子，偏偏又落到潘金蓮房中，主子打罵，一等奴才春梅打罵，二等奴才小玉也會唾罵。設一秋菊，大約就是為印證潘金蓮之乖戾狠毒：茶冷了要打，偷嘴吃要打，踩上狗屎要打，到上房告狀更要打。且其下手又雜用女人之陰狠，棍子打，鞭子抽，鞋底兒、欄杆兒隨手取用，更狠的是什麼也不用，第五十八回寫打過之後，「又把他臉和腮頰，都用尖指甲掐的稀爛」，這是一種怎樣的殘忍！

　　這樣的非人待遇，種下的只能是仇恨，那種你死我活、不共戴天的深仇。秋菊有著丫鬟小廝們的一般性缺點，偷懶、嘴饞、撒謊、傳話，又少了許多巴結逢迎和靈活機變，多了一點兒執拗和倔強。我們看她一次次挨打，又一次次告狀，因告狀被痛打，被打後仍堅持自己的監視和舉報。秋菊顯然是有些蠢笨的，但還是能從不時被灌醉中覺察出蹊蹺，還是能從被鎖的房門內打開扣子，能在各種打擊包括月娘叱罵下不屈不撓，能在金蓮和春梅懈怠放心時捕捉住戰機……，哦，秋菊，真堪稱西門大院的唯一英雄！

秋菊的行為又是與世為忤的。亂倫和群奸在生活中當然會被人議論，多數議論又持一種旁觀者心態，而對醜類的舉報，卻遭受幾乎眾口一詞的譴責。秋菊的罪名可謂多矣，「家生哨兒（即內賊）」、「走水的槽」、「破包簍奴才」、「賊破家誤五鬼的奴才」，卻不見一人公開稱讚，更不見吳月娘的獎賞。咦！輿論可信乎？與蘭兄同時稍後的徐渭《歌代嘯》曰：「世界原稱缺陷，人情自古刁鑽。」直刺世事之非和人情之荒誕。此亦一例也。

《金瓶梅詞話》中有一個頻頻使用的俗諺，「穿青衣，抱黑柱」，有時也作「穿黑衣，抱黑柱」，大意是自家人應該向著自家人，反對吃裡扒外。這當是一條奴隸社會基本法則，後來演化成主奴關係的一項潛規則，尤其是奴才對主子偷情之類的行為準則。紅娘對鶯鶯如此，春香對杜麗娘如此，西門大院大多數主奴關係都是如此。主子偷奸，婢女只能是搬梯子、打燈籠、送信、望風……，怎能去舉報呢！

以「家生哨兒」喻秋菊，很形象，也很貼切。然則最相像的家生哨兒，應說還是春梅。潘金蓮對他人刻薄尖酸，惟獨對這個婢女另眼相看；西門慶對妾室猶然又打又罵，惟獨對春梅從未呵斥過一聲。而春梅作為一個小小婢女，竟可以對孫雪娥惡聲惡氣，對音樂教師李銘高聲責罵，對唱曲的申二姐公然驅逐，對家主子也時常幾句硬話。這還不算是家生哨兒？

所有的規則和潛規則都效力有限，主奴關係常也是靠不住的。「穿青衣，抱黑柱」的生活依據是利益的依附性，而一旦這種依附變為折磨，變為痛苦和生命威脅，便爾不同。宋得和丈母周氏

犯案不就是婢女首告的嗎?秋菊的告狀不是有著最充分的理由嗎?偷情往往都要靠奴才的幫助,亦往往毀在奴才手中。亂倫與群奸,作為所有偷情中最惡劣的品種,更要求女主子有足夠的警覺,有足夠的籠絡手段,要給一點兒笑臉,給一點兒甜頭,而不是一味打罵。秋菊揭發舉報主子是大院裡的特例,潘金蓮之虐待丫鬟也是大院的特例,說到底金蓮是罪有應得,不是嗎?

　　偷情之厄亦多矣,偷窺、監視、舉報、捉拿,對於偷情女子,常還伴隨著懷孕與流產。懷孕生子曾是老西所有妻妾夢寐以求的事,潘金蓮亦如此;本回開頭則寫金蓮懷孕後的恐懼,寫打胎之麻煩。於是胡鬼嘴兒又登場也,「紅花一掃光」一服見效也,「一個白胖的小廝兒」被倒進茅坑,成了此事敗露的重要環節。作者又擅長用韻筆和謔筆,那篇專寫打胎的〈紅花頌〉,薛嫂傳遞的兩首〈紅繡鞋〉,都有幾分調侃戲謔。老西在日多用實錄,而八十回後曲兒漸多,調侃漸多,謔即虐也。

第八十六回
雪娥唆打陳經濟
王婆售利嫁金蓮

八六　被逐待售是金蓮

　　陳經濟因奸情敗露，春梅被賣，與金蓮也難以相會，惱羞成怒，多次公開羞辱月娘，使之氣死氣活。雪娥出主意，令人痛毆經濟，趕離家門，並將潘金蓮領出發賣。金蓮到王婆家待售，經濟又來私會，無奈王婆心狠，只要銀子，只好去東京籌錢。

　　那王婆子眼上眼下打量他一回，說：「他有甚兄弟我不知道？你休哄我，你莫不是他家女婿姓陳的，來此處撞蠓子？我老娘手裡放不過！」

　　終於輪到潘金蓮離開西門大院了。

　　西門慶未死之際，或已想到潘金蓮將難以存身；其蹬腿去了，也帶走了潘金蓮留在大院的全部依據。有意思的是：當所有人都

看到這一點時，金蓮還陶醉於她的不倫之歡；而當這一刻終於來到，對她來說，竟顯得如此突兀，如此錯愕。

這時的潘金蓮，成了一個任人擺布的弱女子，顯現出從未有過的軟弱和無助。

自第九回嫁入這個院子，潘金蓮便一直在努力和抗爭，拉攏排擠，打東罵西，調三惑四，架舌說謊，更施展了無數害人手段：整死了宋惠蓮，整死了官哥兒，整死了李瓶兒，真可謂「從勝利走向勝利」。這些帳當然不應都算到她一人身上，可若是沒有她的刻毒，便也少了很多故事。當年送她來此的是王婆，如今領她離去的還是王婆。因果報應原是那嚇人和勸人的話，而「天道好還」卻是人間至理。王婆子一句「我只道千年萬歲在他家，如何今日也還出來」，最能觸著金蓮痛處。是啊，打從入門，從生事、鬧事到管事，從邊緣到核心，潘金蓮大約從未想到過會離開，更未曾想到會是這樣子離開。

潘金蓮不曾是強悍強梁強霸強勢的嗎？不，那是由西門慶寵溺帶來的虛幻。這種虛幻曾經那麼真實和有效，震懾了他人，也使她自己忘乎所以。如今老西已矣，幻影破碎矣，而王婆來也。想去年冬月她與月娘大鬧，雖未算獲勝，也把月娘氣生氣死；眼下則是容不得她與月娘對話，也沒有機會像李嬌兒那般討價還價，一個王婆就把她壓住，把她領了去也。此時的金蓮現了原形，不敢鬧嚷，不敢尋死覓活，甚至連春梅那份決絕都沒有，還要「拜辭月娘，在西門慶靈前大哭了一場」。習慣於假哭的潘六兒此刻必有錐心之痛，這也是老西死後她真正感到哀傷，哀傷的卻只能是

自己。「最是倉惶辭廟日」，此時的蘭兄也嫌懶惰，竟不去寫金蓮「臨去秋波那一轉」也？

比起金蓮那意外的軟弱，陳經濟則有一番意外的掀騰。這小子在丈人前從來規規矩矩，背後卻也膽敢伸手，與宋惠蓮打牙犯嘴，與潘金蓮摸摸索索，李瓶兒大腿也敢藉機摳上一把。老丈人一死，更怕些什麼？未被發現時還遮蓋幾分，一經暴露，索性就放開手來。若說罵傅伙計和聲言「把這一屋子裡老婆都刮刺了」是酒後醉話，則當眾說孝哥兒是自家養的，便是有意公然挑釁。他用一種最無恥的方式公開羞辱月娘，也傳達了明確的對抗信息。若不是孫雪娥及時出來補位，策劃和組織實施了一場群毆，亂棍齊上，真真假假，月娘真會被活活氣煞也。

軟弱順從也好，胡亂折騰也好，結果都是被逐離家門。這裡也見出潘金蓮的脆弱，見出陳經濟的幼稚可笑，見出他們在淫縱中的沉迷和生存能力的低下。這兩位不是還要結為夫妻嗎？且不說實屬荒唐，就算真的能走到一起，那也必然是有上梢無下梢。好在此二人生活能力不強，生存韌性則不弱。陳經濟時日還長，磨難還多，暫不去說他。而潘金蓮住進王婆子破屋，很快就能調整好心情，簾兒下看人，炕兒上唱曲，下棋鬥葉兒，還勾搭上一個身強力壯的王潮兒。一篇〈老鼠賦〉，到底是寫金蓮悲慘境遇，還是描摹其幸福時光，真也說不得了。

吳月娘是一個念經信佛的人，又是一個生硬慳吝的念銀子經的女主人。大多數的鋪子已是不開了，大多數的丫鬟小廝陸續離去了，我們看到的是少了一點兒恩義，多了許多計較：發賣春梅，

走時竟然讓其「罄身兒出去」，還要回收買進時的十六兩銀子；現在要賣金蓮，又是「箱子與他一個，轎子不容他坐」，又說要用賣她的錢與老西念經。全忘了先夫的臨終囑咐，哪裡還有一絲兒溫情！

本回中精彩筆墨甚多：群毆陳經濟一節，以曲兒敘事，而人物、場景、對話、聲口，無不鮮活如畫，復又謔極、趣極。月娘威脅要把經濟的「短命王鶯兒」割了，等這小子被打得急了，脫掉褲子，把「王鶯兒」露出，見多識廣的眾女將卻一哄而散，甚屬可笑。而王婆子與金蓮一通對口，純用市井中俗語、俗諺，直白犀利，生動妥帖，裏挾著撲面而來的人間煙火，讓人讀之久久不忘。

八七　遲到的血腥

應伯爵新傍上了張二官，先為他拉來會唱南曲的春鴻，又勸他買下潘金蓮。而賣到守備府的春梅很快受寵，也要周秀去買金蓮。王婆子見有這麼多買主，越發起勁，咬死牙只要一百兩銀子。武松歸來，如數拿了銀子來買，就在哥哥靈位前，殺了金蓮和王婆，割下頭來祭奠武大。

　　武松口嗆著刀子，雙手去幹開他胸膛，「撲乞」的一聲，把心肝五臟生扯下來，血瀝瀝供養在靈前。後方一刀割下頭來，血流滿地。

　　此一回也，先是滿紙銅臭，亦即市井氣息也；後則滿紙血腥，又點染幾分江湖景色。

　　應伯爵市井中老幫閒也。西門慶在世時終日泡在西門大院，及其死後雖不見上門，仍對院中之事念念不忘，是不忘取其餘緒，奉侍新主子也。李嬌兒回院，由他牽線再嫁張二官；春鴻小廝，是他鼓動投奔張二官；潘金蓮被趕出發賣，他又極力勸說張二官買下。市井中幫閒架兒，又哪個不是小人？這一個伯爵更堪稱小人中千古典型！通常說小人多無情無義、轉瞬忘恩，多背叛和出賣，眼前就是一例，真讓人不忍卒讀，不敢回思。

　　西門慶長已矣，其生前巧奪豪取，死後遺產則成了眾人覬覦攘奪的對象，當然也包括大院中的女人。張二官最是捷足先登。昔日的張小二官兒也在行院中搖擺，應伯爵和桂姐等說起來頗有一些鄙夷，是啊，有老西在，哪裡輪得到他呢？一雞死，一雞鳴。如今張二官接了提刑，成了張二大官府，應花子「又抱琵琶上別船」，儼然又是一個高參和顧問。且張二官者，張大戶嫡親的侄兒也。潘金蓮若真的入於張二官府中，也屬雀兒進舊巢，也屬一次新的亂倫，只不知那位趕她出來的張伯母健在否？

　　然小人能暢行其道，在於其不辭辛苦，常也滿懷忠誠，更重要的是有用。小人的忠誠雖只是階段性的，雖然只是一種「偽忠誠」，可一旦忠誠起來則無所不至。古今中外做官的多喜近小人，離不開小人，正在於此。此時的老應也是滿懷忠勇啊！希望新主子接了老西的女人，接了老西的僮僕，最好連大院一攬活接下，那樣可更是熟門熟路咧。問題在於，像西門慶那樣的恩公可遇不可求，像老西對他的信重也難得，隨著張府內對潘金蓮惡行的大揭發，應花子的「有用」和「忠誠」都被打了個問號。

這老猴猻以後的日子，怕是要不太好過咧。

一部小說中人物情節無數，卻也是有主有副，層次分明。應伯爵出場雖繁，不過一個幫閒為生的資深狗腿兒；武松文字不多，卻是個頂天立地的響錚錚漢子。本回中寫春鴻易主，寫說娶金蓮，寫守備府三番五次購買金蓮不成，一路全是鋪墊，全是蓄勢，而大頭腦則是武二郎的回歸。這是作者一種刻意的安排，也是讀者久久的期待。哦，久違了，我們的武二郎！自從數年前為兄報仇時出了差錯，被刺配遠地，讀者就等待著打虎英雄的回歸，等待著一場正義的復仇，等待潘金蓮和王婆子的報應，這一刻終於來到了！

「武松殺嫂」故事，本是《水滸傳》中一大關目，與「宋江殺惜」、「楊雄殺妻」合稱「三殺」，而其原因皆起於女子貪淫不良也。此一回中武二郎殺嫂，初看與原書無異，細讀則見出大不同，茲略為分說之……

整個殺人過程雖主要來自《水滸傳》第二十六回武松殺嫂，但也撮合吸納其他兩殺之情形和文句：如殺人前把婦人剝得精光，原是楊雄殺妻時讓石秀幹的，在剖腹剜心後掛在高處也是二人所為；如金蓮死後一段小賦，原寫宋江殺閻婆惜，逐來此處，基本沒有改變，卻在最後補綴八句詩，使人覺得情景吻合。集三殺為一殺，證明了蘭兄對原著之熟稔，也強化了武松的殺氣和場景的殘酷。「誰知武二持刀殺，只道西門綁腿頑。」滿紙血沫之上，居然疊映了葡萄架的故事，又誰能想像得到，摹繪得出？

畢竟是到了蘭兄筆下，畢竟是流放一圈兒再回到清河，武松

形象不可避免地有了許多增飾改變：遇赦回歸後又到縣裡做了都頭，依舊當差，此其一也；「打聽西門慶已死」，才想到要找潘金蓮報仇，此其二也；對王婆騙稱要迎娶金蓮，「一家一計過日子」，此其三也；當著侄女兒殺人分屍，對其將來生活不管不顧，此其四也；殺人後不忘取回銀兩，外帶王婆自家的「釵環首飾」，此其五也。

　　為什麼會有這些變化？皆以原書寫江湖，本書則寫市井也。

　　《水滸傳》是一部英雄演義，《金瓶梅詞話》則是一部世情書。草莽英雄的舞臺是呼嘯來去的綠林，是江湖；而芸芸眾生活躍在百丈紅塵，留戀的卻是市井。市井充斥著迎來送往和小小陰謀，江湖上盛行的則是恩怨分明、濺血五步。江湖涵括著市井，又遠離開市井；市井也時時牽連著江湖，會覺得有些神祕和敬畏。武松誠出入於兩者之間也！作者讓這位老江湖出現疏失，正是為了讓西門慶和潘金蓮有數年苟活、數年虛幻，正是為了讓武松重回清河、再開殺戒。此時的他骨子裡仍是一條江湖好漢，然身在市井，出手便只能是市井套路了。

　　歲月消磨英雄，也消磨了我們的武松。武松回來了，回來的目的只能是為哥哥報仇，這是遲到的復仇，雖然仍張揚著正義的旗幟，卻由於過分的殘忍和血腥，消減了閱讀的快感。我們看武松對嫂嫂剖腹剜心，看他揮刀去割女子腦袋，看他把一掛兒心肝肺釘在房檐上……，真有一種內心的戰慄，也真有一種對潘金蓮的憐憫同情，儘管腦子裡也會閃現這個惡毒婦鴆殺武大的映象。

　　復仇之路上，常常會有過分的血腥；而過分的血腥，當會遮

蔽和沖淡復仇所內蘊的正義精神。

　　武二郎重歸江湖去也，留下侄女迎兒，雖說是哥哥血胤，倒也沒有太多憐愛。查迎兒形象，在《水滸傳》中為潘巧雲婢女，為主母望風送信，迎入送出，叫作迎兒亦有諧趣。而進入本書，做了武大郎的女兒，其父病重不敢照料，其父慘死不敢聲張，挨打挨罵，居然還要日夜侍奉潘金蓮，甚至為其去尋西門慶。就這麼一個親疏不分的小可憐，書中常又把她寫作「蠅兒」，亦其宜也。

八八 「街死街埋」的滋味

金蓮與王婆死於非命，因武松逃走，暫時瘞埋在當街。陳經濟在東京騙了老娘銀子回來，見金蓮已死，少不得祭奠哭泣。而金蓮孤魂無依托夢給春梅，始得在永福寺落葬。

「……奴的屍首，在街暴露日久，風吹雨灑，雞犬作踐，無人領埋。奴舉目無親，你若念舊日母子之情，買具棺木，把奴埋在一個去處，奴在陰司口眼皆閉。」

市井中人多是有幾分迷信的，潘金蓮卻不然。她不相信佛道者流的經咒與法事，不愛聽那些寶卷故事與佛曲兒，也不喜歡看相算命之類。她的一些行為更像無神論者，像一個唯物主義者，常對裝神弄鬼、因果報應的說法嗤之以鼻。還記得第四十六回「妻

妾笑卜龜兒卦」嗎？潘金蓮不獨沒有參加，反說了句擲地有聲的話，「隨他，明日街死街埋，路死路埋，倒在洋溝裡就是棺材！」而今潘金蓮死了，倒也真真應了她那句話，真的被埋在了街上！

若說起這「紫石街」，在古典小說中也算赫赫有名。《水滸傳》中這條街在陽穀，頗類乎今日的食品一條街，武大賣炊餅，王婆開茶館，前鄰後舍有賣酒的、賣餶飿兒的，原是個熱鬧的所在；本書讓武大搬到清河，紫石街隨之而來，卻顯然僻靜了許多，王婆買酒菜還要跑到縣東街，便是明證。有意思的是，第二回明明寫武大郎因浮浪子弟攪擾，「搬到縣西街上來」，「典得縣門前樓，上下兩層，四間房居住」，後來還是稱其為紫石街。小小訛誤，恰也證明紫石街在蘭兄心中的分量，證明原作的影響深入其心，寫來寫去，總是忘不了也無以替代這個所在。

是啊，文學的魅力和影響力都是深遠的。正如景陽岡千秋傳頌「武松打虎」的故事，紫石街也成了「武松殺嫂」的永遠現場。人們不會去追問宋明間景陽岡會不會有老虎，當也不太在意紫石街位於何方。這是《水滸傳》首創的一個標誌性街巷，是潘金蓮充滿罪惡的花朵般生命結束的地方，蘭兄改撰多多，在這等大關節處，仍還是凜凜遵循施公的原創。

然則不管原作還是改寫，金蓮與王婆都不是精確的「街死」。本回所濃墨渲染的「街埋」，顯得有些突兀，有些情理難通。我們看二人死後被縣裡吏典和保甲抬出當街，檢驗屍身，就此便埋在了街上；看當街隆起兩個墳堆，外帶一個看守的窩鋪，掛了榜文，還有人輪替值班……，寫來如同目睹，又總覺得不太可信。所謂

「瘞埋」，此處雖指草草掩埋，無有棺槨，畢竟也有屍身，埋在大街上可乎！若是出現大型械鬥，死上一片，也是凶手逃逸，街巷豈不成了一個大墳場！

這樣的安排又有作者一番特殊用心。蘭兄似乎有意讓金蓮說嘴打嘴，有意為經濟來尋、春梅代葬設定一個特殊場景，有意給紅塵中人一點鑑戒警示，也給讀者一段交代。善有善報，惡有惡報。不是不報，時候不到。潘金蓮死了！與其說這是一場凶殺或刻意謀殺，不如說是一次延期清算，是她自取滅亡。

本書以大量篇幅寫金蓮之聰明靈透，再以全部文字證明這是一個不計後果的惡毒婦，一個以自我為中心的健忘蠢婦。武松來了，她想起的只是那次被拒絕的勾引，想到的只是武松的回心轉意，全然忘了親手鴆殺武大郎那本帳，忘記了武松報仇未成的流配。「這段姻緣，還落在他家手裡。」此時的潘金蓮心中或又蕩漾著柔情蜜意，要再做一次新娘了。

作為一個美貌兼有才藝的女人，潘金蓮從不缺少追求者，或曰垂顧者；她也不斷產生著自己的追求，實施著自家的垂顧。美貌和才藝，都是她的資本，是她攻城略地的利器。從西門慶，到琴童、經濟、王潮兒，身份和能為有別，卻都有金蓮一份主動。生活中的潘金蓮缺少自主，卻從不缺少自信。她只遇到過一個例外，那就是武松；而在她以為武松也要被拿下時，便爾失去了年輕的生命。

作為一個生命，潘金蓮又是可悲可憐的。她短短一生中多次被賣：九歲賣在王招宣府裡，十五歲賣與張大戶，嫁了兩次人，

最後還是被賣。一個三十二歲的女人，一個官宦豪富之家的姬妾，居然還要被領出待售，標價發賣，不亦悲慘乎！貧且賤的人生經歷使她心智不健全，也使她乖張狠戾，作惡多多。金蓮終有一死。作者著意摹繪了她的死亡，那是本書中最最血腥的慘死，「血流滿地」，卻不知這滿地血沫，能否洗滌她生時的罪孽？

不管怎樣說，潘金蓮橫死在挨著街的茶坊，草草埋在當街之上，任從日曬雨淋。蘭兄最擅提帶映照，先讓爾滿不在乎地說大話，此處遙遙一接，寫她血污的遊魂到處哀告求懇，訴說那「街埋」的般般痛楚……

本來是一死皆休，可蘭兄不，偏要讓金蓮到處哭訴，細述那「街死街埋」的滋味。

對金蓮的死，世上仍有悲痛之人，陳經濟和龐春梅是也。陳經濟往東京籌款，置父親喪事於不顧，置母親和家事於不顧，心心念念要買下小丈母為妻；見其慘死，驚愕悲痛，先是燒紙哭祭，再是到墳前痛哭祭拜，皆出於衷腸。而春梅之情更為摯切：聽得金蓮出離家門，反覆勸說周秀買來做妾，情願自個兒排在後面；聞說金蓮橫死，「整哭了兩三日，茶飯都不吃」；夢見金蓮託付後事，即派人前往料理，使其魂靈終有居所。潘金蓮不是還有個妹子嗎？既不見其來收屍，也不寫金蓮去求她，而求那經濟也是無用。若說真誠不改，若說勇於承擔，只剩下一個春梅了。

這樣一件驚天動地的血案，提刑所能不知道嗎？應伯爵等人能不知道嗎？大約只當成一段談資了。西門大院當然也會知悉，也會談論，孫雪娥之流還會起勁兒說叨，怕是不會有多少痛惜。

上回寫月娘聽到武松迎娶的消息，便猜想到將有的結局，卻也只是一聲嘆息，沒有任何提醒警示。這還能見出一點兒舊日姐妹情分嗎？還是那吃齋念佛之人嗎？

本回最後，寫月娘等人在大院門首站立，拿出平日做下的僧帽僧鞋，施捨那前來化緣的和尚，看似善念善行亦多啊！只是一字兒未提到剛死的金蓮。與薛嫂兒絮了半天家常，竟也不提。咦，世上忍人亦多也！

八九　一段兒聰明

吳月娘想把西門大姐送到陳家，兩次皆被陳經濟打罵趕回。清明節到了，月娘與玉樓往五里原祖墳祭掃，在西門慶墳前哭了一通，回路上到永福寺遊賞，意外與前來為金蓮上墳的春梅相遇。

這春梅不慌不忙，來到墳前插了香，拜了四拜，說道：「我的娘，今日龐大姐特來與你燒陌紙錢，你好處生天，苦處用錢。早知你死在仇人之手，奴隨問怎的，也娶來府中，和奴做一處。還是奴耽誤了你，悔已是遲了！」

冷清已久的西門大院，又有了一番小熱鬧，起因則在於西門大姐。

老西在日，這位大小姐真堪稱無憂無慮，生活閒散而性格生

硬，對夫婿頗有幾分優越感，動不動責斥幾句。及乃父死後，便
成了水上浮萍，成了大院中的外人，再看不出有人愛護顧惜。此
回一開始，大姐的苦日子便拉開序幕：一頂轎子抬來抬去，娘家
要送出門，婆家難以安身，這邊被勸被說，那邊挨打挨罵……，
若是西門慶還在，又哪裡會有這種景況！

西門大姐亦可憐人也！

世上有可恨之人，更多有可憐之人；而可恨之人常也落到可
憐境地，可憐之人或也有可恨之處。從對待大姐的態度上，見出
吳月娘亦薄情可恨也。然祭掃上墳一節，聽其哀哀哭訴，又覺她
也很可憐。「今丟下銅斗兒家緣，孩子又小，撇的俺子母孤孀，怎
生遭過？」句句都是心底流出的悲痛，也只有對著丘墳訴說了。
同樣可憐的還有孟玉樓，「大姐姐有兒童他房裡還好，閃的奴樹倒
無陰跟著誰過？獨守孤幃，怎生奈何？」更是音聲痛切，辭義哀
婉。一座新墳，兩位遺孀，月娘和玉樓接續而唱，所唱皆為西門
慶之死，而所訴皆一己之私衷，兀的不可憐煞人也！

比她們還要可憐的，當是此時的西門慶。年年清明，今又清
明，「清明何處不生煙，郊外微風掛紙錢」。老西墓前有羹飯祭物，
也有紙錢和青煙，親眷們完畢禮數，哭上幾聲，便是開宴吃酒，
要去踏春遊玩了。三尺薄土，幽幽九泉，只剩下一個孤零零的老
西，若地下有靈，該是怎樣的寂清！而可憐的李瓶兒母子也葬在
這兒，月娘和玉樓會去祭祭嗎？那些受其私恩頗多的人如馮婆子、
吳銀兒、迎春、繡春，年節間會來祭祭嗎？或者說還能記起這位
曾經的主母和乾娘嗎？此處未寫，讀者自不難想像。

　　距五里原家族墓地不遠，在永福寺後一棵白楊下，則是潘金蓮的孤墳。活著時龍江虎浪的金蓮，而今相陪的是「一堆黃土，數柳青蒿」；活著時大受老西寵愛，死後則不能進其祖塋，亦可憐也！陳經濟來過一次之後再無蹤影，惦記著她的只有春梅一人。我們看月娘和玉樓對老西的哭拜，皆內蘊著一種自制與冷靜；而春梅入寺中直趨孤墳，深深自責，繼之以「放聲大哭」，噴湧出一片至性至情。她對潘金蓮感情深摯，「叫了聲娘，把我肝腸兒叫斷」；對金蓮的命運充滿慨嘆，「自因你逗風流，人多惱你，疾發你出去，被仇人才把你命兒坑陷」；也對金蓮的死追悔同情，「怎知道你命短無常，死的好可憐」！春梅的認識當是偏頗局限的，還有一些是非顛倒，然也不乏自己的道理，其所流露的真情亦足以動人。

　　藉著這一葬一哭，春梅再次登場，自此便居於舞臺的中心，也將一部小說引入「梅時代」。西門慶一死，大院中人幾乎都染上一種悲劇色彩，春梅卻是一個例外。雖然也經歷了奸事敗露、逐出家門、等待發賣等困厄和屈辱，雖然是磬身兒被趕出西門大院，她卻由此走上命運的拐點，在守備府很快就成了氣候。還記得第二十九回「吳神仙貴賤相人」嗎？當時稱春梅「必得貴夫而生子」、「早年必戴珠冠」、「必益夫而得祿」云云，吳月娘斷言「就有珠冠，也輪不到他頭上」。春梅聽了大是不忿。「各人裙帶上衣食，怎麼料得定？」是她那會兒對老西說的話，而今果然應驗不爽。

　　《金瓶梅詞話》寫了許多淫僧妖道，或妖僧淫道，吳神仙是

少有的行為端正的一位。可不要忘了，當年正是周秀「特送來府上觀相」。事後這位神仙將西門大院一應女眷，將有關春梅的情形告訴老周，也是自然。於是又可知周守備對春梅留意已久，可知春梅之發跡變泰事屬必然，可知作者針線綿密，無處不照應得到，無處不預留地步，無處不設兩層甚至多層墨色也。

吳月娘不是最喜歡吃齋念佛、求神問卜嗎？一旦命辭與己意不合，便生非議。而作者偏讓春梅頭戴珠冠而來，偏讓月娘在永福寺與春梅不期而遇，偏讓她躲在暗處、偷覷春梅的大排場，偏讓她欲走還留、與春梅在這裡見面絮話。回目中用了「誤入」，對月娘來說真無比尷尬和難堪，誠誤入也。假如春梅當面辱罵，或者冷冷相對，都在月娘意料之中。而這位守備府得寵得勢小夫人，則是極為親熱，極為恭敬，讓月娘等人意外和欣喜。其心下必有幾分後悔，然而有慚愧嗎？

蘭兄用四首【哭山坡羊】，將五里原西門祖塋與永福寺周秀香火院串連在一起，將祭西門慶與祭潘金蓮串連在一起，設計亦精妙。月娘明知金蓮葬此，堅持不去祭拜，也算能守其本色，不為春梅之勢所動；玉樓畢竟是乖人，畢竟與金蓮沒有深仇大恨，便少不得去墳上哭幾聲，「可惜你一段兒聰明，今日埋在土裡」，一曲唱完，見不出有什麼真悲痛，更不知金蓮為埋入這一抔黃土，曾費了多少死工夫。

世上有不少壞人和惡人，原也都是聰明人，至少都有一段兒聰明。蕭蕭白楊下的潘金蓮，活著時又何止一段兒聰明？五里原的西門慶，不也是一段兒聰明埋在土裡嗎？世上有多少聰明或自以為聰明之人，有哪個不被埋在土裡？

九〇 越牆踏脊去私奔

來旺也回到了清河，新學做銀匠，到西門大院兜攬生意，也很快與孫雪娥重續前緣。雪娥將屋裡貴重物件悄悄轉移，然後在來昭夫婦幫助下，與來旺相攜出奔，誰知事情敗露，拿到官府夾打。吳月娘拒絕領人。而春梅聽說孫雪娥「當官辦賣」，便要人買來上灶，進門先罵了一頓。

來昭夫婦又篩上兩大鍾暖酒，與來旺雪娥吃，說：「吃了好走，路上壯膽些。」吃到五更時分，每人拿著一根香，躧著梯子，打發兩個扒上房去，把房上瓦也跴破許多。

清明節，是祭掃的時節、遊玩尋芳的時節，或也是私奔的時節。

　　煙靄與紙錢、哭泣與祭奠，雖說是清明一道必不可少的風景線，卻也從來不是其主旋律。這是一個踏春的季候。「人笑人歌芳草地，乍晴乍雨杏花天。」西門大官人雖已不在了，清明佳節仍如期來臨，仍是尋花問柳的大好時序。那大樹長堤，那杏花村大酒樓，是老西當年遊賞春景、捕捉美色的所在，而今活躍騰挪的則是李衙內之流。

　　老西活著的時候，與清河李知縣似乎關係甚好，然則那時的西門大院往來多是宋御史、蔡御史、安郎中之類，宴請常一省之大員，知縣且自知遜避，又哪裡顯出他的兒子。而今便覺不同，李衙內也儼然一個人物了！

　　「衙內」一詞，真不知起於何朝何代？為哪位高人所創？大約有了衙門，便有了衙內。《舊唐書‧德宗紀》謂為宮禁之內，五代及宋初有衙內都指揮使、衙內都虞候等，多以子弟充任，後來便稱官府的子弟為衙內。語詞中攜帶幾分文人的揶揄，更多的則是市井的傾慕豔羨。宋孔平仲《珩璜新論》卷四：「或以衙為廨舍，早晚聲鼓謂之衙鼓，報牌謂之衙牌，兒子謂之衙內。」以今證古，大約就是時下的幹部子弟吧。

　　大堤上這位李衙內，正是清河正堂、知縣大人的兒子。名喚拱璧，可見其被珍愛也；綽號李棍子，亦可料知其行事為人也。學文不成，習武未就，三十多歲還在市井上晃蕩，做衙內也屬資深；來清河未久，便糾集起二三十條閑漢，挨過西門慶一拶子的小張閒也在其間，凝聚力亦可見也。就是這李衙內，遙遙一眼，便打人鬧兒裡看見也看上了孟玉樓，呵呵，要有一段新故事了……

江山代有才人出啊！西門慶之流真也不擇地而生，應伯爵乃至小張閑輩永遠會有恩主，會有事做和有飯吃；而李嬌兒、潘金蓮、孟玉樓原也不愁嫁不出去。「柳底花陰壓路塵，一回遊賞一回新。」衙內，出產於官場，寄生於官場，而呼嘯騰挪於市井。大哉市井，永遠是一個新人輩出的地方，永遠是權豪勢要和三教九流的舞臺。

市井上無時無刻不在出現新的事兒，蘭兒之敘述亦錯落有致。外邊孟玉樓一番遇合正待開始，大院中先有了孫雪娥的一篇兒。第二十六回被逐的來旺再次出現，來在西門大院門前，與雪娥和大姐相見。他來得有些突兀，來得又極其自然，只是身子有些胖大，且搖身變為一個銀匠，讓雪娥頗覺錯愕。其錯愕當又來自意外的欣喜，來自對眼前事的不敢相信。還記得宋惠蓮自盡前與孫雪娥那場打罵嗎？惠蓮一句「我養漢養主子，強如你養奴才」，真真誅心之論，讓雪娥惱羞成怒，便有了後來的廝打和自縊。往事歷歷，惠蓮、金蓮和老西皆已化煙化灰，來旺兒卻是活生生來到跟前，怎不讓孫雪娥心內波濤洶湧呢？

在西門慶一妻五妾中，孫雪娥的相貌並不差，地位卻無疑是最低的。除非有特別邀請，出門赴宴或遊玩一般沒有她的份兒；除非有些偶然的機遇，西門慶也不進她的屋門。主奴之間的關係常也是模糊和變化的。如雪娥，其身份已然屬於主子，卻要負載著大量僕人的勞作。書中寫了許多次老西姬妾的生日，每一個生日都是雪娥在忙碌，卻未見有一次為她正經過個生日。作為西門大院的四娘，雪娥總是做著最辛苦最瑣碎的家務，總是無白無黑

地承擔著「後勤服務」，因而也總是心態不平衡。孫雪娥在這種不平衡中生存，也在生存中抑鬱、嫉妒、仇恨，走向心理的長期扭曲和變態。

世間潘金蓮不多，而孫雪娥甚多，她這樣的女人更具有典型意義。

老西死後，孫雪娥倒是在大院中漸漸重要起來，打陳經濟，賣春梅和潘金蓮，送大姐去婆家，都有她的意見或乾脆由她提議。李瓶兒死了，李嬌兒去了，潘金蓮被殺了，孟玉樓想換一種活法了，只有她似乎要堅守在西門大院，成了吳月娘的智囊和主心骨。而其人品、教養、生活積累、行為做派，又決定她的主意大多是一些下三路的貨色。此一回來旺出現，孫雪娥也看到新生活的希望，也要插翅飛去了。書中寫其離開真別開生面，寫來旺之江湖老辣亦讓人嘖嘖，寫細米巷的小賊犯事、雪娥二人的連帶被捉、月娘的毫不憐憫、春梅的記恨與報復，均嫌匆促，可也只能是這樣了。

對孫雪娥這樣的人來說，西門大院應算是洞天福地了，有飯吃，有房住，飯和房都還相當不錯，偶爾也能剋扣積攢一點兒散碎銀子，揀買些花翠手巾，夫復何求！但她還會渴望情感活動，還要追逐家庭幸福，不行嗎？不對嗎？

於是，作為俗人、蠢人、是非人的孫雪娥，懷著對愛情的憧憬，懷著對這座大院的棄絕，有生第一次翻牆越脊，從此便踏上人生的拐點，成了清河一樁最新風情故事的女主角，也成了一個不折不扣的苦人兒。

九一　有位奶奶要嫁人

西門大院日漸凋零：陳經濟藉孫雪娥之案，討回大姐的陪嫁，要走了丫鬟元宵兒，還要追索當年寄放的箱籠；孟玉樓嫁給清河知縣的兒子李衙內，兩口兒恩恩愛愛，原來婢做夫人的玉簪兒有些生事，被打了一頓，趕出家門。

玉樓戴著金梁冠兒，插著滿頭珠翠、胡珠子，身穿大紅通袖袍兒，繫金鑲瑪瑙帶、玎璫七事，下著柳黃百花裙，先辭拜西門慶靈位，然後拜月娘。月娘說道：「孟三姐，你好狠也！你去了，撇的奴孤零零獨自一個，和誰做伴兒？」兩個攜手哭了一回。

故事進展到最後一個「十回」，老西已死去一年零四個月了。作者漸漸把筆移向孟玉樓，移向西門大院的乖人玉樓。

　　沒有了權力的保駕護航，西門大院的光景日見頹敗。其嬌妾美婢和家產自然要為他人覬覦攘奪，清河新貴張二官、老西舊交周守備、既是伙計又兼會友的雲參將，甚至遠在東京的翟管家都在此列。

　　蘭兄以更多和更細的筆墨，摹寫了這些妾婢各自的主動作為：向來陰沉低調的李嬌兒第一個出位，乘亂偷了幾個元寶，再一通嚷罵，先歸院後改嫁去也；潘金蓮早就勾搭上小女婿，懷孕流產，事發被驅逐變賣，死於武松之手；蠢笨如孫雪娥者也有一番壯舉，會合老情人，黑夜裡高來高去，拎了財物私奔……，「君前日日說恩情，君死又隨人去了」。二百年後曹雪芹一曲〈好了歌〉，似乎也給了老西一聲嘆息。

　　當年西門慶費心經營的房舍園林，現在看實在是太大了。偌大的西門大院，只有月娘、玉樓和寥寥幾個家人，廝守著一個小孩子，揪著顆心等待他長大。寡婦熬兒啊！有誰能知曉那苦熬的艱辛？可這是吳月娘的兒子，縱然是熬出頭來，與孟玉樓又有何干呢？

　　論《金瓶梅》者多以「乖人」稱玉樓。乖人的詞義內涵微妙且豐富，要之即聰明人也。能在妻妾之爭的刀光劍影中保持一種大致的超然，是其聰明之證；而在夫主死後又待了一年多，便不單單是聰明乖巧，當也有一種很深沉的無奈。畢竟是孟玉樓啊，內心再焦灼迷茫，她也不會像李嬌兒那般下作，不會像潘金蓮那般放蕩，更不會像孫雪娥那般愚蠢，而是沉靜地等待著時機……

　　終於等到了那個清明踏春的日子，等到了杏花村酒樓下與李

衙內的遇合。當時只寫李衙內的一種急色，寫其打探追問和單相思，此回則補寫了玉樓的呼應，「彼此兩情四目都有意，已在不言之表」。孟三兒也會「秋波一轉」，她不失時機，不閃不躲，準確傳遞了內心的熱望。雖然在眾人之前，二人沒能有半句情話兒，那意思已是再明白不過。毋怪官媒婆陶媽媽進門便稱：「說咱宅內有位奶奶要嫁人……」

　　一個要娶，一個欲嫁；要娶者是本縣知縣之衙內，欲嫁者為前提刑老爹之遺孀。那邊廂李衙內急切切設計謀劃，這邊廂孟玉樓則等得迷留沒亂。終於等來了官媒人。玉樓的「乖」，還在於有主見和辦事利落，當月娘問時雖有些羞愧，但很快就掌握主動，將衙內的情況先問了個底掉。諸位當記得第七回她改嫁西門慶的情景，而今更顯得胸有成竹了，從始至終皆一人安排，月娘則形同木偶也。

　　孟玉樓愛嫁李衙內，「愛嫁」二字亦可圈可點。當年玉樓嫁西門慶，豈不是愛嫁？雖有死勸活攔而吾往之；此番也是大主意自己拿，說嫁就嫁，全不管吳月娘的感受。

　　月娘又能如何？家中七事八事，總是順心的少，憋氣的多，只有一個玉樓相陪，如今也喜欣欣要嫁人了。作為主家娘子，她打理陪嫁，送茶完飯，還要盛裝出行，到縣衙中參加婚宴。想老西在日，月娘也常常出門參加各種宴請，經意於妝飾，頗愛享受那份虛榮，回家還會向老西講述席上光景。而今天的宴會，於她該是怎樣的苦撐！「平生心事無人識，只有穿窗皓月知。」月娘歸家後「撲著西門慶靈床兒」放聲大哭，勸解者也只剩得一個小

玉了。

　　作者把一部敘事文字，常又寫得水花四濺。此回以「孟玉樓
愛嫁李衙內」標目，起筆卻先寫陳經濟，寫其藉雪娥一案威脅發
狠，嚇得月娘送回了西門大姐及陪嫁之物，外帶使女元宵兒。得
勝頭回，使這小伙兒信心滿滿，也為他的嚴州之行伏下一線。是
知寫經濟亦為寫玉樓也。至於玉簪兒作怪，原是映照和戲謔之筆，
插科打諢，寓寫李衙內原來生活和情事之粗陋單調，反襯其與玉
樓新婚後之美滿恩愛，亦非等閒文字，觀下回可知。

第九十二回

陳經濟被陷嚴州府
吳月娘大鬧授官廳

九二 乖人下狠手

陳經濟自從西門大姐來家，交還許多財物，又從母親那裡要出銀兩，便搭上陸三郎、楊大郎等人做起生意來，娶來妓女馮金寶，氣死了母親，又押著九百兩銀子到嚴州找孟玉樓，逼她與自己私奔。玉樓和丈夫設計把他拿入監牢，好容易脫身出來，銀子貨物都被楊大郎騙走。回到家中，又將大姐辱打致其自縊，吳月娘領人來把他痛毆，告到官府，花了許多銀兩，才免一死。

婦人便說：「那裡是我兄弟，他是西門慶家女婿！如此這般，來勾搭要拐我出去。奴已約下他：今晚夜至三更在後牆相等。咱們不好將計就計，把他當賊拿下，除其後患如何？」

蘭兄寫玉樓，先又從玉樓的頭上簪子寫起：與金蓮諸人相比，

她的沉靜遜讓似乎顯得少了些風情；而其頭簪上鐫刻的詩句，卻也傳遞出主人的內心躁動。「金勒馬嘶芳草地，玉樓人醉杏花天」，在第八回第一次出現，惹得金蓮與老西拌了幾句嘴；第八十二回金蓮又從經濟袖子裡掏出，小女婿辯說花園中撿的，被好一通嘲罵……

> 你還合神搗鬼，是那花園裡拾的？你再拾一根來，我才算。這簪子是孟三兒那麻淫婦的頭上簪子，我認千真萬真，上面還鈒著他名字，你還哄我！……

陳經濟「賭神發咒，繼之以哭」，金蓮終是不太相信。這不，十回之後，潘金蓮早已成荒野孤鬼，而經濟則持著這根頭簪，往嚴州抓尋另一個小丈母來了。

古典小說戲曲中多有信物，用以構造形象、貫串情節、挽結故事、宣敘感情也。此類信物又以頭飾為便，如《荊釵記》、《玉簪記》、《紫釵記》，皆以信物為一劇之名，穿插牽引，證成一段可歌可泣的情事。

本書主要寫市井中男女，簪子、香囊、川扇兒之屬原多，且汗巾兒、白綾帶、香茶瓜子兒，都可以傳情表意，於是你送我送，朝秦暮楚，多得反而難以憑信了。水性如潘金蓮，手頭雖緊，卻愛以信物贈人，與西門慶相合未久便送簪兒，後見西門慶頭上插了玉樓的金簪兒，興起妒意，鬧嚷一通，鬧過又是一弄兒物事相贈：鞋兒、護膝、兜肚，最要緊的便是「一根並頭蓮瓣簪兒」，上

鐫著：「奴有並頭蓮，贈與君關鬌。凡事同頭上，切勿輕相棄。」玉樓簪兒上鐫刻有詩句，金蓮也有，且寫得更像那麼回事。不知底裡者，簡直就認為是那十里長亭的鶯鶯小姐了。至於後來不甘寂寞，與琴童有私，慷慨饋贈金簪子與錦香囊葫蘆兒，簪兒還不止一支，幾乎惹出一場禍患。

信物，要之不在於「物」而在於「信」，到了慣於拈花惹草的西門慶手中誠難久存。金蓮的並頭蓮簪兒終也不知下落，倒是孟玉樓的金簪與時隱顯，在兩代人手中流轉。到了本回，這支金簪兒終於有了一段新故事，也險些釀成簪主人玉樓的人生大悲劇。

陳經濟容貌俊秀，聰明外露而實不諳人情世故，一無良紈絝子弟也。當初西門慶在世，懾於泰山之威，只敢在暗地裡揩點兒油水，今天藉推送秋千摑李瓶兒大腿，明晚趁走百病與宋惠蓮打牙犯嘴，與潘金蓮也是偷偷摸摸了幾次。而今搬離大院，又從娘老子那裡得了大把銀錢，便要生事——居然想起揀玉樓的那根簪兒來，多帶銀兩，藉口做生意，興興頭頭地趕到嚴州府。

真可謂色膽如天，真可謂初生牛犢不怕虎啊！

我們看經濟買辦禮物，冒稱孟二舅到了府衙；看他見衙內時意態從容，口稱姐夫；看他與玉樓相見絮話，沒人處竟要她跟自己私奔。玉樓變臉作色，經濟則不慌不忙，從袖中掏出那根簪兒來，說是兩人有奸之證，又稱自家寄放的金銀細軟被玉樓帶來陪嫁，聲言要去見官。咦！西門慶誠惡人也，卻不如這小子之卑鄙無賴，也不會如此當面訛詐，更不能蠢到這種地步，不是嗎？

信物，愛情之憑證也，今日竟用以訛詐前小丈母，亦是一絕！

　　以玉樓之「乖」，大約從未遇到過這種情形。正享受幸福生活的她覺得突兀，覺得匪夷所思，亦怕嚷將起來有口難辯，只好回嗔作喜，「須臾變作笑吟吟臉兒」。玉樓自是聰明乖巧也！然過甚聰明，必也有大不堪處，本回所寫正如此，經濟的摟抱親吻，她也只好假作接受和回應了。這還是聰明人行徑嗎？卻也正是。聰明人也會遭遇突發事件，也會遭受訛詐，其在訛詐面前也會退縮，此乖人之乖也。而至此境地，乖巧便會演為乖戾，屈辱和恨意便會釀成報復。逼令聰明人一退再退，絕不是一個聰明的辦法，經濟不知也。待到夜半來會，咳嗽為號，待到接過「一大包銀子」，待到忽然一聲梆子響、閃出四五條漢子，已是晚了！

　　此一罪案足令經濟小命休矣，未承想峰迴路轉，竟逃出一條命來。作者於此處再寫官場，衙內設計雖毒，卻忘了乃父只是一個剛任職月餘的通判，朦朧定罪，知府大人不光不准，還帶審出真真假假一串兒情弊，搞得李通判灰頭土臉。陳經濟真命不該絕也！若是衙內之父就是知府，若是其父與知府關係密切，若是衙內那夜間痛下殺手，亂棍加之，他這條小命早就玩完咧。

　　不管怎麼說，簪子的故事、玉樓的故事都到此打住了。孟玉樓為此幾乎被逼令休棄，幸賴衙內一心至誠，總算渡過了這一關，偕夫君回老家攻書去也。性格就是命運。玉樓經歷了險厄，也考驗了愛情，算是福大命大，吳神仙的命辭、鄉里婆子的卦相信乎不誣。此際我們再讀簪子上詩句，分明就是在說二人的相識和玉樓的幸福時光了。

　　陳經濟狠狠離去了。然嚴州之行彷彿打開了厄運之門，等待

他的是一連串的災難：先是因為官司，一船貨物被鐵指甲楊光彥拐得無影無蹤；次是歸家心情不好，打罵逼凌得西門大姐自盡，又吃了一頓監拷，好不容易才贖出命來。「唱的馮金寶也去了，家中所有的都乾淨了，房兒也典了」，而此時上距他掌管家產，也不過一年光景。

敗家子的作為縱然種種色色，也大都是這個套路。

沒有了簪子，陳經濟當也絕了勾搭另一個小丈母的念想。可一叢懸念驀然閃過：

經濟所撿的簪兒，是他前老丈人曾有的那支嗎？

這簪子真的是他在花園裡撿的嗎？

九三　黑頭蟲兒不可救

　　陳經濟很快就蕩盡家產，把自己弄得無有立錐之地，只好大冬天在冷鋪裡存身，「頂火夫，打梆子搖鈴」。幸得父親故交王杏庵再三資助，薦到臨清晏公廟做方丈任道士的徒弟，不久便騙得信任，常拿著銀子到碼頭上遊玩，與馮金寶再次相會。

　　掇不得輕，負不得重，做不得佣，務不得農。未曾幹事先愁動。閒中無事思量嘴，睡起須叫日頭紅。狗性子生鐵般硬。惡盡了十親九眷，凍餓死有那個憐憫？

　　此回之妙，妙在冬夜冷鋪裡那一套【粉蝶兒】，陳經濟從美夢中哭醒，對眾花子講述身世遭逢，全用白話，自然哀切，情與境相交融，真天地間一種不可多得之文字！論者或謂西門慶死後（亦

即八十回始）文字便不好看，是未讀此曲也。

這是陳經濟流落街頭後的第一個冬天。

《金瓶梅詞話》中寫冬景亦多矣。第二十一回西門慶同一眾妻妾家中賞雪，陳經濟與座焉，眼中景象是「玉龍鱗甲繞空飛」，「光搖銀海眩生花」；第四十六回老西與伯爵等飲酒賞雪，經濟亦在，小優唱道是「雪月風花共剪裁，雲雨夢香嬌玉軟」……，當時或不覺得，此時方知那是怎樣的享受。陳經濟藉美夢一晌貪歡，重回大院時光，醒轉後則悲出痛腸，長歌當哭。細讀該曲，有回憶也有反思，有自述也有自省，殘痛嗚咽，如泣如訴，將一個敗家子的全部經歷和心緒一一道出，真讓人無法不同情，又無法同情。

「黑頭蟲兒不可救，救了便要食人肉。」

什麼是「黑頭蟲兒」，即人也。書中此類俗諺多多，堪稱句句精闢。熬過了隆冬長夜的陳經濟，又開始在街頭乞食，他把能利用的親朋好友梳理了一個遍，最後定格在父親的舊交王杏庵身上，也只有這位「好仗義疏財」的老者可以試試了。杏庵老人果然慈悲，屢次施捨解救，最後把他送到臨清晏公廟與任道士做了徒弟。作者誠巨眼巨筆也，世間有哪個角落不曾看得見，有哪種人情物態不曾寫得出？經濟三次上門乞討，與杏庵的三番相見、三段對話，既各個不同，又層層皴染、色上著色也。從來小說筆記中寫淪落之人也多，而如此等刻畫入骨也少見。

為何經濟不去投奔春梅？

人與人的感情真是複雜的。陳經濟與春梅的關係，是《金瓶

梅》最後部分的核心內容，亦是作者濃墨渲染的又一樁風情故事。然敘述間又能見出二人感受的差異：經濟與金蓮私會，是暴露後捎帶上春梅，心在彼而不在此也；春梅雖前有主子老西的惠顧關照，經濟則是年齡相仿，看上去也聰明靈便，一下子種在心田。是以別後春梅對經濟時在念中，陳經濟則懵然不識也。

《金瓶梅》以市井寫世情。筆鋒所及，無處不是市井也。朝廷豈非市井？金寶上而聖旨下也；太師府豈非市井？賄賂入而官帽出也；公堂豈非市井？人情到而罪孽消弭也……，至於歌樓妓館、碼頭驛舍、婚喪嫁娶、迎來送往，更無不體現著市井的準則——交換。杏庵要任道士收留經濟，雖是過去有交，仍「抬了盒擔」前往；大徒弟想占經濟便宜，便把「各處鑰匙都交與他手中」。陳經濟蕩盡家業，只剩得一個臭皮囊，仍然有著交換價值。而晏公廟將那小民布施之物，「令手下徒弟在馬頭上開設錢米鋪，賣將銀子來」，又不獨是市井思維，直接為市場手段也！

作為一個廟宇，晏公廟中徒子徒孫，層次分明；而說到商業管理和經營，這裡的人才看來是太少了。進了廟門的陳經濟很快脫穎而出，在西門大院打下的底子也發揮了作用，再經過冷鋪一番歷練，他裝傻充愣，撒嬌撒痴，欺上瞞下，深得信任。對剛經歷過冷鋪生涯的陳經濟，晏公廟真像是一個福窩窩，他在臨清大碼頭又遇上了離散的馮金寶，「三杯別酒，別酒三杯」，小哭泣之後接著大折騰，兀的不快活殺人也！

九四 「脫」出來的危情

陳經濟在謝家大酒樓包占馮金寶，惹惱了坐地虎劉二，將他二人痛打，送往守備府審問。剛剛打了十棍，被春梅在軟屏後看見，對周秀說是自家表弟，便行饒過。春梅本欲留下經濟，又想到雪娥在府內，先找碴將雪娥打罵後賣到臨清碼頭為娼。張勝到臨清，在酒樓與雪娥相會，包占了雪娥。

這張勝猛睜眼觀看，內中一個粉頭，可憂作怪，「倒相老爺宅內小奶奶打發出來、廚下做飯的那雪娥娘子。他如何做這道路，在這裡？」

此一回寫經濟，更寫春梅。先寫經濟挨打受辱，吃盡社會底層之苦；再寫春梅為救助經濟，將孫雪娥打罵羞辱，賣到臨清碼

頭做妓女。而連接二事者，為坐地虎劉二。

　　一部《金瓶梅》，固千針萬線，而以三個女子為貫穿也。瓶兒病亡於第六十二回，金蓮被殺於第八十七回，自是以往，僅有一梅矣。春梅為書中之主腦，所有針線亦無不與之相關：金蓮曝屍街頭，春梅為收屍葬埋也；月娘被吳典恩逼凌，春梅從容為之化解也；雪娥盜財被捉，春梅買來做廚娘也；玉樓改嫁之先，春梅相會於永福寺也。即如玉樓嫁入知縣家、陳經濟嚴州之劫，終也與春梅的尋找收容相關。兼以玉樓之清映照春梅之濁，以玉樓之冷映照春梅之熱，以玉樓之偽映照春梅之實，也是以經濟當時處境之慘為其後來的好日子鋪敘也。

　　一部《金瓶梅》，雖集女子之名名之，筆力所至，卻也總不離男主人公。八十回之前為西門慶，八十回後則為陳經濟。西門慶一表人才，風流倜儻，「張生的龐兒，潘安的貌兒」；陳經濟更是「生的眉清目秀，齒白唇紅，面如傅粉」。故謂之以才子佳人小說亦無不可，或曰以世情書而開才子佳人小說之先河也。至於後來說部純正其人，純潔其事，以鏡花水月之筆寫神仙眷侶之情，是耶非耶？深耶淺耶？世人自有評論，與本書原不在一個層面上。

　　「世間只有人心歹」！

　　以相貌取人論人，由來也久矣。《金瓶梅》則以全部文字告知閱者，這是一種多麼淺薄荒唐的觀念。潘金蓮豈無美色才情？其馴養雪獅子撲殺官哥兒絕不皺眉也。春梅豈無美色才情？其折挫孫雪娥絕不手軟也。我們看西門慶笑吟吟倚紅偎翠，也要看其惡狠狠手執狼筋❻；看陳經濟展花箋寫情辭，也要看其拳打腳踢使

得大姐自縊。這不，經歷一場官司、一番磨難，陳經濟與馮金寶
又意外相逢了，「情人見情人，不覺簌地兩行淚下」，多麼感人的
場景，多像才子佳人的故事啊！然不就是一對狗男女嗎？坐地虎
劉二固然可惡，其揪打金寶和經濟一節，讀來卻如魯智深拳打鎮
關西，讓閱者有許多暢快。

　　緣此一打，經濟被帶往守備府審問，春梅與經濟又見面了。
也是在西門大院種下的孽緣，春梅對經濟自有美好記憶。她告訴
周秀這是自己的表弟，本想就此相認，無奈孫雪娥在焉，只好暫
罷。「剜去眼前瘡，安上心頭肉。」經濟為心頭肉也，雪娥則是眼
前瘡。情欲如炬，因雪娥而不得馬上燃燒，於是便發為邪火，雪
姑娘要慘了……

　　西門諸婢，或說是那四位身兼家樂的大丫頭，以春梅心性最
高。當初就頂撞得老西「一愣一愣的」，周守備對之更是哄著捧
著，一味遷就。此一番有意發作，一發而不可收拾，最後竟令人
將雪娥脫光，當眾棍打。周秀覺得不忍，孫二娘也來解勸，春梅
執意不從。她的目標原是將雪娥逐出府去，以便接納經濟，此時
則勾起舊恨，要將雪娥賣到娼家，且想要脫光衣服肆意羞辱。

　　本書中許多女子都是不怕脫褲子的，如金蓮、瓶兒，如王六
兒、林太太，如惠蓮、惠元，如賁四娘子和如意兒，狎玩到開心
處，脫即隨之，且脫來惟恐不快。春梅本人也多次玩過群裸混奸
的遊戲。但在大庭廣眾之上、眾目睽睽之下，脫了褲子挨打則不
同。「雪娥只是不肯脫衣裳」，可這怎能由得了她呢？

---

❻狼筋，狼腿中的筋絡，傳說可用以測盜。

　　本書中男子亦以剝去女子衣服為快事。老西毋論也，英雄如武松者殺嫂報仇，也先要動手把她剝得個赤身裸體。大英雄胸中自是恨意滿滿，而一旦將舊日小嫂子脫得一絲不掛，觸目粉白，不知心裡又作何感想？

　　當眾被脫光衣服，對女子是一種刻骨銘心的屈辱，而對於目睹這一場景的男性，則是多重感受和另一種記憶。憶昔西門慶要打潘金蓮和李瓶兒，均是先逼令脫衣，不脫就用鞭子抽，而一旦脫光，則回嗔作喜，摟到一答兒，滿腔惱恨都到爪哇國去也。雪姑娘曾也是大家美眷，「生的五短身材，有姿色」，脫她衣服的是那虞侯張勝，未想只這一脫，便脫出一段危情，成就一段風流案。

　　受盡屈辱的孫雪娥被賣到臨清為娼，在酒樓賣唱，與張勝意外會合，至於二人很快打熱，倒也在情理之中。張勝自此常來常往，雪娥被其小舅子劉二處處關照，也過了幾天優裕日子。咦！世上之事，又何說焉？

　　雪娥與張勝之間豈無情意，卻是一段危情。為何說出一個「危」字？諸位讀下去便知。

九五　吳典恩──無點恩

吳月娘撞見玳安小玉的苟且之事，也就順便讓他們成親，撥一間房兒居住。平安兒心中不服，偷了當鋪裡頭面，到妓院嫖宿，被拿到巡檢司。吳典恩新升巡檢，將平安夾打，讓他誣攀吳月娘，說她與玳安有奸。月娘慌亂，求告春梅。春梅囑周守備相助，責斥吳典恩，平息此事。大院與守備府又有了走動。

傅伙計拿狀子到巡檢司，實承望吳典恩看舊時分上，領得頭面出來，不想反被吳典恩「老狗」、「老奴才」盡力罵了一頓……說道：「你家小廝，在這裡供出吳氏與玳安許多奸情來。我這裡申過府縣，還要行牌提取吳氏來對證。你這老狗骨頭，還敢來領贓？」

西門慶沒了，他的會中兄弟被應伯爵召集起來，草草一祭，便與這個家庭再沒了多大關係。剛開始伯爵還時時打聽，想把老西妾班中人推薦給清河新貴，過了一年半載，院子裡該走的都走了，伯爵也就沒啥想法了。

時不時惦念記掛著這個所在的人還是有的，吳典恩即其一。這個被革退的陰陽生，這個在老西生意中覓食的半個伙計，這個冒充老西小舅子得了官，又是靠老西資助才得上任的家伙，如今當上巡檢，要有一番表演了。

沒有西門慶的西門大院真也不成個樣子。沒了成群的小妾和如雲的美婢，沒了流水的家宴和盈耳的家樂，沒了絡繹不絕的官府豪客，沒了如蠅逐臭的幫閒妓女，沒了一呼百應的家人小廝……，整個大院只剩得孤兒寡母，再加上三五僕人，兀的不冷清煞人也！

大樹底下好乘涼。一部《金瓶梅》，先是寫她們和他們如何從四面八方聚攏到這個院落；再寫這些紅塵中的男男女女，又如何一個個先後離去。樹倒猢猻散，又各有各的散法。一切的一切，都是因為一個西門慶。

沒了西門慶，吳月娘在生日時還會吃酒和聽姑子宣卷，可來的女親眷只剩下娘家的兩位嫂子，這是西門慶死後的第二年，不獨那一眾官家娘子杳然無個人影，連一個倒茶送水的丫鬟也呼喚不來，要月娘去滿院子尋找了。

沒了西門慶，大院中還會有情色和苟且之事，如意兒與來興兒「掛剌上了」，玳安和小玉也混在一處。生米做成了熟飯，月

娘只好讓他們結成夫妻。作者寫來均用簡筆，匆匆帶過，似乎對這裡的偷情和姦宿，已失去了渲染的興趣。

沒有了西門慶，平安兒便敢偷竊當鋪中的金頭面。這小子算是院中老資格了，也有著所有奴才的劣根性。然當初因多嘴被主人暴打亦不肯離開，老西死後仍未馬上離開，現在則含憤負屈，偷了東西去妓館中鬼混了。

沒有了西門慶，吳典恩便露出小人真面目。吳典恩，無點恩也。老西會中兄弟名字多有寓意，性情多屬無賴，而以這個「無點恩」最稱過分。諸位當還記得他在太師府騙得一個小小官兒，當還記得他向老西借錢之事，如今平安兒犯到他的手裡，不光不施援手，還逼迫小廝誣陷主母奸情，以勒索錢財……，小小官兒，也會有偌大威風，也能對西門大院造成極大的壓抑甚至恐慌，這就是吳月娘要面對的現實。

「死了漢子，敗落一齊來！」

月娘對薛嫂兒說的話，真是慟出肝腸。《金瓶梅》以八十回篇幅，敘寫西門大院的擴拓和聚斂，再以二十回寫其敗落，均用史筆活畫出人世百態。「暴長之物，其亡也忽焉。」西門慶在本書中的生命旅程僅僅七年，其間巧取豪奪，生子加官，正所謂繁花著錦，烈火烹油也；而一旦撒手塵寰，不上兩年工夫，便成了這樣一種光景。想起其在世時月娘有無數幽怨，而今只剩下一種——漢子不在了。

至於那些曾在大樹下乘涼的人生過客，那些在大樹上下騰挪、樹一倒即紛紛走散的「猢猻」，又怎麼樣呢？爹死娘嫁人，各人管

各人。本書努力給出一個全記錄，以彰顯種種色色的背叛。「從來忘恩背義，才一個兒也怎的？」如吳典恩這種小人兼惡人應是極端之例了，可又能如何呢？

或也正因為忘恩背義者太多，人們對此輩也有著足夠的戒惕和憎惡，朝廷和鄉野，官場和市井莫不如此。朝廷有朝廷的法脈準繩，官場有官場的潛規則，市井亦有市井的道德觀。吳典恩陶醉於一朝權在手的愉悅中，忘記自己已衝決了社會底線，更忘了自己僅一芝麻大的官帽兒，守備府一紙令到，頓時屁滾尿流，磕頭作揖，賠出幾兩銀子，還被好一通訓斥。狐狸沒打著，倒惹了一屁股騷，只怕也要晦氣一陣子了。

像吳典恩這樣的公然悍然反噬之輩，畢竟是特例。更多的當是大大小小的竊奪偷盜，當是拐賣和欺騙，讀來每讓人心寒！可作者偏又在敘事中帶寫各人命運：如老家人來昭，在來旺與雪娥事件中上下其手，沒少占了便宜，此回開篇便說其死和妻離子散，用筆簡且冷也。沒有了大樹的庇護，多數的猢猻是沒有好結果的。

春梅是另一個特例！當初其也是一個小猢猻，如今卻成了周府的大奶奶，有了兒子，更有了寵幸，今非昔比了。春梅又靠上了一棵大樹，自家也儼然成為了一棵大樹，當年的主母要靠棄婢來解救，這在月娘是怎樣的一種屈辱失落，在春梅又是多麼的揚眉吐氣！

九六　三年後的西門大院

西門慶死後三周年之際，春梅重回西門大院，重回她生活過的小院和房子，見到一派破敗景色，無限感慨，也愈發思念不知流落何處的陳經濟。而經濟壞事之後，不敢回晏公廟，再次往冷鋪棲身，依附土作頭侯林兒為生，終於有一天被張勝遇見，領回守備府。

春梅看了一回，先走到李瓶兒那邊，見樓上丟著些折桌、壞凳、破椅子，下邊房都空鎖著，地下草長的荒荒的。方來到他娘這邊，樓上還堆著生藥香料，下邊他娘房裡，止有兩座櫥櫃，床也沒了……

此一回話分兩頭，先歸結西門大院，再續寫陳經濟命運之

起落。

　　歸結西門大院，則非春梅不可。春梅是潘金蓮房中大丫頭，是西門慶收用過的寵婢，是四家樂之首席，行事果斷，心高氣傲，早也顯露出一種與眾不同的氣質。無奈大院之中，亦如自然界之生物鏈，環環相剋，即使強橫如春梅也常吃苦頭。她是西門慶死後第一個被賣出去的，出離時是所謂「罄身兒」──即什麼也不許帶。那段痛楚，那份恥辱，自然是刻骨銘心。

　　西門慶死後三周年之際，春梅回來了。

　　春梅回來了！逐離時身為下賤，又有奸情敗露；回來時是守備府中的大奶奶。逐離時僅有數人在夜色下相送，還要偷偷摸摸，免得月娘發見；回來時大轎小轎，軍牢喝道，僕從跟隨。「休道世情看冷暖，果然人面逐高低。」我們看月娘拿捏著身段，奉陪著笑臉，真也覺得難為這位曾經的院中第一夫人了，可讓她又能怎樣呢？

　　春梅回來了。距她被趕出院門，也就是差不多兩年零三個月時光。這期間春梅被領出待售，被賣到守備府，然後便是由婢而妾，寵而生子，因子而貴，再由妾而大奶奶，一連串的「發跡變泰」；這邊廂則是諸妾出離，眾僕逃逸，各樣官司，種種難堪，數不盡的麻煩接踵而至。是人的造化，還是造化弄人，又誰能說得清楚呢？

　　性格決定命運。閱讀和評點至此，應說在春梅性格中自有一種改變命運的基因。她的聰明敏銳，她的心高氣傲，她的倔強暴烈，她的潑辣與狠毒，她在被逐出院門時的平靜與決絕，都非通

常意義上的婢女所能具有。當年一般兒四個家樂，蘭香隨主母改嫁，玉簫和迎春被送往東京，都是播遷不定、操弄由人，只有春梅修成了正果。「文革」中有句熟詞，道是「出身不由己，道路可選擇」，用到春梅身上，也覺別有一種確當。

春梅回來，又離開了。她的到來，回家不是回家，遊玩不像遊玩，省親不似省親，炫耀也不僅僅炫耀，又都有那麼一點點意思。主人和客人的心態也都有些尷尬雜亂。客人觸景生情，難免一種懷舊情懷；主人一路陪看陪話賠笑臉兒，又怎能不想起舊時光景？春梅匆匆離開了，西門大院當是她一生一世永遠不忘的「舊家池館」，而她也決計不會再回來了。

遊玩舊家池館，當然會憶起舊日的幸福時光。西門大院的幸福即「性福」，點唱情詞數曲，春梅更強烈地思念陳經濟。作者至此筆鋒一轉，寫陳經濟重入冷鋪，寫他被騙錢的鐵指甲當街痛毆，寫他成了土作頭兒「小弟」……，這小子命中災星多，貴人亦多：父親遭事時，岳父西門慶是他的貴人；嚴州被監禁拷打，知其一不知其二的知府是他的貴人；流落街頭時，杏庵老爺子是他的貴人；在晏公廟充見習道士，師兄是他的貴人；此時則飛天鬼侯林兒成了他的貴人。本書中看相算命多有神來之筆，以此處最是場景鮮活，葉道一個「多成多敗」，畫出陳經濟的生命軌跡，真稱妙絕！

那時候的冷鋪，大約也像今天的收容所之屬，條件雖然艱苦，卻是流浪者的避難之地。陳經濟第一次入冷鋪，睡夢中進入老丈人家，「玩耍戲謔」，哭醒後悲歌一曲【耍孩兒】，如泣如訴，只可

惜聽眾只是一幫窮花子；而此番再進冷鋪，已有幾分熟門熟路，有幾分親切感，連夢也沒有了。短短幾年光景，榮華富貴對陳經濟已是無比遙遠了。

　　小說中的命辭無不奇準。就在這時，就在和一幫花子「倚著牆根，向日陽蹲踞著，捉身上虱蟻」之時，守備府虞候張勝來了，陳經濟騎上大馬去也，此一去見到他生命中最重要的貴人兼情人──春梅，要赴葉道所說的「三妻之會」了。

九七　淫風起兮守備府

　　陳經濟住進守備府，周秀常年在外職掌軍務，家中全由春梅做主，與經濟重敘舊情。見經濟對與月娘來往不滿，雖仍邀月娘來做了一次客，兩家交往卻也冷淡下來。春梅又為經濟操辦了婚事，娶了開緞子鋪葛員外女兒翠屏。

　　「想著這賊淫婦，那咱把咱姐兒們生生的拆散開了，又把六姐命喪了，永世千年門裡門外不相逢才好，反替他說人情兒？那怕那吳典恩追拷著平安小廝，供出奸情來，隨他那淫婦一條繩子拴去，出醜見官，管咱們大腿事！」

　　敘事與言情，在古典小說中常也交纏到一起。上回記春梅回西門大院，是敘事，更是言情，敘寫一個棄婢的發跡變泰和得意

榮歸，而渲染其觸景生發之複雜心情也。此一回則記吳月娘往守備府拜望春梅，為自家舊日的丫鬟祝壽，兩假相逢，言不由衷，草草一會，亦續寫春梅不願追憶過去，又不能忘懷舊事的兩難情懷。

　　而毋論敘事還是言情，都離不開一個「境」字——事與境相連，情與境相生，故王國維以「意境」一詞總括元曲，後世莫不稱善。本回以往，場景多選在守備府，以春梅主府中內事，陳經濟也入於該府也。至於西門大院，則任由它去破敗凋敝，有道是「千年房舍換百主，一番拆洗一番新」，誰知這個地方將來又姓甚名誰呢？

　　此回之敘事與言情，筆墨多在陳經濟身上，以經濟映襯春梅也。經濟訴說往事，以其淪落之慘，映襯春梅之尊榮享樂也；經濟呼著周秀叫姐夫，以其見事機警，映襯春梅之安排周密也；經濟反對與吳月娘來往，以其啾啾唧唧，映襯春梅處事有大度量也……總之以經濟之恨映襯春梅之恕，以經濟之小映襯春梅之大，以經濟之耿耿於懷映襯春梅之以德報怨也。故曰西門慶在時，為一書之主腦，所有故事圍繞老西生發起伏；如今西門慶不在了，則春梅為一書之主腦，作者以此結撰故事、點染人物。至於陳經濟，雖也「自成一傳」，卻始終為附筆，為二類角色。寫一陳經濟，渲染其流離失所、輾轉市井、七災八難，皆為摹寫春梅之念舊與救拔做鋪墊也。

　　真不知該如何評說春梅與陳經濟的關係。春梅被逐，經濟趕去私會纏綿；經濟遭罪，春梅為之寢食難安。能說兩人無感情乎？

然其始於亂倫和群奸，既不純潔，更說不上專一，剪不斷，理還亂，深不深，淺不淺，這又是怎樣的一種感情？

作為一個從小在西門大院這樣的污濁環境中長大的丫鬟，作為西門慶心愛的頭牌家樂，作為潘金蓮信重的寵婢，春梅過早地失去了童貞，也同時失去了對愛的正確理解和判斷。欲望翻滾，欲海浮沉，耳濡目染，朝斯夕斯，大院中的男僕女僕又哪個不是如此呢！這裡的情永遠為欲所遮蔽，這裡的愛永遠為性所擠壓。想當初潘金蓮與陳經濟後花園奸宿，惟恐春梅告發，拉她參與那場性愛遊戲，未承想春梅也動了真情，從此有了一種愛戀和思念。湯顯祖《牡丹亭》稱「世間惟有情難訴」，可這是情嗎？

「一雙玉腕縮復縮，兩隻金蓮顛倒顛」，今日的守備府真一派旖旎風光。春梅終於抓尋到陳經濟，二人也把在西門大院曾有的歡樂重新續起，也有笙歌與歡宴，也有年輕的丫鬟侍妾，也有書院和花亭，更多的則是兩人的私會。私會，永遠是不避也避不了下人的，只可憐那周守備被蒙在鼓裡，還要為陳經濟謀官職、娶老婆，喜滋滋戴著一頂綠帽子。

陳經濟娶妻一節，在清河一縣如同「選秀」，妙筆多多，更帶寫出當年相熟的一干人等。畢竟快到了文末卷尾，對當日那些活躍的人物該有個交代了……

應伯爵死了，這位清河第一名嘴、天下第一幫閒，這位「快轉換」主子的變色龍，不是已經傍上張二官府了嗎？可幾年未見，竟然死得這樣無聲無息，死後連女兒都嫁不出去，亦讓人一聲嘆息。

　　那專門與官府打交道、經營「政府採購」的李三黃四，如今都犯了事兒，「拿在監裡追贓，監了一年多，家產盡絕，房兒也賣了。李三先死，拿兒子李活監著」。這兩位大約是書中最精明狡獪的商人了，下場也不過如此。

　　還有來保，那位多次上東京辦事的院中大僕人，老西死後亦狠撈了一筆，大意昂昂開起自家鋪子，也與黃四等一起入監，兒子流落在外……

　　春梅在聽到這些時沒有太多反應，更談不上同情與幫助，她所牽掛的只是陳經濟。不管怎麼說，陳經濟看來是脫離苦海了，娶親之日，簪著金花，騎大白馬，青衣軍牢喝道，清河縣必又是一陣轟動。

　　不知這娶親的隊伍選擇了什麼樣的路線圖，或避開西門大院，但吳月娘畢竟會聽說。那又怎樣呢？又誰去理會她的感受呢？

九八　韓搗鬼一家倉皇歸來

　　有了守備府的背景，陳經濟先報了鐵指甲楊大郎之仇，追回一宗資產，加上春梅的五百兩銀子，在臨清大碼頭開了酒店。這日遇見韓道國一家從船上下來，故人相見，韓愛姐已經長成，很快便與經濟打得火熱。

　　韓道國免不得又交老婆王六兒，又招惹別的熟人兒，或是商客……靠老婆衣飯肥家，況此時王六兒年約四十五六，年紀雖半，風韻猶存，恰好又得他女兒來接代，也不斷絕這樣行業。

　　一部大書進展到尾聲，新事減少，故人漸多。

　　新事減少，卻也不能沒有新故事，是情節要靠新故事支撐也；故人漸多，讓故人入於新事，使其再現亦作一收束也。上回中，

陳經濟在守備府的選秀和大婚即新故事，新娘葛翠屏也是鮮活登場，卻藉聘嫁帶寫應伯爵黃四李三等人之結境，寓舊於新，墨分兩色，而敘寫一事也。此一回中，陳經濟在臨清開大店也是新故事，惟涉及到的故人也多……

陸秉義即故人。此人雖遲至第八十八回才與楊光彥一起出現，卻是陳經濟故交，是他一度很熱絡的酒肉朋友，亦是他被拐騙錢財之事的見證。正是這位陸二郎提起舊事，引得陳經濟恨從心頭起；又是陸為經濟出謀劃策，奪了謝家大酒樓，自家做了主管。

鐵指甲楊光彥和他兄弟楊二風亦陳經濟故人，兼大仇人也。嚴州之行，經濟有錐心之痛，最痛則是楊光彥拐去貨物，兩次討要，兩次被他兩兄弟打罵。這也是經濟走向赤貧的關鍵一步，所說「我恨他入於骨髓」，當是半點不假。大約是剛剛脫離苦海，不願回顧那其間種種不堪；可一經提醒，便下痛手。而一旦到了提刑所，楊家二兄弟也就剩下了哭爹叫娘的本事，從今而後該是這哥倆去冷鋪裡討生活了。

那問案的何千戶和張二官更是久違了。至此方知他們仍滋滋潤潤地活著：該審案時審案，須應酬時應酬，常也把審案與應酬結合為一體，一面送的是晚輩禮帖，一面下的是絕戶手。想當初西門慶一路引領何永壽前來清河上任，回家對老婆譏笑其「嫩」，認為離了自己不行；而今何永壽已轉正職，素來瞧不上的張小二官，也成了張二官府。沒有了老西的提刑所，還是那個聲威赫赫、棍棒飛揚的所在。

金宗明也是經濟故人，兼斷背山式的大情人也。晏公廟生涯，

對他最為親近的便是這位大師兄——如今的掌門。而晏公廟雖經陳經濟一番折騰，掏空了錢匣子，畢竟世上愚夫、愚婦多多，千金散盡還復來，瞧老金這聲口，怕是又積攢下幾兩銀子了。

最濃重的一筆則是韓道國一家三口的回歸。

老韓老了！拐了西門慶一宗錢財，跑到東京宰相府轉了一圈兒，至如今卻連清河也沒了存身之地，隨船漂泊，流落到臨清大碼頭做私窠子了！是可證拐騙決非致富的正道。與陳經濟意外相逢時，韓道國「已是摻白髮鬢」，沒有了當年的搖擺逞能，沒有了當年的大話炎炎，甚至連搗鬼的能耐都沒剩下多少，只見一個卑微瑟縮小老頭，終日為妻子、女兒的賣淫做助理了。曾做過「相府親戚」的王六兒重操舊業，一時榮寵的愛姐兒也披掛上陣，看來倉皇離京之際，這一家子也沒撈著什麼便宜。

韓道國帶來了京城的消息：朝廷鬧地震了！幾位「太」字號人物——蔡太師、童太尉、李太監等等都倒了！昔日的潭潭相府大約也成了瀝血之地，老蔡最有出息的兒子、已任禮部尚書的蔡攸被處斬，家人僕役「各自逃生」。至於那位權重一時的翟管家，先與西門慶關係密切，後納愛姐兒為小妾，韓道國居然一字兒不提，怕也是提不得了。一定要提嗎？天下事常以不了了之，蔡太師一旦玩完，翟管家也就了了唄。

只有愛姐兒的故事似乎剛剛開始，她與陳經濟似乎又在演繹一個新版的「一見鍾情」：吟詠彈唱、寄簡酬韻，當年潘金蓮那一弄兒武藝，愛姐亦運用自如。可讀來卻令人心中酸楚。畢竟大宋朝末世來臨，一部大書就要曲終人散也……

九九　帝國一參謀先死於繡榻

卻說陳經濟在臨清大酒樓樓上與愛姐廝混，王六兒則在樓下與販私棉何官人行房，醉劉二過來尋釁，先打何某，再打王六兒，使曾被其打罵過的陳經濟懷恨在心。不久，經濟得知張勝與雪娥之事，告訴春梅，計議收拾張勝。不料恰好被他聽見，取來尖刀，殺了經濟，還要去殺春梅，卻被李安拿下。

那經濟光赤條身子，沒處躲，摟著被，乞他拉被過一邊，向他身就扎了一刀子來，扎著軟肋，鮮血就邀出來。這張勝見他掙扎，復又一刀子去，攮著胸膛上，動彈不得了。一面採著頭髮，把頭割下來。

《金瓶梅詞話》雖屬意於市井，其寫官員也頗多，就中一個

值得注意的人物便是守備周秀。周秀之官，參合宋、明兩朝之制，亦小說家筆法也。其所長期擔任的守備，實為明代一個品階不高的軍職，《明史·職官一》：「凡鎮戍將校五等：曰鎮守，曰協守，曰分守，曰守備，曰備倭。」看他平日那副閒散樣子，大約相當於當今的軍分區司令之類吧。

從為人做官上論列，周秀有幾分老實忠厚。未見其到處跑門子謀官位，未見其有太多的假公濟私巧取豪奪，未見其有意作惡和欺壓百姓。他甚至頗有幾分正直和善良，但更多的應是愚鈍和糊塗：西門慶對其升遷明明說了不利之詞，他還要表示感謝；潘金蓮何等惡名在外的歹毒婦人，他竟打算娶來府中；陳經濟與春梅的關係一望而知，他竟然真的視為表弟；張勝殺陳經濟這種不可思議的惡性案件，他居然對其間隱情問都不問……

就這樣一個庸庸碌碌之輩，這樣一個頭戴綠帽子的超級糊塗蛋，在國家危難之際，竟被擢拔到重要職位上，要統兵出征了！都統制，為宋代高級軍職。《宋史·職官七》：「舊制，出師征討，諸將不相統一，則拔一人為都統制以總之……，建炎初，置御營司，擢王淵為都統制，名官自此始。」而所謂「四路防禦使」云云，亦是作意隆重，誇張虛矯，危急時糊弄人去賣命的名堂。但又能糊弄誰呢？朝中權奸如蔡京等人雖已貶竄，可忠勇精強之臣也早被他們折騰得剩不了幾個，能用的便是周秀之類了！

更讓人憂心的當還是帝國的軍隊。在一個市井氣彌漫的社會，在高級武官們可以不論軍功、任意提拔私人的體制下，不可能有一支強大的能征善戰的軍隊，也不可能擁有為國效命、視死如歸

的士氣。這不，尚未出師禦敵，周都統帳下一位參謀先玩完了——這位死於非命的軍中參謀便是陳經濟。

經歷了長時間的生活磨難，陳經濟對社會底層的感受應是痛徹肺腑；而國家危難，經濟則渾然不覺也。就在這三兩回間，經濟從乞討漂泊到穩定富足，娶了嬌妻，報了舊恨，住進守御府，開了大酒樓，府中第一夫人為老情人，更兼勾搭上一位能吟擅唱的情意綿綿的韓愛姐兒……，這樣的日子，應是陳經濟一生的幸福時光了。

有誰會把陳經濟當作一位軍人？可他的是帝國軍隊中的一員。他沒穿過一天軍裝，沒出過一天操、當過一天值，更毋論打仗流血，卻上了軍官名冊，穿上了武官的「大紅員領」官服。以周秀這等老實軟弱之人都敢如此夾帶私貨，則軍中的冒濫程度可想而知。這樣的軍隊又怎麼能保衛國家呢！

市井無邊，無邊市井。作者把上皇禪讓和金兵入寇的大事件，簡潔穿插於對市井日常生活的大塊敘述中，使之互相映襯和激蕩，使讀者驚見大廈傾覆時的沉迷與貪婪，見識什麼叫執迷不悟，什麼叫醉生夢死……

偽軍官陳經濟死了，真軍官虞侯張勝也死了——論起來張勝也是一名偽軍官，只是比經濟作偽早了些年頭。如今被張勝包占的孫雪娥自縊身亡，坐地虎劉二也被亂棍打死。一股濃重的血腥氣漸漸從字裡行間泛起，永福寺又隆起一座新墳，至於愛姐兒那份纏綿痴情，雖有些莫名其妙，也懶得去想它了。

一〇〇　亂離中沒有風情

　　故事進展到最後一回，國事已大不堪，周秀死於戰場，春梅死於新近勾引的小伙兒周義身上，金兵攻陷汴梁，徽欽二帝被押解往北地，中原大亂，生民塗炭。吳月娘和家人也踏上逃亡之途，想去投靠雲離守，夜宿永福寺，經普靜禪師點化，送孝哥兒出家，得名明悟。十幾天後，高宗皇帝即位，是為建炎元年，天下漸趨安定。月娘歸家，把玳安改名西門安，繼承家業，人稱西門小員外。

　　一日，不想大金人馬搶了東京汴梁，太上皇帝與靖康皇帝都被虜上北地去了。中原無主，四下慌亂，兵戈匝地，人民逃竄……大勢番兵已殺到山東地界，民間夫逃妻散，鬼哭神號，父子不相顧。

　　總算到了最後的大收束。隨著一個王朝的崩塌，這書中的所有人物，還有他們的愛恨情仇似乎都戛然而止，評者悵然久之，忽然想到了兩個字：風情。

　　一部《金瓶梅詞話》，開篇宣稱要寫「一個風情故事」，而實際所呈現的則是許多個風情故事，是由一個接一個風情故事匯聚成的市井世界和人間萬象。不是嗎？僅一個西門慶，短短的三十三歲的一生，與不同女子的故事就不下數十件，幾乎件件不離「風情」。老西歸西矣，陳經濟繼武先翁，雖吃苦多多，論風情卻也稱擅場，其與愛姐兒最後的一番遇合，既算是經濟的「風情絕唱」，又對「風情」作出了新的詮釋。

　　再看書中主要人物，又哪一個不解風情？甚至那些未曾真正登場的人物，如阮三和陳參政家小姐在地藏庵的私會，再如宋得和後丈母周氏在鄉路上的野合，內蘊都不離風情。只是因為歡愉未久，死神隨之，有些煞風景罷了。

　　風情，其常態應是華美旖旎的，是鮮活的、迷亂的、世俗的。欣欣子對此作了一番概括，曰：

　　　觀其高堂大廈，雲窗霧閣，何深沉也；金屏繡褥，何美麗也；鬢雲斜軃，春酥滿胸，何嬋娟也；雄鳳雌凰迭舞，何殷勤也；錦衣玉食，何侈費也；佳人才子，嘲風詠月，何綢繆也；雞舌含香，唾圓流玉，何溢度也；一雙玉腕綰復綰，兩隻金蓮顛倒顛，何猛浪也……

形象地描繪了典型的風情場景。而像老西的龍陽之好，像溫老先的那點醜事，像陳經濟在冷鋪裡與侯林兒的勾當，則只能說是齷齪下作。

風情，既無愛情、戀情之純正，又不像奸情、淫情之醜陋，亦正亦邪，亦真亦假，亦情亦欲，亦善亦惡，這是一個多麼精準精彩、內蘊豐富的語詞！

風情又是瞬間的，短促的，飄忽無定和轉眼即逝的。第三十四回由西門慶口中，講了阮三對陳小姐的傾慕渴思和一朝交合，竟然「死在女子身上」；而老西本人縱橫歡場，所向披靡，最後卻是死在女子身下。上一回寫陳經濟與春梅白晝歡會，笑語之聲傳揚戶外，接下來便是張勝竊聽生怒，取刀來殺，將經濟一刀一刀攘死，「把頭割下來」；而周秀將張勝「登時打死」，孫雪娥聞聽「走到房中自縊」，也同時了結了一個風情故事。作者以一百回的篇幅迤邐敘說，然越是到後來，他筆下的風情就越是迷濛著血腥。

此一回也，春梅又看上了李安，一個「英雄美人」的風情故事似乎要拉開帷幕，然而沒有，孝子李安聽從母親的話，逃離了這個是非之地。周統制亡於沙場，作者沒寫春梅有多少悲痛，卻轉而去勾畫這位年輕遺孀的新故事：她早已勾搭上了家生子周義，朝來暮往，淫欲無度，最後「嗚乎哀哉，死在周義身上」。哦，也是「身上」。二十九歲的春梅死了！伴隨她的還有周義——一個十九歲的俊俏小生，被亂棍打死。這是《金瓶梅詞話》最後的風情事，寫得一派潦草匆促：寫了春梅那病態的性饑渴和性迷亂，卻一點兒也沒描繪她的愉悅 ； 寫了周義的驚慌有措 （不忘抵盜銀

兩），卻不去寫他在過程中的感受。試想這小伙與一個大自己整整十歲、得了「骨蒸癆」的女人，一個「淫欲無度」的權勢女人，除了驚懼和忍受，還能有多少性趣呢？

春梅與她的前主子西門慶一樣，可謂將風情進行到底了。然則男女之事到了這種地步，床第之私呈現如此之不堪，還有何風情可言？不！這也正是風情，這也正是《金瓶梅》要講的風情故事。此一書中，風情更多的是惡之花，是世俗生命中的異彩，是市井生活一道斑駁陸離的風景線，而幾乎每一個風情故事，都無例外地粘連著死亡。

也就在此際，「大勢番兵已殺到山東地界，民間夫逃妻散，鬼哭神號，父子不相顧」。逃難途中，西門大院的婢女小玉深夜偷窺普靜禪師念解冤經咒，看到的竟是一個鬼蜮世界：周秀、西門慶、陳經濟、潘金蓮、武大郎、李瓶兒、花子虛、宋惠蓮、春梅、張勝、孫雪娥、西門大姐、周義，盡皆登場。這些人無不與風情故事相關涉，或是當事人，或是受害者，皆現死時之慘狀。至於口中所稱往某處託生云云，則男男女女，全不改在世時之性別，或再生出一段「兩世姻緣」來，亦未可知。鬼蜮中淒雨腥風，卻也像是孕育著下一世的風情。

小玉夜半見鬼之時，吳月娘則沉沉一夢，夢中竟也不離風情：舉家往濟南靈壁寨投奔雲參將，一則與孝哥兒和雲小姐成親，一則躲避戰亂。未承想「雲離守笑嘻嘻向前把月娘摟住」，口裡說：「魂靈兒都被你攝在身上，沒奈何，好歹完成了罷！」月娘不肯，便有血瀝瀝吳二舅和玳安兩顆頭提了上來；再不從，孝哥兒的腦

袋又「隨手而落，血濺數步之遠」。這是另一個鬼蜮世界，是普靜禪師預演的真實前景，是西門大院最可能的歸宿，也是本書中最血腥的一個半拉子風情故事。

一般說來，風情是屬於承平時世的，而末世景象常又與盛世相混淆，滋生出別樣的沉迷。《金瓶梅詞話》寫朝廷，寫政治，亦寫戰爭與國家淪亡。但其畢竟是一部世情書，是一部以末世的市井生活和市井人物為主線的世情書。末世的市井，最不缺少的是男歡女愛，是風情故事的沃土和溫床；而所有這些風情故事，表面上又似乎與國家盛衰無關。是嗎？否。正因其發生在末世，這些風情故事才不免宿命和悲情，才有了濃重的血腥氣息。

小說之事，開篇誠難，收束更難。最後，作者又將場景轉換到西門大院，孝哥兒被幻化去也，玳安改名作西門安，奉養月娘到老，至七十歲善終。

吳月娘是本書主要人物中唯一的不解風情之人，是耶？非耶？

後　記

　　五年前的一個夜晚——已然記不得是怎樣的一個夜晚，我和悅芩往通州張家灣馮其庸先生府上看望，其庸先生拿出剛剛出版的《瓜飯樓重校評批紅樓夢》相贈，但見長引短跋、眉評夾批，兼以朱墨提醒，真可稱滿紙燦爛。先生頗有幾分得意，言笑晏晏，敍話間亦再三鼓勵我去評點《金瓶梅詞話》，寄望甚殷。那時適在中展任職，平時工作無非主持或出席開、閉幕式之類，多有閒暇，也就操筆上陣，興興頭頭接下這個活兒。沒承想輕鬆愉悅的日子未過一年，部裡調我到《中國文化報》工作，編務稠密，容不得懈怠，只好將此項放在夜晚、週末和節假日，把進展放緩，就這樣行行停停，一直到去年才算全部交稿，接下來又是一遍遍看校樣。

　　被稱為奇書、哀書、淫書、才子書、世情書、百科全書甚至「一部《史記》」的《金瓶梅詞話》，一如後來的《紅樓夢》，是一部常讀常新、索解難盡的偉大小說，其文學和社會學價值，其所呈現的市井生存形態和情感取向，其所探究思索的人的生命意義，在在讓評點者難以著墨。數年間的評批更像一種廝守，像是與蘭陵笑笑生的相處對談，愈到後來愈覺得話題綿長。其庸先生因幼年常以瓜菜果腹，室號「瓜飯樓」，我則為自己拈選了「雙舸榭」三字：一以自況，白天工作，夜晚品讀，頗類乎腳踏兩只船；一以自責，幹工作和做學問都不專注也。

　　「最是人間留不住，朱顏辭鏡花辭樹。」今年夏月，《雙舸榭重校評批金瓶梅》由作家出版社出版。不久，我又接到調動通知，在等待履新的日子，心態重新放鬆，與同事們喝點小酒，週末打打小牌……，某日忽又檢視自家評本，讀出一些自得，也讀出一連串的遺憾來。得意與愧怍交匯，便抽取書中每一回之回後評，改刪增補，各擬子題，凡兩閱月完成此書。至於本書書名，說是來自靈光一現，莫若說是來自對一句「文革老詞」刻骨銘心的記憶，道是「歷史的車輪滾滾向前」，呵呵，不管是大趨勢的滾滾向前，抑或某一時期滾滾向後，又有多少人和事能不被「搖落」呢？

　　五年間有不少艱辛，也有許多美好時光。感謝馮其庸先生和李希凡先生的鼓勵推助，感謝作家社各位尤其是潘憲立兄、責編王婷婷的辛苦付出，感謝為本書操心操勞的人民文學出版社潘凱雄社長和周絢隆主任，更要感謝悅苓——我賢淑的妻子，沒有她的參與和支持，沒有她純良豐沛之關愛，這部書和前面的評點本，真不知會是個什麼樣子。

　　是為記。

卜　　鍵

2010 年歲杪

於北京奧運村之東鄰

補記：

　　此一段跋語寫於九年前，歲月匆迫，我所敬愛的馮其庸先生、李希凡先生皆已仙逝；潘憲立兄已從作家出版社副總編輯位置上

榮退，責編王婷婷移居加拿大；而潘凱雄兄則升任中國出版集團
副總裁、周絢隆兄也已是人民文學出版社副總編輯。我本人也在
三年前退休。「最是人間留不住，朱顏辭鏡花辭樹。」重讀這段文
字，難免興發無盡感慨懷想。

紅樓夢與中國舊家庭

薩孟武／著

小說是社會意識的表現，家庭是社會現象的縮影，經典名著《紅樓夢》完整呈現了一個中國舊家庭的興衰史。作者薩孟武先生，以社會文化研究的角度，不落俗套、深入淺出，徵引多方史料，帶領讀者清晰認識賈府這個大家庭的興衰，以及其所反映出的中國社會現象。